一婚了之

一生的时光如此有限，请不要怠慢了你自己　　张挺 —— 著

南方出版传媒
花城出版社
中国·广州

图书在版编目（CIP）数据

一婚了之 / 张挺著. -- 广州：花城出版社，
2018.11
ISBN 978-7-5360-8738-5

Ⅰ．①一… Ⅱ．①张… Ⅲ．①长篇小说－中国－当代
Ⅳ．①I247.5

中国版本图书馆CIP数据核字(2018)第196983号

出　版　人：詹秀敏
责任编辑：陈宾杰　杨淳子　林佳莹
技术编辑：薛伟民
封面设计：

书　　名　一婚了之
　　　　　YI HUN LIAO ZHI
出版发行　花城出版社
　　　　　（广州市环市东路水荫路11号）
经　　销　全国新华书店
印　　刷　佛山市迎高彩印有限公司
　　　　　（佛山市顺德区陈村镇广隆工业区兴业七路9号）
开　　本　880毫米×1230毫米　32开
印　　张　9.125　1插页
字　　数　200,000字
版　　次　2018年11月第1版　2018年11月第1次印刷
定　　价　39.80元

如发现印装质量问题，请直接与印刷厂联系调换。
购书热线：020－37604658　37602954
花城出版社网站：http://www.fcph.com.cn

目　　录
Contents

初 恋

我和杨明杰去领了结婚证，在我们确立男女朋友关系后的第二天，在我参加《非诚勿扰》节目相亲后的第三天，在我和陆之俊分手后的第二十五天。

我之所以记得这么清楚，是因为结婚当天我还是恨着陆之俊。因为恨，所以深刻记得。不是因为陆之俊不要我了，是我不要他了。无论对谁我都这么说，这是事实，虽然这是被逼的。陆之俊光着身子从另一个女孩身上爬起来，裤子都还没有提起来，他嘴巴里说着的却是："夕颜，你不要走。"同时脚飞快地迈向我，没有顾得上被他压在身子底下的女孩。

我知道陆之俊从没有想过和我分手，我们在一起整整六年，前两天我们还一起看房，准备两家人一起买房。就算他看上了别人，估计也没有那么快决定要和我分手。

只是人的行为有的时候不是理智决定的，也不是感情决定的，而是下半身决定的，尤其是男人。

至于女人，更多的时候也无法做到很理智，容易感情用事。

我亲眼看到陆之俊趴在另外一个女人身上的时候，我仿佛感到有一坨狗屎堵在了嘴里，第一个反应就是赶紧把那坨狗屎吐出来，狠狠地吐干净，吐到肝肠寸断。

若是稍微理智一些，我也不会和陆之俊这么快地分手。在一起已经六年了，我所有的工资都在陆之俊那里，那会儿我们正筹备着买房，好歹也得把属于我的钱拿回来。

我们同居三年，期间我为他做了种种付出，我是无过错方，好歹也得闹一下，弄点青春补偿费吧。当时的房子是我们合租的，该滚的是他，不是我。现在这个社会，男人和女人睡个觉算得了什么事啊，有多少男人天天在外面花天酒地，回去还不是照样当好老公。可是，女人在突然遇到像我这种事情的时候，又有几个能够完全理智呢？

哭，闹，伤心，是大部分女人见到自己男人出轨时的第一反应。若有例外，那一定是他们之前已经没有爱了。我当时想的就是，立刻，马上，离开。然后永远也不要再见到陆之俊。伤心，不外如是。

然后，我就和杨明杰结婚了吗？当然不是。

杨明杰是谁？我所在公司的总经理。

但是在此之前，我和杨明杰从来没有暧昧关系。

人生有时候就是一场狗血剧，一个烂剧情结束了，接下来也很难有什么惊喜。若是有，那很可能只有惊，未必有喜。

和陆之俊分手后的二十五天，开启了我狗血的人生。

如果婚姻是一次投胎的话，我有必要在投胎之前交代一下我的前半生。

杨明杰将成为我的丈夫，他将陪伴我走过下半生。很多女孩结婚之前会举行婚前单身派对，纯粹只是为了让自己心安，然后告别矜贵的青葱岁月，走进全新的人生。

今后所有面红耳热的心动，辗转思念的深夜，精巧细密的心思，花前月下的浪漫，耳鬓厮磨的亲密都只能给一个男人，那个被称作丈夫的男人。而这些也许结婚后压根就不会再有了。

多年之后，二八佳人也就成了糟糠之妻了。

也许几个月之后，她就开始不施粉黛，挺着肚子，只剩下了"妈妈"这一个身份。

曾经的我是不怕这些的，因为我曾经以为那个唯一会是陆之俊。如果是他，这所有的一切将是那么美好。

但是陆之俊的出轨，给了我幼稚的感情观一个莫大的讽刺。

很久很久以前。故事总是这么开头的。

2004 年，我和别的女孩一样。生活就是读书。幼儿园三年，小学六年，中学六年，然后通过高考，来到省城。一个普通女孩，一段普通的人生。偶尔生活中有风吹草动，也会很快被忘记。直到陆之俊的出现。

我清晰地记得，那是开学后的第一个周末，几个大学老乡组织聚餐，把我们这些新生叫了过去。见面后大家相互介绍，第一个介绍的就是陆之俊。

"这是陆之俊，东南大学的高才生，是实验中学毕业的。"

东南大学是我们省最好的理工科大学，而实验中学是我家乡的一级学校，里面的学生可以说是我们整个城市最拔尖的学生。

一边想着，眼睛一边顺势看向正坐在对面的陆之俊。没想到，他的眼睛也在看着我。我迅速避开了他的眼睛，心头一阵小鹿乱撞。

很老套的故事，很低级的剧情，却让我的人生变得多姿多彩起来。我开始打听关于他的点滴，得知他高我一年级，他和我们学校的一个学长每个周末都会一起打篮球，他高考的时候分数都够上了清华录取线。

还有，他，没，有，女朋友！

在某个周末，得知他也来参加的情况下，我去看了一场从来不感兴趣的篮球赛。我给他递水，拿衣服。我们就这样在一起了。

后来我才知道，在我还没有到这所学校的时候，陆之俊就已经对我有好感。在我还没有来这所学校前，他就已经看过我的照片。事情讲起来很简单，开学的时候每个学校都会派学生会的人义务接新生，基本上是老乡接老乡。我所在的是师范学校，出了名的美女如云，陆之俊早就跟我们学校学生会的老乡打过招呼，说想看看新生的照片，茫茫人海中，陆之俊偏偏就看上了我。

世界上有些事情，你以为是天意，其实是人为的安排。还有一些事情，你以为是你在设计别人，其实你早就被别人所设计。

当陆之俊告诉我这些的时候，我的心也会欢欣雀跃，哪个女孩不想男朋友对自己是一见钟情呢？

直到多年后的深夜，童若影用不屑的口吻告诉我，她的富二代老公一直以为她对他是一见钟情。

"其实有什么屁的一见钟情，不过是见第一面之后，我把当时所知道的对方信息迅速综合一下，从他的相貌、开的车、请吃饭的地点，还有他说的话，全方面计算了一下，觉得这个凯子值得钓罢了。一见钟情只是个借口。把我自己的主动变成了真性情，以便满足满足他的虚荣心。"

这样说来，所谓的一见钟情，不过也是一个深思熟虑的挑选。

相比之下，我的个人资料清清楚楚地写在学校的档案纸上，例如出生年月，高考成绩，老师评价，甚至父母名字职业，都有介绍。陆之俊，自然可以对我了如指掌。

然后就是长达六年的恋爱。

然后的然后，就到了推门而开的那一刻。

世界，轰然改变。

心碎的夜晚，和平常并没有任何不同。

没有狂风暴雨，没有雷电交加，一点点预告都没有。

生活不因你的喜而喜，不因你的悲而悲。

一个初春的夜晚，南京的天气还没有开始热，但是有很多野猫已经开始声声发骚。陆之俊之前半个月都在外地出差。陆之俊大学学的是道路基建专业，靠着最近这几年中国路桥建设的飞速发展，收入颇丰，但是经常十天半个月回不了家。

而我大学毕业之后进入了一家民营企业，当了前台文秘。在现在严峻的就业环境下，这样的工作对于一个师范院校中文专业毕业的学生来说，其实已经很不错了。更何况这个工作成全了我和陆之俊的爱情。

现在每每回忆这些，我都悔不当初。大学毕业之后，我们大多数同学都去当了老师。作为独生女，父母自然希望我回到家乡，找个好学校当老师，体面又安稳。可是，当时的我和陆之俊已经在一起四年了。一年之前，陆之俊又在省城一家比较好的路桥公司找到了工作，收入和前景都一片大好。陆之俊希望我能够留下来陪伴他。而我也想留下来，为这么多年的爱情，等一个理想的结局。

于是我去了人才招聘会。说来也巧，这家公司是我进去应聘的第一个摊位。当时杨明杰也在。因为企业不大，所以对于招聘人才，作为老板之一的杨明杰自然特别上心，每次必定亲自督阵。

我填写了简历，简单介绍了一下自己。杨明杰只问了我一个问题，为什么要来他们公司。

我回答得很直接："因为，我要留在这个城市。"

杨明杰又问："为什么非要留下来？"

我犹豫了一下，没有任何应聘经验的我坦白地说："男朋友在这里工作。"

杨明杰哈哈大笑了几声，没有再问。

我就这样进了杨明杰的公司。两年之后，我成了杨明杰的老婆。

后来杨明杰经常跟人开玩笑说，自己的老婆是自己招聘的。当然这些都是后话了。

当时的我，找到这个工作后十分高兴。我觉得我的付出，成全了我和陆之俊的爱情。

但是，现在，你让我选择，我是不会再这样选了。我不会选择放弃家乡父母安排的安稳工作，去跟随一个男人到外地漂泊。即使是爱了六年，十年，甚至百年也不值得。

人生有很多变数，很多人彼时看来是你最珍视的人，多年之后却发现，你和他根本毫无瓜葛。

即使，曾经有过亲密无间；即使，彼此互许诺言；即使，你以为他是你以后的天。可是有朝一日你会发现，没有关系了，就是没有关系了。

甚至偶尔回忆起，还会厌恶自己，曾经认识这么一个人。

或许这样一份年少的不顾一切，才是人生最珍贵的东西吧。

之后对任何人，任何事，我不会再有这样一种甜蜜的心甘情愿。

还是说回到，不堪回首的那一天。

作为前台文秘，我平时基本工作就是待在公司，几乎不会有出差。巧的是那阵子，公司接到了常州的一个业务，负责这个业务的是许小姐和另外一个女孩。

许小姐是我们公司的另一个老板。公司就两个老板，许小姐和杨明杰。公司是许小姐和杨明杰一手创立的。创立之初，据说许小姐和杨明杰是情侣关系。这个据说已经无从证实，就这样由老员工传给新员工，一批又一批传下去，这么一路八卦着到我耳朵里的。真正曾经见证过这件事的老员工，早不知道离开公司多久了。等到我进公司的时候，许小姐早已经是别人的老婆了。

可是不知道为什么，公司里都喊她"许小姐"，不喊她名字，不喊她某太太，也不喊她的职务。她在公司的职务是董事长，而杨明杰是总经理。这么一个称呼，带着一点点矜贵又说不出的神秘色彩，居然让公司的每个人都接受了，一直都这么叫着。

临出差前一天，许小姐突然说有事去不了了，但是火车票早就已经买好，那个女孩也不是很情愿周末一个人出差，许小姐就问了我，能不能陪那个女孩出一趟差。我想着陆之俊不在家，周末没事打发就答应了。

出差之前，我打电话给陆之俊，陆之俊也同意了，他说他也至少到周一才能回来。

谁料诸事变化多，我都把东西收拾好带到公司了，就等着下班后直接和同事去火车站。许小姐忽然告诉我，不用我去了，她自己去。

看着我疑惑的眼神，许小姐淡淡地说了一句："本来我老公周末过来。"

未等我抛出第二个疑惑的眼神，许小姐已经走了。她是老板我也不好多问。拿人工资，听人调遣。反正去或者不去，我都无所谓。

周末无事，下班后顺便就逛了逛街。走到腰酸腿麻到家的时候，已经九点多。刚到楼下，发现我家里的客厅竟然亮着灯光。想着陆之俊若是回来，也一定会打电话告诉我，我又不在家，他也不会想玩什么意外的惊喜。心里疑惑着兴许早上上班时太匆忙，忘记关灯。至于说小偷，才九点多，人家还没有上班呢。

一边疑惑着，脚步不由得放谨慎，轻轻用钥匙打开门，却看到鞋柜前有陆之俊的球鞋，他的拖鞋已经没有了。每次换完鞋，陆之俊都不记得要把换下的鞋子放到鞋架上，说了很多次都没有改好。刚想着又要调侃他一下，却发现在他的鞋子旁边，散乱地放着一双不属于我的高跟鞋。

我的心开始"怦怦"地跳起来。

一切仿佛都静止了，耳朵只听到卧室里面传出男女之欢的声音和自己的呼吸声。

没有来得及思考，腿便自己挪到了卧室门口，轻轻地推开了虚掩的门。

陆之俊真的是太投入了，我从不知道他在床上原来可以这么卖力。一直到我站在卧室门口，他还没有注意到我。

虽然卧室没有开灯，虽然我是从明处走到暗处，可是我的眼睛却无比给力地发挥着作用。

我清楚地看到陆之俊的屁股，在黑暗的卧室里幽幽发光，上下涌动。

还是那个女的先注意到的我，她第一反应是尖叫。在那个女的尖叫的同时，我像个偷了东西的贼一样，拔腿就跑。

然后就听到陆之俊在身后喊着"夕颜，别走"。

若是你问我，有什么感受。我只能告诉你，在当时，我感觉我才是那个做错事的贼，刚想偷窥下手，却被人当场抓住。

捉奸是门技术活。显然我不能胜任，无论心理还是技术。

若是以后，你也遇到类似的事情，我劝你，不要上楼，不要进门，不要面对他们。

知道就可以了，不用这么决然赤裸地面对。

给别人一点后路，也不要把自己的心摔个粉碎。

之后很多个夜晚，我都做类似的梦，我在夜里暗暗偷窥，而我心爱的男人，在漆黑的夜里，光着屁股，在另一个女人身上卖力涌动。

这成了我内心深处一个无法释怀的阴影，根深蒂固。

怎样以最快的速度忘记上一段恋情？

开始一段新恋情。大家都这么说。

怎样以最快的速度结交上一个以结婚为目的而恋爱的异性？

去相亲吧。

二十一世纪什么样的相亲方式传播最广、相亲对象最多？

去上电视相亲节目吧。

2010 年，什么相亲节目最火？

《非诚勿扰》。

于是，我报名参加了《非诚勿扰》。

于是，我认识了童若影和唐夏娃。

于是，我公司的总经理杨明杰注意到了我。

别急，别急。

我的婚姻，已经离我不远了。

无关爱情，只为婚姻

说来你也许不信。在撞见陆之俊出轨的当天夜里，我就报名了、参加《非诚勿扰》了。

那个夜里，我跑出家之后，以最快的速度坐上了家门口的一辆公交车。我只想要离开，不要停下来。没有目的地，也不知道该到哪里去。

公交车里熙熙攘攘的人群，让我找到了一点存在的真实感。我的脑袋里却是空空的，什么也想不了。

有一对恋人，就站在我的身边。男孩一只手拉着吊环，一只手却紧紧搂住女孩的肩头。

曾经陆之俊也是这样的。每次没有座位的时候，他便紧紧搂住我，说是怕我摔跤。我曾经开玩笑地说，那么没有你，我自己一个人还不能坐公交车了呢。

陆之俊说，这个他不管。反正他在的时候，就得尽量让我安全。

不去想了。我摇了摇头。

眼神瞄向远处，又看到公交车前排橘红色座椅上，坐着一对老夫妻，华发生霜，即使只是坐着，两只手也自然地挽在一起。

曾经我也以为会和陆之俊这样。和他一起慢慢变老。就算老了也是爱着的。

手机铃声响了又响，被我调成了静音。屏幕亮了又暗，暗了又亮。

想着要关机。却又不想关机。

就这样一直任由它慢慢耗尽电源。许多爱情也是这样吧，慢慢地就自己耗尽了。这样的一种耗尽，与我突然短路的爱情相比，总归算是幸运的。

摇摇晃晃，不知道我今晚要到哪里去。回去？绝无可能。我已经回不去了。

这么想着，电话又亮了起来。看了一下，这回不是陆之俊，是我的一个高中同学。

"喂？"我尽量让嗓音听起来正常。

"夕颜，我是赵琪。你在干吗啊？"赵琪的声音显得百般无聊。

"没有干吗，在坐公交车呢？有事？"

"没什么事情，无聊呗，看看你在干吗。好久没有联系了。就打电话问问呗。"

赵琪是我高中同宿舍的，大学虽然不在一个学校，但是总算是在一个城市，我们总会不定期地通个电话，聊聊天，见见面。

"哦。怎么没事做啊？"我随口应着。

"最近有没有什么八卦啊？"赵琪看来真的是无聊了。

想着自己刚才的事情，估计对她来说一定是一个大八卦。不过，暂时我还不想说。

"能有什么八卦。就这样，你呢？"聊聊天还是好的，我的情绪好像找回来了些。

"我？嘿嘿，我在追《非诚勿扰》呢，我超级喜欢孟非。"电话那头，赵琪笑得无比爽朗。

"别，别，人家可是已婚的。"我笑着说。

"我知道，哈哈，我还想去报名参加呢。你说怎样？"

"《非诚勿扰》？你去？"我一下子没有转过弯来，"你到底是去相亲，还是去看孟非啊？"

"哈哈，当然是相亲啦。顺便看看孟非，也是不错的！我单身好久了，想去找个帅哥谈恋爱，哈哈。你要不要陪我一起报名？好玩啊！"

"我？"我愣了一下。

"算了，算了，你是不会去的。你是有男朋友的人，哈哈，已经失去参加的资格了。你那个陆之俊，肯定不会让你参加这些玩意儿的，嘿嘿。"

听到陆之俊，我的心一沉。

"这关他什么事。"我淡淡地说。

"哈哈，关他什么事？那么你陪我一起去报名吧，两个人还热闹些。"

闲扯着，手机就提示没有电了。

"手机快没电了。"我说。

"喂，你坐车到哪去？明天周末，我们一起吃饭，怎样？"

"不用明天，我现在就没事。"

"好啊，好啊，我宿舍的人都不在，今天正好一个人。你来陪我吧。"

总算，晚上有了一个去处。

一整个晚上，赵琪都在和我商量着参加《非诚勿扰》的细节。期间，赵琪问过我和陆之俊的事情，我淡淡地说，因为聚少离多，前段时间分手了。赵琪也就没有多问。

赵琪觉得自己年龄不小了，想赶紧找个人嫁了。

对于年龄我没有太多担心，想着和陆之俊六年恋爱也不过如此。对于爱情，已经没有太多奢望。或者婚姻和爱情本来就没有多大关系。只是我们常常错把它们混在了一起。

我想应该找个合适的人，早早地把自己嫁了。

随便吧，破罐子破摔。

不要给自己退路。也不想在今晚之后，又去重新原谅陆之俊。我决定当晚就报名去参加《非诚勿扰》。

这次，无关爱情，只为婚姻。

我没有想到，这么快就接到《非诚勿扰》节目组打来的电话。距离报名也不过才二十天吧。

编导告诉我，那天原本答应来参加节目的三个外地女嘉宾，都突然临时有事，不能来了。于是他们就找了几位南京的本地嘉宾，先来录节目。

看过节目的都知道，每个男嘉宾参加节目都需要录二段录像。其实女嘉宾在参加节目之前，也是要录一段个人资料的。讲一下恋爱观或者录一些好友和同事的评价之类的。在南京其实我没有什么自己的朋友，因为进入这座城市之后，我很快就和陆之俊谈恋爱了，我所有的社交几乎都是围着陆之俊的，我的朋友基本上陆之俊都认识。而这次相亲，我根本不愿意让这些人知道。至于播出之后，我已经管不着。反正录像我是不会选择这些人的。所以想了一下让同事录，倒还更合适。

想着，我便敲开了许小姐办公室的门。

意外的是，总经理杨明杰也在。我明明留意了，特地等前面的同事走了只有许小姐一个人的时候敲门的，难道杨明杰刚才一直都在？疑惑间，刚想关门退出，许小姐轻轻说："有什么事情就说吧，我和杨总已经谈完事了。"

我看了一眼杨明杰。其实我是有点怕杨明杰的，他是总经理，分管公司日常经营和员工这块，平时对我们都是不苟言笑的。而且相亲这种事情，我也不想当着一个男人的面说。许小姐是女人，我比较好跟她开口。

犹豫间，我又看了一眼杨明杰。杨明杰居然笑起来，略带调侃地说："当着我的面不方便说？那是向董事长告我的状来了？"

我连忙摇头，急急地说："不是，不是，是我的一些私事。想请许小姐帮忙。"

许小姐也微微一笑："杨总不是外人，你如果有私人困难就说出来，多个人多一份主意。我们都会帮忙的。"

算了，反正这个事情，杨明杰总归会知道的，我把心一横，决定就说了。

"是这样的，我……我想参加《非诚勿扰》。想请许小姐和同事们帮忙录一段话，就用下班时间在公司录就好。"

听完我的话，许小姐开心地笑了起来，而杨明杰却是一脸疑惑。

许小姐看到杨明杰的表情，更加忍不住笑了起来。我站在那里，尴尬万分，窘得想要钻到地底下去。

许小姐看到我的表情，连忙解释："夕颜啊，我不是嘲笑你。我是笑杨总，你看他，他根本不知道你说的是什么。"

什么跟什么啊，我说得这么清楚，杨明杰干吗听不懂啊。

"好啊，我答应你！这是个好事，我很愿意帮忙。随时都可以。"许小姐很爽快地答应。

说完又瞥了一眼杨明杰。

杨明杰又笑了一下，说："好了，都答应了。至少我该知道这是个什么事情吧。"

我用求救的眼神看着许小姐。

许小姐轻轻挥挥手，说："你们这个杨总啊，根本不知道《非诚勿扰》是什么。夕颜你去吧，放心。"

我这才恍然大悟。一边想着，这个杨明杰也太落伍了吧，连《非诚勿扰》都没有看过，他业余时间究竟是怎么打发的啊，根本就是非人类嘛。一边赶紧溜出了许小姐的办公室。

过了一会儿，我看到杨明杰也从许小姐的办公室里出来了，他朝我这边深深地看了一眼。我连忙低下头干活。等到再抬起头，杨明杰已经不见了。

因为有了许小姐的吩咐，公司的同事们格外帮忙，都在录像里说尽好话。我自己都从来不知道自己有这么好。什么我乐于助人，办事仔细，性格开朗，唱歌好听。听着倒像是表彰大会上的发言。

不过这么一弄，我要参加《非诚勿扰》节目的事情便在公司里传开了，也等于在公司里公开了自己单身的身份。好多同事拿我开玩笑说，公司里这么多单身同事，我怎么不挑选一个。就算谁都看不上，也还有咱们公司的黄金单身汉加钻石王老五杨明杰总经理呢！

我这才知道原来杨明杰真的还没有女朋友，一直是单身的。

两天之后，我便顺利上了《非诚勿扰》节目。

五天之后，我便和杨明杰去领了证，闪婚。

这五天，彻底改变了我的后半生。

我知道《非诚勿扰》很火，但是没有想到竟然有这么火。

录节目的那天，我按照要求上午就到了江苏电视台。整个电视台大厅，满满的全是来观看节目录制的观众。我好不容易才挤过人群，来到化妆间。

化妆间里也全是人。按照节目设置，除了上场的二十四位女嘉宾，还有一些是替补的，节目中被选走一位，就替补一位新的女孩进去。我也属于替补的那一批。周围全是陌生的美女，彼此打量着。这个赵琪也真是的，拉着我来报名，结果今天却让我一个人来。本来赵琪也是接到电话的，但是接到电话的时候，赵琪人在参加她们公司外地的拓展训练，根本没有时间准备。所以这次也就没有办法来参加。

"李夕颜。"听到化妆师叫到我的名字，我连忙走过去。

"是艺名吗？"坐在我右边的女孩轻轻地问。

我疑惑地转过头去看着她。

如果说世上真有美女这个词，我眼前的女孩绝对担当得起。一头巧克力色微卷的头发，从头直泻到腰，闪着柔和的光泽；眉毛天然的乌黑，微带弯意，安静地绣在那里；眼睛大得恰到好处，闪着晶光，满脸笑意；关键是，那一管小巧又笔直耸立的鼻子，把整个脸撑得立体饱满起来。唇色略显苍白，却饱满丰盈。

关键是，我看到的她是绝对是素颜，脸上没有一点点妆。

"美女！"我脱口而出。

女孩看到我不愿意离开的眼神，轻轻一笑。也许她已经习惯了被别人这样目不转睛地盯着了吧。

"你的名字是艺名吗？"女孩又补充了一句。

"艺名？哦，不是，我从小就叫这个名字。爸爸给取的，因为是傍晚出生又是女孩，爸爸就这么取了。"我笑着说。

"原来是这样。我差点叫了一个和你差不多的名字，曾经有个算命的建议我把名字改为"颜夕"，说是这样就能开启桃花运。所以看到你的名字有点好奇。"女孩说。

"哈哈，那你幸亏没有改，你看我叫了这个名字，还不是要来这里相亲。"我自嘲。

女孩也哈哈一笑，伸出手来，对我说："我叫唐夏娃，认识一下。"

唐夏娃，夏娃，真是一个好名字。这样的名字，真得是美女才配得起。叫这个名字的人，抛却一切社会的附加属性，只留一个纯粹女人的身份。夏娃是人类最初的女性，人类女性之根。之后所有的女性，无论如何美丽，也不过是遗传了夏娃一点点的基因。

我连忙伸出手，握住唐夏娃的手。心里却感叹着，为何美女的手也这么特别啊，白皙柔滑，跟广告词里一模一样。

"你的手好漂亮。"我忍不住说。

"你平时都是这么喜欢夸人的吗？"唐夏娃收回手，笑着说。

"没有。纯属平时美女见少了，今天看到，开了眼界，哈哈。"我说的是真心话。真正的美女，不光是男人欣赏，女人也一定认同的。

"你为什么来参加节目啊？"唐夏娃问。

"找未来的老公。你呢，你这么漂亮不会没有人追吧？"我好奇地问。

"追是有人追啦，都不靠谱。哈哈。"唐夏娃含糊其词。

每个人都有不为人知的感情故事，想到我自己的故事，便没有对唐夏娃再多追问。就算美女，也会被感情伤害，而且历史证明被伤害的可能性还更大。红颜薄命，千百年能够流传下来，也是有一定道理的。

化妆师给我们化妆，我和唐夏娃就这样，你一句我一句地聊天，感觉颇为投缘。唐夏娃也是南京的嘉宾，我们自然地交换了电话号码。

化完妆，换好衣服的唐夏娃，更加光彩照人，明媚闪耀。就算是站在当今最红的女明星旁边，也定然不会逊色。编导也对唐夏娃格外青睐，特意让她站到了中间的位置。

我一直在候场，直到晚上第二场我才上场，上场后的整个感觉就是晕晕乎乎，直到现在我还觉得这样。因为对规则不是很熟悉，刚上场遇到第二个男嘉宾的时候，我把灯留到了最后。

说实话，男嘉宾的条件还是不错的。一米八的身高，海归，硕士毕业，回国后继承了家族企业，谈吐文雅，是个优质富二代。只是我还没有想好，就这么跟着一个陌生男人牵手走了。陆之俊在我生命里盘踞了六年，我还没有做好接受其他男人的准备。

按照规则，男嘉宾最后在还亮灯的女嘉宾中选两位，我居然意外地被选中了。同样留灯的，还有后来成为我闺中密友的——童若影。

童若影的个人资料是，艺术院校毕业，声乐专业，年龄比我小一岁，是1986年出生的。

我和童若影牵手走向舞台中央。

然后，孟非宣布男嘉宾的心动女生——是唐夏娃。

我和唐夏娃相视一笑。这个结果不出意外。

男嘉宾选择了解我们婚后是否要小孩。

我的答案是：一个便好。

唐夏娃的回答是：不想生育，两个人相爱到老。

童若影的回答是：至少要两个小孩，越多越好。

作为家中独子的男嘉宾，最后毫无意外地选择牵手童若影。

我的第一场《非诚勿扰》，无疾而终。

编导说下一次录像在一个星期之后。

没想到，还没有等到一个星期，我便把自己给嫁了出去。

下了节目之后，我感觉浑身虚脱，疲倦至极。虽然在刚才的节目中，我只是一个打酱油的，但是不知道为什么，却累得连话也不想说。站在聚光灯下的每一秒，每一分钟，我都感觉像是灵魂出窍。也许，我天生就不适合站在聚光灯下。

但是，唐夏娃却和我正好相反。站在聚光灯下的她，比平时更加生动耀眼，更加闪亮发光。下了节目之后，她脸上的光彩还未褪尽，当她走过人群的时候，大家都主动给她让开一条路。毫无疑问，她成了今夜《非诚勿扰》舞台上的明星。

节目之后，男嘉宾们邀请我们一起去吃夜宵。

我婉言谢绝了，我只想以最快的速度，换下我脚上那双"恨天高"。平时看着明星们走红地毯，都穿着这种超高跟鞋在舞台上风姿卓越，摇曳动人。谁料自己穿上感觉完全不是这么一回事。什么叫作"折磨"？你穿上这种十厘米的高跟鞋，站上一个小时，你就知道了。更何况我站了都有好几个小时了。

原来明星也不是这么好当的。算了，我还是换回我的平底鞋，做我的小职员比较靠谱。

没想到，唐夏娃也拒绝了男嘉宾的邀请。

走出电视台大门的时候，我看到唐夏娃迅速地钻进了一辆黑色奔驰车，消失在暮色朦胧中。

我嘴角微微一笑，这样的情节才比较合理。当今社会，有哪个美女会独守寂寞的呢？

江苏电视台在北京东路，离我们公司新街口不远。我打了一辆出租车去公司。我平时会在公司里放一双平底鞋，有时候下班了要在新街口逛街，就会换上。

公司没有意外地漆黑一片，同事们都已经下班离开了。这样最好，我可不想让他们看到我今晚盛装打扮的样子。

我拿着钥匙打开公司大门。打开灯，走到我的位置上，拿出我的平底鞋，弯腰换上。

等我穿好一抬头的时候，我的头差点撞上眼前人的下巴，不由得惊叫起来。

是杨明杰。

杨明杰看到我惊慌的样子，在我的面前站直了身子。

"吓到你了？"杨明杰轻声问。

我点点头，又迅速摇摇头。

"我以为你知道我在呢！"杨明杰轻声解释。

该死，我怎么就没有往里看一下。总经理办公室在最里面，从外面看，确实不容易注意到。

我清了清嗓子，说："对不起。"

"什么对不起？"杨明杰笑了。

坦白说，杨明杰笑起来还是挺温暖的，可惜平时他几乎整天板着一张脸。

"今晚你是去参加《非诚勿扰》了吗？"

我点点头。他居然记得。看来人人都有八卦精神。

"那我怎么没有在电视上看到？"

我忍不住笑了，看来杨明杰还真是外星人，对这些事情毫无了解。"节目是提前录播的，要过一段时间才放。"我解释道。

"哦。我还真是不知道，我今晚第一次关注这个节目。"杨明杰自嘲地一笑。

看不出来，杨明杰有这么八卦。不就一个公司的单身女青年参加了一档相亲节目嘛，有这么好奇吗？

我笑了一下："我那期，你还是不要看比较好。"

"为什么？"

"呵呵，我表现不好，怕让您看了失望。"

"失望？"杨明杰若有所思地问，"有中意的吗？"

我摇摇头："没有。"

杨明杰深深地看了我一眼。

空气凝固在那里。我坐在自己的座位上，杨明杰保持着刚才的站姿，就站在我的桌子前。距离很近，空气中有一种说不清道不明的情绪在蔓延。我有点紧张，不由得再次清了清嗓子。

杨明杰回过神来，准备走向自己的办公室。走前，回过头对我说："准备一下，星期一跟我去苏州出差。"

说完没有等我回答便走了。

我愣在那里，盯着杨明杰的背影。我从来没有和杨明杰一起出过差，这次是怎么了？

杨明杰突然又回头过来，说："今晚你很漂亮。"

我又是一惊。

我回过神来的时候杨明杰已经进了他自己的办公室。

进公司快两年，我对杨明杰始终都是敬而远之的。别的不说，他那一天到晚不苟言笑的脸，怎么都让人愉快不起来。再说，公司一直都有他曾和许小姐恋爱的传闻，公司所有的女员工和杨明杰总是保持一段距离的。

除了公事之外，杨明杰跟我只有过一次谈话。

我记得有一次公司聚餐，我和公司几个年轻女孩聊八卦，我说我超级喜欢陈道明，觉得他演的每一部戏人物形象都很鲜明。

结果，另外一个女孩说："道明叔怎么演，都还是道明叔。"

我说："能把每个人物都演出自己的独特风格，那就是戏神！"

就在这个当口儿，杨明杰看我们聊得热闹，就凑上来说："李夕颜，那你觉得斯坦尼斯拉夫斯基的'体验派'表演好呢？还是法国哥格兰的'表现派'好呢？"

一瞬之间，大家都静了下来，面面相觑。我只觉得天雷滚滚，心底忍不住呐喊，拜托，我又不是表演专业的研究生，您说的这两个名字我压根就没有听过，好不好！

杨明杰可能也觉得自己的问题有点太专业了，立刻给自己解围："你们小女孩继续聊，继续聊，我不扫大家的兴了。"

杨明杰走后，我们大家都长嘘一口气，有个同事问："夕颜，这两个人是谁啊？杨总说的是什么啊？"

我摆摆手，笑着说："我也很想知道。"

这之后，我和杨明杰就没有过任何公事以外的聊天，直到今晚。

想到星期一要和杨明杰一起出差，我的心就忐忑起来。

突然而至的求婚

星期一的早晨，雾茫茫，公路上的汽车排成行，一步三挪地驶向未知的前方。

我没有想到这次出差，杨明杰选择自己开车去苏州。

从公司下楼之后，杨明杰让我上车，我习惯地拉开后座门，坐了进去。杨明杰看了我一眼，什么也没有说，自己开门进了驾驶座。

就这么一眼，我感觉自己好像做错了什么。好歹杨明杰是老板，我这么一往后坐，好像纯粹把他当作司机了。再说了，从我所在的城市到苏州怎么都得开三个小时的车，至少我应该陪着他坐在前排聊聊天，避免视觉疲劳打瞌睡。可是坐都已经坐了，要我立刻重新坐到副驾驶，我也不好意思。

就这样沉默着，杨明杰开着车，我偶尔从后视镜看杨明杰的眼睛，都是万般专注地在开车。

谁又料到今天会有大雾。

车速格外缓慢，车内的气氛又无比沉闷。

我呼出了一口气，准备找些话题。我可不想三个小时就这么一路沉默下去。不管怎样杨明杰都是老板，我是员工，工作时间，我都有义务让老板满意。

　　"杨总，这次出差，具体需要我做些什么？"我小心翼翼地开口。

　　"哦，没有什么特别的，和平时一样，两边人见面的时候，把整个过程记录清楚就好了。"杨明杰从后视镜看了我一眼。

　　"哦。"我应了一声，又没有话了。

　　沉默了几分钟后，杨明杰和我同时开口说："今天……"

　　"杨总，你先讲。"我让一下是应该的。

　　"没什么，你先说吧。"杨明杰又让我。

　　"没有什么重要的，我就想说，今天天气不是很好，不知道高速公路有没有封路，你说吧。"我确实有点担心，这样的大雾，不知道出城的时候来不来得及散去。

　　"哦，应该没事，不行的话，我们就从国道走一段。我之前看过天气预报，今天是个晴天，应该很快就会好。"杨明杰笃定地说。

　　"嗯，天晴就好。"我自言自语道。

　　又沉默了。

　　早知道和杨明杰出差，气氛这么沉闷，我早上就该装病请假的。

　　杨明杰随手开了车上的音乐，音乐很好听，很舒缓，歌手呢喃哼唱，可惜我听不太懂，全是外文的。也不知道是俄语，还是法语，或者是外星语。

　　我发现，杨明杰对于我，有时候就像一个高人对一个凡人。

不光他说的话我听不懂，他欣赏的东西，我也完全不了解。

不过音乐本身的旋律还是很好听的。

在音乐声中，我缓缓地闭上了眼睛。

等到我再次睁开眼睛的时候，发现车子已经停在了服务区。杨明杰不在车上。扭头看向窗外，却发现杨明杰并未离开，倚在车头前，背对着我抽烟。

我在办公室里从未看到过杨明杰抽烟，此时的他像是在思考什么东西，仰头看着未知的焦点，缓缓地抽着，烟圈慢慢地散开。

坦白说，从这个角度看杨明杰，还是别有一番成熟男人的魅力。笃定，深沉，优雅。

更何况还有一些背后的东西，在给这个男人默默加分，比如说，国内名牌大学计算机硕士的学历，一个经营不错的公司，眼前这辆漆黑的帕萨特。

思索间，杨明杰已经抽完烟，转身准备上车，看到我坐在车里，对着他发愣，他笑了起来。

"醒了？要不要下车，活动一下？"

说话间，杨明杰已经坐上了驾驶座。

我笑着说："好啊。"

我下车，上了一下洗手间。再次上车的时候，我顺势就坐到了前排副驾驶的位置。

杨明杰微微一笑，说："好，那我们就赶路吧，下午还有事呢。"

之后，我毫无困意，却也一路无话，很快就到了苏州市区。杨明杰把车停在办事地点附近的酒店，带着我简单吃了个自助餐。

这次出差，其实很简单。杨明杰的一个大学同学在苏州一个事业单位，已经是个不大不小的干部，现在单位有网络建设的计划，这次就把他们的网站这块承包给我们做，其实也就是老同学做个顺水人情而已。反正是单位出钱，价钱什么的，几乎都没有太多商量。就是把单位的资料找给我们，然后把领导的几点要求转述一下。连记录都不用麻烦我，人家早就整理成文件，给我们打印好了。

谈完事情之后，杨明杰的老同学照例是要请吃饭，谁料杨明杰却推掉了，说还有别的重要事情需要处理一下，老同学之间就不必客气了。

我诧异地看着杨明杰，还有什么别的事情呢，杨明杰之前也没有讲啊，只是说了下午这一个事情。

杨明杰也没有理会我的目光，开着车，驶向远处。

原来是周庄。

周庄就在我所在城市的附近，一直是个旅游的热点，可是我从未来过。以前也只是听大学同学描述过。等到真正见到，还是不由得暗自惊叹。

我们到达周庄的时候，天色已黑，路上没有多少游人，青石板路幽幽地印着昏黄的灯光，恍然进入了古色古香的年代，让人忘记今夕是何年。

杨明杰带着我进了一家酒楼，在酒楼里面点了菜，便从酒楼后门，来到一条小船上。晚餐就在小船上吃。船的另一头，船夫在悠哉地慢慢划着桨，桨拨着水，发出哗哗的水声，让我的心变得安静下来。不知何处，断断续续地飘着苏州评弹的声音，偶尔传到我们的船上。

我有点惊讶了。我不知杨明杰为何做这样的安排。但似乎有预感会发生什么。

"可以喝一点酒吗？"杨明杰问我。

我点点头。我不怕喝酒，我的酒量一向很好。在这样的尘世之外，温柔水乡，喝点酒是必须的。

杨明杰给我倒了一杯酒，自己也倒了一杯。

然后他举着杯子，对我说："李夕颜，你可以嫁给我吗？"

我顿时愣住了。

杨明杰，我的老板。我们从未表示过相互喜欢，更加谈不上彼此深爱，连相互了解都谈不上，今天他却突然向我求婚。

我很怀疑我是听错了。

"别怀疑，你没有听错。对此，我已经深思熟虑过。"

杨明杰看着我的眼睛，缓缓地说。

这到底是为什么？

如果婚姻是一场精心的挑选，没有人能够比杨明杰做得更好，让我从一开始就如此清晰地知道这场婚姻的真实价码，以及它是否值得我去挑选。

在我震惊的目光中，杨明杰从随身的皮包中拿出一叠东西，一一摊开在我的眼前。

"这是我的身份证，这上面有我的出生年月，我是1978年出生，属马，比你大七岁。"

杨明杰指着第一张卡片对我说。

之前，我知道杨明杰比我大很多岁，没有想到也只不过才七岁。

"这张是我的单身证明，我到派出所开的，可以证明我的婚姻状况是未婚，也不是离异。"

我更加愣住了。我没有想到杨明杰连这个都会给我看。

"这张是我的本科学士学位证书，这张是我的硕士学位证书。至少可以证明我受过高等教育。"

杨明杰指着两本印着国内知名大学名字的证书给我看。这是一所比东南大学更好的学校，一直在中国大学中稳居前位。如果比起陆之俊的学校的话，杨明杰的学校简直让我觉得高攀不起。

"这是我的房产证，如果你意愿的话，在年底之前我就可以把房子装修好。"

杨明杰摊开一本房产证，上面显示这房子所在的小区是一个别墅区，虽然不在市区，却也是风景秀美，有口皆碑。面积是三百二十平方米，足够大了。

看着我不出声，杨明杰又补充道："你放心，这房子没有任何贷款。因为买得比较早，不是很贵。"

不知道为什么，我的眼泪慢慢地渗出来，成一串滴落下来，怎么也止不住。

杨明杰看到我这个样子，急忙解释："对不起，夕颜，我并没有任何想要冒犯你的意思，我从来没有追求过女孩，我不知道该怎样说比较好。我觉得让你知道我的真实情况比较好。你看，这是我今年做的健康体检，也可以证明我身体健康，没有任何疾病。我没有任何侮辱你的意思，你不要这样。"

身体健康，学历上佳，有房有车，事业正在上升期，年龄比我大七岁，单身从未婚娶。

这是一个绝好的结婚对象，不是吗？

可是，结婚仅仅有这些够了吗？

是的，也许你会说不够。

可是，很多时候，很多人连这个坦白的诚意都没有。不是早就有人说过，谈对象之前，一定要看看他的身份证、工作证，最好还有单身证明。今天，我居然真的遇到了。否则，做了第三者也不自知。有些女孩被骗财骗色还不自知，最后甚至找不到那个最初甜言蜜语，许诺终身的人。

我知道这些，我也知道杨明杰的真诚，可是，我的眼泪依然止不住地往下流，泣不成声。

"抱歉，对不起，我不知道是这样的。你放心，结婚后我会对你好的。你进公司也快两年了，我是怎么样一个人，你也大致了解。我会是一个合格的丈夫的。"

其实我心里没有多委屈，都说求婚是一个男人对女人的最高赞扬，如今杨明杰把这肯定给了我，我其实应该是快乐的。可是，眼泪却怎么也止不住。也许是，这件事情太突然，也许是我内心对未知婚姻的茫然和恐惧。

"为什么？为什么会选择我？"抽泣间我缓缓开了口。

杨明杰扭过头，看着深沉的河水，缓缓地说："因为你是一个适合的人。"

就这样吗?

就这样。我还想怎样?其实我知道我心底深处是有奢望的。奢望,结婚是因为爱。

"你可以慢慢考虑。"杨明杰有点失望地说。

"那我呢,我需要做什么?"我想知道,这场听起来不错的婚姻,我需要付出什么。

"我想要一个稳定的家庭,然后有儿有女。你还是这样在公司上班就好。"杨明杰转过身看着我说。

听起来没有什么特别为难的事情。只是我不清楚是否能够真正胜任。

"嗯。"我胡乱地应了一声。脑子里是一团乱麻。

"夕颜,你嫁给我不会受委屈的。你从此后便会有个稳定的家庭,虽然我的条件不算特别优越,但是在这个城市过舒服的中产生活,肯定是没有问题的。你不用为未来忙碌奔波,这些只要交给我就好。婚后,你要是有了孩子,也可以把你的父母接过来照顾,我也是欢迎的。我早就已经到了适婚的年龄,你进公司两年,我也对你有所了解,这件事情我是认真斟酌过的。我不善于表达,但是,你应该相信,我是怀着十二分的诚意做今天这件事情的。"

是,我还有什么可以怀疑的呢?更加没有什么值得犹豫的地方。

如果人可以用一些硬性的条件来衡量的话,杨明杰无疑比陆之俊分数高出很多。只是这样的衡量是否从根本上就是错的?

不过，杨明杰和那些在舞台上的相亲对象比起来，显然我更加熟悉一些。那样陌生，那样待价而沽的相亲方式，我都可以接受，我为何就不能接受杨明杰的提议呢？

是的，提议两个合适的人，在一定的条件下，组织一个家庭。

或许，这是个不错的提议。

"你要是不愿意，就当我没有提过这件事情。"杨明杰看我迟迟没有表态，淡淡地说。

"不，我答应！"我仿佛从梦中惊醒，迅速地回答。

杨明杰笑了，笑意一直漫到眼睛里。

服务员正好在这个时候，把热菜送到船上。谈话就此结束。

"赶紧吃点东西吧。"杨明杰温柔地说。我从来不知道，原来他也可以这么温柔。

船静静地在周庄的河流游荡，慢慢悠悠，没有急着驶向前方，却也没有停止，只是纯粹因为自己是一条船而做船应该做的事。我不知，只是纯粹为了结婚而结的婚，会不会如这条船一样，也能收获一些别致宁静的风景。

当天夜里，杨明杰依然在酒店要了两个房间。到目前为止，两个将要结婚的人，连手都没有拉过。

杨明杰送我回房间后，绅士地说了一声："早点休息。晚安。"

然后便帮我带上门，走了。

整个世界安静了下来。

明天又是新的一天。

第二天回到了我们所在的城市之后，我和杨明杰没有去办公室，而是直接去领了结婚证。

到民政局门口，杨明杰轻轻问我一声："想好了吗？"

我看着杨明杰，用力地点点头。

杨明杰笑了一下，伸出手轻轻牵住我，推开了婚姻登记处的门。看起来，我们和其他来登记的情侣，并没有任何不同。

照相，宣誓，领证。一切都没有我想象的那么艰难。半个小时之后，我便是已婚人士。

工作人员按照程序，问我是否愿意的时候，杨明杰紧紧地握住我的手。

我很迅速地回答："愿意。"没有任何犹豫。然后朝着杨明杰灿烂一笑。

杨明杰顺势把我搂在怀里。外人看起来，我们一定是一对恩爱夫妻。

很好，这样已经很好。

离开陆之俊的二十五天，我一直挤在赵琪的宿舍。想到今后会有一个安定的住所，我的内心就无比安宁。

我从来没有料到，我会这么快在这座城市有一个属于我自己的家。不用租房，不用贷款，也不再拥挤。

很好，真的很好。

虽然这些午夜梦回的深夜里，陆之俊依然会在我的梦境盘绕。但是，这都没关系，从今往后我会努力忘记他。

领完证后，我对着杨明杰说："我想打个电话给父母。"

杨明杰想了一下问："要不要这个周末，我陪你回一趟老家，我来跟老人家解释？"

我笑了一下，说："这个回头再说吧，我还是自己先打个电话吧。你先回公司，我打完电话就来。"

杨明杰点点头。但是他也没有进公司，掉头走了。

我掏出电话打给家里。

电话是妈妈接的。

妈妈接到我的电话显然很高兴，说："夕颜，我就感觉到你今天会打电话回来，最近工作很忙吗？怎么都半个多月没有打电话回家了？你爸爸昨天还说呢。"

"妈，对不起，最近是有点事情，你和爸爸怎样？打牌有没有赢钱？"我心不在焉地问道，心里想着不知道怎么和妈妈开口。

"呵呵，最近手气还不错，今天还赢钱呢。"

看来妈妈心情还不错。正是开口的好机会。

"妈，我和你说个事情。你不要生气啊。哈哈。"我嬉皮笑脸地说。

"怎么了？难道是钱不够花了？要来搜刮老爹老妈？"妈妈也在电话那头笑呵呵地说。

"不是。我……我结婚了。今天刚领了结婚证。"我一口气说出来的。

"今天？你们这么心急？不是说好了买房子后再结婚吗？小陆也真是的。哎，不过算了，你们都好了那么久了，证领了也好。"

没等妈妈说完，我就打断她，我知道她误会了。

"不是啦。不是陆之俊。"

"不是他？那是谁？夕颜啊，究竟是怎么回事？"妈妈的口气急了起来。

"是我们公司的老板杨明杰。"

"你们老板？这到底是怎么一回事啊？夕颜啊，你可不要先对不起人家啊。"

"妈……"我刚叫了一声，眼泪便掉了下来，声音也哽咽了。

听到我的哭声，电话那头的妈妈心软了起来："夕颜啊，妈不是怪你什么，你自己的婚姻自己做主，妈妈也不好多说什么。你自己觉得好就好。妈妈只是怕你年轻，有些事情看不清楚。"

"妈，是陆之俊对不起我。我没有对不起他。"我哭着说。

电话那头，妈妈沉默了下来，然后说："夕颜啊，不管怎样，今天算是你结婚的好日子，妈妈就不说什么了。只要你好就好，妈妈总是希望你过得开心。"

"妈，你放心，杨明杰对我挺好的。我进公司两年了，对他也是了解的。"

"好就好。什么时候有空，请他回来坐坐。"

"会的。妈，你不会怪我吧？"

"怪你什么，你这证都已经领了，难不成我让你马上离婚。夕颜啊，既然已经结了婚，就好好过日子。婚姻啊，和谈恋爱是不同的。"

"妈，我知道了。"

"行了，知道就好。邻居等我打牌呢，你一切都要好好的啊。"

挂了电话，我的心一阵阵地失落。我明显感觉到妈妈对我的担心。或许，我真的应该回家一趟。

回到公司，坐到自己的位置上，我有点心神不宁，我和杨明杰的事情，我不知道公司的同事知道后会怎样想。

"回来了？"邻座的女孩小李打招呼道。

"嗯。"我点头应着，为了避开同事的目光，低头整理桌上的东西。

"哎，哎，怎样？和老板出差感觉如何？他有没有再提斯什么夫斯基？"女孩挤眉弄眼地和我开玩笑。

"斯什么夫斯基？"我愣在那里，马上想起那次我们在八卦的时候，杨明杰的问话。那个同事当时也在场。

"哈哈，你对这件事情也有印象？"我笑着说。

"当然啦，印象深刻！"同事俏皮地说。

"哎，哎，哎，回头跟你说啊，老虎来了……"同事迅速地坐下，消失在格子间后面。

我扭头一看，杨明杰上来了，我朝他微微一笑。他轻轻地朝我点点头。

想到这么一个严肃的人居然成为了我的丈夫，我觉得事情有点戏剧化。

一整天都忙碌着，杨明杰也没有和我私下谈话。很快就要到下班时间了。

桌上的电话响了，我接起电话，飞快地说："下午好，这里是诺斯信科技有限公司，请问有什么可以帮您的？"

"夕颜，进来一下。"电话那头是杨明杰。

我心跳了一下，放下电话，整理好衣服，走向杨明杰的房间。

敲了敲门，推门进去。

"杨，您，找我？"本来刚才想称呼他为杨总的，又怕不妥，含糊地改了一声"您"。

"坐。"杨明杰说。

我乖乖地坐在他的对面，静静地看着他。

"一会儿下班前，我会简短开个例会。顺便把我们的事情，和公司同事说一下。你有什么想法吗？"杨明杰轻声问我。

我摇了摇头："一切听您的。"

杨明杰笑了："我们还需要这么客气吗？"

我愣了一下，低头说："我以后会改。"

杨明杰又笑了一下，说："慢慢来吧。好了，你去吧。"

出了杨明杰办公室，正好碰上许小姐要进来，我匆忙叫了一声"许小姐"。然后回到自己的座位上。

许小姐应了一声，进了杨明杰办公室。

过了十分钟左右，许小姐出来了。虽然低着头，我仍然能感觉许小姐盯着我的目光，令我如芒在背。

"李夕颜，你通知大家都到会议室来开个会吧。"许小姐终于开了口。

"好的。"我连忙答应道。

几分钟过后，同事们都在办公室坐定。

杨明杰把昨天我们接到的客户资料大概说了一下。会议结束的时候，杨明杰说："最后还有一件私人的事情，跟大家分享，我和李夕颜结婚了。这算是我们喜糖，大家随便拿吧。散会。"

杨明杰话音刚落，同事们都无比惊讶。只有许小姐刚才先知道了，没有惊讶的表情。

"大家快恭喜杨总啊。"许小姐提议道，然后打开桌上的巧克力，抛给大家。

同事们这才缓了过来，嘻嘻哈哈地拿着喜糖，跟我和杨明杰说恭喜。

原来刚才杨明杰是买喜糖去了。

对于杨明杰这样公开我们的婚事，我很是感激。至少证明他很尊重我的感受。我不想偷偷摸摸地和他在一起，以后让同事发现，我要面对诸多的难堪和流言蜚语。这样光明磊落地一宣布，人家反而不好说什么了。

杨明杰和许小姐先走出了会议室。同事们更加轻松了，纷纷和我开玩笑打闹着。

刚才回办公室时和我八卦的同事小李，朝着我的肩膀轻轻地捶了一拳，说："夕颜，你可太不够意思了，一点风声都不透露。刚才我和你说的话，你可不要晚上吹枕边风啊。"

"去你的。"我不好意思地低下头。

"哼，装什么装！"公司的企划小杨，从我身边走过，冷冷地丢下这么一句话。

我一惊。

"别理她！她这是羡慕嫉妒恨，想了很久的总经理夫人位置落空了。"小李嘲笑道。

"什么？"我从来不知道，公司里还有这一茬八卦。

"你看不出来啊，小杨每次见了杨总叫得比谁都甜。"小李在我耳边说。

"她不是有男朋友的吗？"我记得小杨和我们公司几个小女孩聚会的时候，好几次都是她男朋友接她回家的。

"有男朋友就不能动其他心思了？夕颜，你也真是太单纯了。你是在有男朋友的时候，没有关注过其他男生，人家可是从来没有忘记留意身边的风景。不过，夕颜你能够嫁给杨总，我还真挺为你高兴的，咱俩关系好，以后老板娘就多关照关照我啦。"小李嬉皮笑脸地说。

"你说到哪里去了，咱们还和以前一样。早过下班时间了，你还不赶紧走，你的那个谁又要在公司楼下独自徘徊了。"我轻轻地推了小李一把。

"这么快就又轮到我给你取笑了。行了，我赶紧闪人。再见了，老板娘。哈哈！"

小李飞快地走出会议室。

我回到自己的座位上，想着下班后该怎么办。虽然我早就趁着陆之俊不在的时候把一些重要东西拿到了赵琪那里，但是还有一些沉重的物品，我还没有搬出来。算了，不过是些书本之类的东西，暂时我也不想去拿，或者以后压根就不用去拿了。

可是我已经是结婚的人，我总该和我的丈夫一起回家吧。

正这么想着的时候，杨明杰走到我的座位前，问："可以走了吗？"

"嗯。"我点点头站起来。

不去想那么多了，从今往后，我只要跟着眼前这个男人的脚步就可以了。

杨明杰和我一前一后地走着出了公司。我感觉背后有好几双眼睛对着我行注目礼。

今夜是我的新婚之夜。等待我的会是什么呢？

一切不得而知。

喜欢是一种浅浅的爱

来到停车库，杨明杰的车前，杨明杰很自然地为我拉开了副驾驶座的车门。

我说了声"谢谢"，便坐了进去。

杨明杰笑了笑，拉开车门，插钥匙，发动。

"我们这是上哪里去？"我还是忍不住问。

"回家。"杨明杰简短地答，然后便看着我。看我不吱声，他又笑了起来，说："李夕颜同学，我们总得找个地方把肚子先填饱吧。"

"我会做饭的。"我连忙说。

"哈哈，不急，你的手艺留着以后慢慢展示吧。今天是我们结婚的第一天，总得找个像样的地方吃个饭吧。"

"简单吃点吧，反正我晚上减肥。"我小声地嘀咕说。

"我知道你晚上节食。"杨明杰说。

"你怎么知道的？"我惊讶无比。

"你们几个姑娘，天天在公司念叨要少吃点，少吃点，就是再不留意的人，也会知道啊。"

"啊？"我不好意思地低下头。

"放心吧，回头我帮你多吃一点。然后我带你去一个好地方。"

"好地方？那我不多吃一点，岂不可惜了？"

"哈哈，那就多吃一点吧。你根本就不胖，这样正好。"杨明杰打量了一下我说。

我脸顿时一阵阵火热。

车子慢慢向远处驶去。虽然是晚高峰时间，但是要去的地方并不远，不到半个小时就到了。

饭店原来在紫金山上。

这座山一直是这座城市引以为傲的自然资源。中国的大城市有很多，可是能够在城市的中央有一座山的并不多。陆之俊的大学离这座山并不远，大学谈恋爱的时候，周末我们便经常在山里散步。这座山，有着很多我现在想来十分心酸的回忆。

中山陵那层层的台阶，最后是陆之俊拉我上去的。

紫霞湖，我们曾经在炎炎夏日的深夜，偷偷过来游泳。我不会游，陆之俊便抱着我在岸边浅水区一点点慢慢地挪。

还有白马公园，我们曾在圣诞节的时候游玩到深夜。实在冷得受不了了，便两个人玩老鹰抓小鸡，奔跑着取暖。

这些点点滴滴当时的快乐，又有谁能料到，今天，曾经极度的快乐便变成了今日加倍的痛苦。

物是人非事事休，欲语泪先流。

如今看来，我是要和另一个男人在这紫金山上谱写新记忆了。

"怎么了？"杨明杰侧脸看着我。

"没什么。只是觉得紫金山的风景实在美得不像是真的。"我调整一下情绪，回答说。

"是啊，这是一个好地方啊，我也非常喜欢。下来吧，到了。"

杨明杰带我来的饭店，在紫金山的一个小湖边上，推开包间的窗户，便是一片波光粼粼的水面，还有不远处的青山绿水。

看得出，杨明杰是用了心思的。对于我这个新婚妻子，他在尽力营造一种美好温馨的气氛，努力让我们彼此相处愉快。

"你能告诉我吗？为什么会选择我？"我不想再费力揣测，我想知道真实的原因。

杨明杰一愣，有点不好意思地笑了起来："如果我说我早就注意到你了，你会相信吗？"

早就注意到我？有多早？更何况我从来没有感觉到杨明杰对我的注意。

"还记得你是怎么进来的吗？"杨明杰说。

"是你把我招聘进来的啊。"我回忆道。

"对啊，当时我问你为什么非要留在这座城市，你很坦白地说是为了男朋友。"杨明杰说。

"嗯。"想到他今天是我的丈夫，而我曾经说过那样的话，我不知道怎么回答才算是好的。

"你愿意为了一段感情，去这样做。我觉得很是难得。"杨明杰幽幽地说。

"愿意这样做的女生应该有很多吧。"我确实不觉得我自己的做法有多么伟大。很多恋爱中的女孩也会这样做。

"很多吗？也许是我以前没有遇到。"杨明杰像是触动了什么心事。

我的心有点酸酸的，每个人都有一些往事，不愿旁人触及吧，杨明杰一定有他自己曾经的故事。他不主动讲，我也不愿意问。就这样埋葬吧，我只要从今往后，在我们的婚姻里，没有第三个人就好。

"我肚子饿了，赶紧点菜吧。"我连忙岔开话题。

"好吧，从今天开始，我们要对彼此增加了解。说吧，你最喜欢吃什么？"杨明杰笑着问。

"哈哈，真要说吗？"我不好意思地说。

"说吧，让老婆吃饱我还是做得到的。"杨明杰调侃道。

"我喜欢吃红烧肉。"

"哈哈哈哈。"杨明杰大笑起来。

"有那么好笑吗？"我噘起嘴巴说。

杨明杰在我脸上轻轻掐了一下："好，我们今晚就吃红烧肉。真是，不是一家人不进一家门啊！我也非常喜欢吃红烧肉。"

"哈哈哈。"这回轮到我大笑起来。

"咦，你笑什么？"轮到杨明杰疑惑了。

"哈哈哈，我以为……我以为……你会喜欢吃什么翡翠白玉汤，云中雪上燕呢。"

"那是什么？"杨明杰更加疑惑了。

"青菜豆腐汤，红烧乳鸽呀。"我笑得上气不接下气。

"可是为什么那样说？"杨明杰问。

"因为你在公司一直板着脸，然后喜欢的东西都是一些，我等俗人无法欣赏的东西。所以啊，你只有说喜欢吃的是那些，才符合你一贯高深莫测的形象。"

"哈哈哈，幸好你没有说，我不食人间烟火。"杨明杰也笑了起来。

我从来没有想象过和杨明杰能够这样愉快地聊天。

并且，我的内心深处，对这样的聊天是深深喜欢的。

我是爱上他了吗？

爱应该没有那么快。

但是喜欢，肯定是有一点点的。

谁说的，喜欢，是一种浅浅的爱；而爱，是一种深深的喜欢。

那么，是否离我爱上杨明杰已经没有那么遥远了。

我知道你想知道什么。

但是如果告诉你，我和杨明杰结婚一个星期还没有做正常夫妻该做的事，你会不会相信？

可是，事实就是这样。

这一个星期，我们忙得连晚上洗澡的力气都没有。

第一天，我们去紫金山吃了晚饭。晚饭之后，杨明杰便提议在山里走走，这一走便是一个多小时。当时不觉得有多累，可是在回家的路上，我便在车里睡着了。回去之后便很快地休息了。

第二天，白天上班，晚上下班之后我们便去购买一些日用品。杨明杰现在住的地方，是市中心的一套单身公寓。他的那套别墅得先装修，最快也要半年之后才能入住。杨明杰说先将就半年然后再搬。当然对于我这个以前一直租房子的人来说，有一个安定的住所已经很好。更何况杨明杰这套单身公寓，也有六十多平方米，两个人住其实也足够。但是因为新婚，终归要布置一下，添置一些必需的东西。

这么一弄，两个晚上就过去了。

第四天，杨明杰的姐姐姐夫来我们这里办事，我们一起吃晚饭。我这才知道杨明杰家里大概的情况。杨明杰的母亲两年前已经过世，家里有一个父亲，还有三个姐姐。杨明杰是家中独子，也是最小的。姐姐们都已经结婚成家。

杨明杰说，小时候三个姐姐对他都非常好，杨明杰家里条件不算很好，姐姐们结婚后还拿出钱，供他上学一直到研究生毕业。所以他的三个姐姐就像他的母亲一样，现在他条件好了，一定要尽力回报。

杨明杰这么说的时候，我也就是听听而已，没有往心里去。以后的事实证明，三个姐姐比一个婆婆，更加令人头疼。

就在那天，我就已经深刻领教。

那天来的是杨明杰的三姐和三姐夫，三姐夫在当地乡政府做公务员，条件算是可以的。

杨明杰定了公司附近的饭店，带着我一起去。这是我第一次见他的家人，因此也格外紧张。

杨明杰看到我紧张，笑着说："我姐姐是很好的人，你尽管放宽心。"

我想着也是，姐姐和杨明杰也差不了多少岁，和我应该也不会有太大的代沟。心里也就放松许多。

到了饭店，三姐和三姐夫已经到了。

看到我们来，三姐虽然脸带微笑，但是眼神却把我从上到下，从里到外，肆意打量了一番。

"这就是弟媳吧？多大年龄啊？"三姐说。

"三姐，我们先坐下吧。"杨明杰说道。

"我又不是问你，你着什么急啊。"三姐嗔怪道。

"我 1985 年出生。"虽然我不喜欢三姐的口气，但是第一次见面，我还是想尽量给他们留下好印象的。

杨明杰让三姐坐了主位，三姐夫坐了主客位，自己在三姐另一边坐下了，我在杨明杰边上坐下。

"叫什么名字来着？"三姐问。

"李夕颜。"杨明杰回答道。

我这才意识到，三姐问的是我。

"怎么就突然想到结婚了呢？我之前从来都没有听你说起过。"三姐问杨明杰。

"哎呀，你问那么多干什么，赶紧吃饭吃饭。"三姐夫说。

"怎么就不能问了。妈过世得早，长姐如母，我可是带着大姐和二姐的任务来的。"三姐语气很是不满。

"三姐，先吃点东西吧，边吃边聊。"杨明杰说。

"我都三十多了，早都超出了晚婚的年龄了。我的那些初中高中同学，小孩都能打酱油了。再不结婚啊，黄花菜都凉了。"

杨明杰打趣地说。

"谁不让你结婚了？以前一直催着你结婚结婚，你都说不急不急，以事业为重，你还在创业，没有精力去顾得上个人问题。这下倒好，说结婚，风声都没有透露一点，证都领好了。"三姐说。

三姐这些话，在我听来格外刺耳。不过我也不是个软柿子任人捏。先不吱声为好。

"李夕颜啊，还是你有本事，收得住我弟弟的心。"三姐像是在恭维我，又像是在讽刺我。

"三姐，我哪有什么本事啊。论本事还得向杨明杰学习，他不仅能把公司管理好，其他方面也是没得说的。"我不轻不重地回答道。

杨明杰看了我一眼。就这么一眼，我知道杨明杰已经不高兴了。

"吃饭吃饭，三姐。"杨明杰说。

"拿去吧，这是我和大姐二姐的心意。你们结婚不跟我们说，但是我们不能礼数不周啊。"三姐拿出了一个红包想要递给我，最终却还是递给了杨明杰。

"哎呀，三姐啊，我现在什么都不缺，你弄这个干什么啊。拿回去吧，还给大姐二姐她们。等过段时间，我公司不那么忙了，我回老家再补请大家。"

杨明杰把三姐的红包直接塞进三姐随身的小包里。

杨明杰这么做，我没有什么意见。反正，和我也没有什么关系。

三姐也没有再推辞，然后大家的注意力便转到吃饭上了。

回到家后，刚换下鞋子，杨明杰便说："夕颜，我们谈谈吧。"

我狐疑地坐下。

"夕颜，我希望以后你不要像今天这样和我姐姐说话。"杨明杰说。

"我也没有说什么啊。"我知道风暴这才刚刚开始。

"是的，你是没有说什么，可是你的口气和态度，已经说了很多了。"杨明杰说。

"和我姐姐们在一起，你只要答应着就是了。我自然不会让你受委屈。她们从小看着我长大，就像我妈一样，自然有些顾着我这边说话。"杨明杰说。

我睁大眼睛看着他。实在不相信这话是杨明杰说出来的。

"你不用这么看着我。就当是帮我忙，以后看到我的姐姐们多让她们几分。"

"你怎么不跟她们说，让她们讲话注意点呢？"我慢慢地说。

杨明杰没有想到我会这样说。也许他已经习惯了我在公司的顺从。

"她们为我付出很多，要不是她们，我也没有今天。所以让让她们也是应该的。再说了，尊重长辈也是一个人的美德。"杨明杰不轻不重地说。

我咬住嘴唇不出声。

我们这是怎么了。算是婚后第一次吵架吗？这样的吵架以后还会有多少呢？

杨明杰看我不出声，也停止讲话。

一夜无话。

第五天，杨明杰和许小姐出去应酬了。下班后我也没有直接回到家里，而是独自去街上闲逛。

逛街的时候，我看到地铁里有一张楼盘广告的海报，广告上，有一个长发微卷的女孩坐在秋千上，侧脸微笑摇曳。上面的女孩我总感觉很熟悉，却又不是哪个明星。我费尽心去想，才想起来，这是和我一起参加《非诚勿扰》的唐夏娃。

原来她是一个广告模特。难怪那么漂亮。想到这里，我掏出手机打电话给唐夏娃。

才拨了号码，我就后悔了，谁知道唐夏娃还记不记得我。犹豫间电话已经接通。

"李夕颜，您好，我是唐夏娃。"电话那头，唐夏娃的声音明显地带着惊喜。

我一愣，连忙说："夏娃，你怎么知道是我？"

被这样一个美女记得，我简直有点受宠若惊了。

"你忘了，我存你的号码了呀。"唐夏娃在电话那头嘻嘻地笑着说。

"哦！是啊，你看我这记性。也没有什么特别的事情，我在逛街呢，看到地铁里你的新广告，忍不住打个电话给你。"我说。

"是吗？广告已经在地铁里出来了？我还没有看到呢。怎样？提点意见？"夏娃开心地说。

"哈哈，我的意见是，你可不可以不要这么漂亮。下次逛街，我一定不让我老公从这个地铁走，哈哈。"我调侃夏娃道。

"去你的。哦，对了，你刚才说到老公？什么老公？难道你也是有男朋友的？"夏娃问。

"参加节目的时候还没有男朋友。不过，现在确实已经有老公了。哈哈，说来话长，改天再跟你细聊。"

"这才几天啊？你就有老公了？你不会是闪婚了吧？哇，看不出来，李夕颜你好前卫啊。不要改天了，我现在就有空，你在哪里逛街，我来找你好了。"唐夏娃说。

"那好，我在环球购物中心等你。你到了给我打电话吧。"我说。

人与人之间，真的是要靠缘分的。有的人，你即使朝夕相处，也成不了朋友；而有的人，哪怕只有一面之缘，你却愿意交心。我和唐夏娃就是如此。

不过二十多分钟，唐夏娃就来了。

我那时正在挑选化妆品，突然感觉有一双手，把我的眼睛蒙住。然后便是一个撒娇的声音。

"猜猜我是谁？"

"亚当的老婆，哈哈。"我笑着拨开蒙住我眼睛的手。

"喂！不是所有的人，都急着要去找亚当的，哈哈。"唐夏娃取笑我说。

"快点，快点，把你的故事从头讲来。"唐夏娃催着我说。

"大小姐，你不会让我在这里讲吧，总得找个地方坐下来。"我笑着摇头。

"我有好地方去，你跟我来。"唐夏娃故意卖弄关子。

随即，唐夏娃便领我来到电梯口，按了十七楼。

原来在这写字楼里，还有一个会所。我以前从来都不知道。

显然唐夏娃对这里很熟。

她才一进门，马上就有一个帅哥上来服务。

"唐小姐，好几天没有来了。"帅哥讨好地说。

"老刘在不在？"唐夏娃问。

"哦，我们刘总刚巧出去了。"帅哥说。

"嗯，好，给我要个清静的包间吧。还有不用跟刘总提我今天来过。"唐夏娃说。

"好的。"帅哥顺从地答应了。然后领着我们进了里面的一个雅间。

这里是日本和式设计风格，坐的地方都是榻榻米。灯光昏暗但是很温馨，很适合好友聊天谈心。

"点些什么喝的吧？"唐夏娃问我。

"我第一次来，你推荐吧。"

"嗯，好，还和以前的一样。"唐夏娃对着帅哥说。

帅哥轻轻地退了出去。

"快说，快说，究竟是怎么回事？"唐夏娃问。

"别急啊，总得让我喘口气啊。"我笑着说。

"行了，别吊我胃口了。"唐夏娃轻轻地拍打了一下我的手。

于是，我把这几天发生的事情，从头到尾说了一遍。

"就这样？"唐夏娃问。

"嗯，就这样。"我点着头说。

"他没有承诺你什么？"唐夏娃问。

"要承诺什么？"我不解地说。

"有没有说，要给你父母什么聘礼？"唐夏娃说。

"这又不是旧社会，哪来聘礼一说？"我笑着说。

"没有说，以后房子会加你的名字？"唐夏娃追问道。

"没有啊，这是他早就买好的房子啊，房产证早就办好了的。"我回答道。

"有没有钻石戒指求婚？"唐夏娃又问。

我再一次摇摇头。

唐夏娃笑了起来，说："夕颜啊，有你这么结婚的吗？没有办酒席，没有礼金，没有结婚戒指，甚至连父母都不知道。你这是典型的闪婚加裸婚啊！"

"不是裸婚，起码他房子是有的，车子是有的。"我辩解道。

"可是这些和你有什么关系。明天要是你们离了，你就什么都没有，白白担了个离异的名。"唐夏娃说。

这么想想也是啊。我这婚结得也太草率了。

"关键人家闪婚，或者裸婚，是因为爱的冲动。你呢，你这是为了什么呢？"唐夏娃说。

"哎，女人不要太傻啊。"唐夏娃一副为我痛心疾首的样子。

"我也不知道，但是我只是觉得要是不答应他，好像就是我理亏了。"我说。

"完了，完了，你被他吃定了。看样子，你已经爱上他了。"唐夏娃开着我的玩笑说。

"是吗？"我托着腮帮子，若有所思地回答。

想到昨晚，为了他三姐而起的争执，我说："我才不要爱上他呢，昨晚他还和我吵架呢。"

"哈哈，你看你这个样子，和一般的小夫妻有什么区别。"

我刚要回答，移门被拉开了，刚才的帅哥服务员推着一辆精致的小车停在门口，然后手托着一个深褐色的托盘跪着进来了。托盘上是两只精致的刻着梅花的茶盅，各配着一只同色的碗。帅哥在我和唐夏娃的面前各自放了一份。

说了这么多，我还真有点渴了。刚想端起杯子一口喝进去，夏娃却拉住了我的手，然后只见她把茶倒在嘴巴里漱了漱口，吐在了碗中。

我明白过来，依样做了。帅哥把茶盅和碗都撤了，从小车上端上四碟精致的点心，紧接着再上了一套茶具。

帅哥把火在茶具底座点上，然后在包间最右角落点上一盘小巧的线香。接着再用沸水，把茶具整个烫一遍。最后再把开水倒进放着茶叶的茶壶里。

"我们自己来就可以了，谢谢。"唐夏娃笑着对帅哥说。

帅哥恭敬地说："夏小姐要有事就叫我。"

然后便跪着退了出去。

"这么复杂？这里的老板是谁啊，怎么会想到开这么一间茶室啊？"我惊叹道。

"不过是一个俗人附庸风雅罢了，当不了真。"夏娃淡淡地说。

"哈哈，是哪个俗人要附庸风雅啊？"突然间，包间门被拉开了。

一个脸色黝黑，个子和我差不多高，大腹便便的男人站在了我们包间前。

夏娃瞥了来人一眼，压根没用正眼看他。

"还能说谁啊，这里有几个俗人啊？"夏娃娇滴滴地说完，那样子，十个男人见了，保准个个都会为之倾倒。

果然来人不怒反喜，走进来，拉上移门，靠着夏娃坐了下来。

"是是是，在唐小姐这样的仙女面前，我等就是一个俗人，来人！"

帅哥服务员马上出现在包间前。

"请问刘总有何吩咐。"帅哥的态度比之前更加毕恭毕敬。

"来一份新鲜的水果。"刘总吩咐道。

帅哥领命出去。

"这位是？"刘总这才把注意力转向我。

"我的好朋友，李夕颜。这里的老板，刘总。"唐夏娃给我们做介绍。

"李小姐，幸会幸会。"刘总站起身，对我弯了弯腰。

我连忙也站起身来，对刘总回礼。

我没有想到眼前的这位刘总就是这间茶室的主人，更加没有想到，刘总外表虽然粗俗，却有这样极佳的品味，并且行事也如此有风度。很多男人见了陌生女士，即使是初次见面，先不管三七二十一，都是伸出手来，抓住一握揩油。也不管女孩的内心，是否愿意做这样的肢体接触。其实这在男女交往的礼仪中是极为不妥的，只有等女士先伸出手来，男士才可以握手。但是，现实社会中知道的人并不多，这样做的更是少之又少。而刘总却知道这样的规矩，绝对是有见识的人。

"刚才，夕颜还夸你这间茶室，品味极佳呢。"唐夏娃笑着说。

"谢谢李小姐夸奖，喜欢以后常来坐坐。唐小姐的朋友，就是我的朋友。"刘总对我微点一下头说。

"那刘总的意思是，我的就是您的，您的就是我的了？"唐夏娃半开玩笑半调情地说。

"就看唐小姐你愿不愿意了。"刘总也话里有话。

我实在看不懂眼前的这场戏。

"好了，刘总您是大老板，我可不敢耽误您的时间，我和夕颜姐妹小聚，就不劳您陪同了。"唐夏娃说。

"哈哈哈，我明白了，你们聊，你们聊。一会儿你结束了，再叫我。"刘总打着哈哈说。

刘总走后，我连忙好奇地说："什么情况，什么情况。你也得如实说。"

"能有啥情况，你也看到了，就是一个追求者而已呗。"唐夏娃笑嘻嘻地说。

"没有那么简单吧？我看你们眉来眼去的，仅仅是追求者吗？我的事都跟你讲了，你却不对我说实话，真不够意思。"我打趣着说。

"哎，你觉得，我能看得上这样一只癞蛤蟆吗？"唐夏娃突然凑上前，在我的耳边轻声说，说完还做了一个挺着肚子的动作，非常形象生动。

我顿时笑了起来。唐夏娃做刚才的那个动作，还真有点癞蛤蟆的神韵。

"不过是这样的人不能得罪罢了，以后还有用得着他的地方呢。"唐夏娃一脸无奈地摊手。

"你要是对他没有意思，那么我劝你还是不要这样的好，暧昧不是一件好玩的事情，稍有不慎就引火上身。"我把唐夏娃当作朋友，所以真心地劝他。

"不怕，他比我更怕引火上身呢，人家家里有贤妻。"唐夏娃拿起茶杯，淡淡地说。

我惊讶地捂住嘴巴，然后压低声音说："夏娃，你这是做小三啊！"

"放心，小三我还不屑于当呢。"唐夏娃说。

"那就好，下次我们赶紧换个地方约吧，我可不想你欠这个刘总什么人情。"我说。

"哎呀，夕颜，你说你怎么就这么死脑筋呢。不就喝几次茶而已，能欠多少人情啊。再说，我要是不来，就不是欠人情的问题了，就整个把人得罪了，你说哪个比较严重一点。人在江湖混，总得灵活机灵一点。什么事情都撇得那么清楚，也就没有意思了。"夏娃说。

我想想觉得夏娃的话有道理，又觉得没有道理，可又说不出个其他理由来反驳。

"那你说说你为什么要参加《非诚勿扰》吧？"我想起了让我们结缘的节目。

"呵呵，一则是因为我的确单身，二则是我们经纪公司说这个节目火，可以提高曝光率，所以我就来参加了。"夏娃轻松地说。

"这样啊，那节目组知道吗？"我问。

"知道什么？我的情况都是属实的，我又没有欺骗节目组什么。"夏娃一脸无辜。

"不过你知道吗，夕颜，这个节目真是火啊，我们见面的那天，已经是我第三次录节目了。上周末正好轮到播出我之前录制的节目，谁料播出之后啊，那些有的没的，经常联系不到的人，都打电话来给我。这不，早就已经拍好的房地产广告商，一看到我在《非诚勿扰》出现，马上就把广告全城投放了，所以你才会在地铁里看到那个广告。我们还真是托了《非诚勿扰》的福了。我收获工作合约，你收获婚姻。"

我想了想，笑着说："也是哦。看来我们要给《非诚勿扰》节目组送一个牌匾，写上'改变命运，堪称大师'，哈哈。"

"哈哈哈！让《非诚勿扰》的宣传词，改为'踏上走运之路，从参加《非常勿扰》开始'，绝对有更多的人参加。"唐夏娃也调侃着说。

"哎，你还记得和我们一起站在舞台上的那个女孩吗？"我突然想起我那期，最后和男嘉宾牵手的另外一个女孩童若影。

"童若影？"唐夏娃说。

"对啊，对啊，你还记得她名字？"我说。

"不瞒你说，我们那期，我就记得你和童若影的名字。"唐夏娃说。

"为什么？"我不解地问。

"因为名字好听啊，不像是个真名，倒像是个艺名。我一向对好听的名字特别留意。实话告诉你，唐夏娃不是我的真名，是我进了经纪公司后找人改的。我还记得帮我改名字的大师说，一个人的名字若是特别突出，令人印象深刻的话，这个人的命运也不会普通。"唐夏娃说。

"什么？你不叫唐夏娃，那你叫什么名字？"我好奇地问。

"哈哈，不告诉你。"唐夏娃掩着嘴笑。

"快说，快说，别吊我胃口了。"我摇着她的手说。

"哈哈，反正是一个俗得不能再俗的名字，我的爹妈可没有你的爹妈那么有文化。"唐夏娃笑得更欢。

"说嘛，说来听听嘛。你要是不说，说明还没有诚心交我这个朋友。"我故意假装生气。

"好好好，你这个朋友我是交定了的，谁让我们投缘呢，我写给你看。"唐夏娃拿起桌上笔筒里的铅笔和便笺，认真地写上。然后递给我，一边自己乐得合不拢嘴。

我一看，字条上写着三个字——"钱金花"，也忍不住哈哈大笑起来。

"这可是一个绝好的名字，有钱之后还不够，还要有金花，叫这个名字的人，绝对能发大财。哈哈，你改亏了。"我取笑她。

"其实我自己还挺喜欢这个名字的，无奈啊这些城里人不识货啊，嘿嘿。"

我又看了看字条，忍不住又问："你把姓都改了？"

"其实，唐才是我的祖姓，我爷爷姓唐，只是我爸爸一出生的时候体弱多病，就改姓给八字相合的钱姓人家，农村信这些。

不过说来奇怪，我爸爸改姓之后身体还真就好了。我后来这一改名啊，也算是改回了本姓，爷爷是很高兴的。"唐夏娃说。

"原来是这样啊。"我没有想到平常我不在意的名字，也会在别人身上有这么多曲折。

"夕颜，我告诉你啊，你这个名字是很招桃花运的。当初我改名字的时候，我也是把它做备用名考虑的，可是大师说怕我压不住，桃花运太盛，反而招惹了灾祸。"唐夏娃说。

"哈哈，你就算叫钱金花，就你这如花似玉的容貌，不用大师算，我也知道还是很招桃花运的。"我调笑道。

"去，去，去。没见过哪个女生这么愿意夸另外一个女生的。"唐夏娃开心道。

"我说的是事实啊。你比我漂亮很多，我犯不着在这个事情上想不开。"我坦白道。

"夕颜啊，这就是你招人喜欢的地方，心地太单纯了。你呀，不管对谁都得防着点，不管是女的还是男的，还是你的老公。"唐夏娃说。

"用不着这么累吧？哈哈。"我丝毫不在意地说。

"哦，刚才跟你说到那个童若影，我估计她最后和那个男的没成。"唐夏娃说。

"为什么？"我不知道其中有何故事。

"哼，那个男的下了节目后，就给我发了很多信息。之后还打过很多个电话，说什么邀请我一起出海玩。"唐夏娃说。

"不会吧？最后他选择的不是童若影吗？为什么节目上这么

选，最后却又对你穷追不舍呢？"我更加想不通。

"节目上，他当然选择一个绝对有把握和他牵手的人呗。他选你或者童若影都是，你们必须跟他走的。而我，是可以自己决定要不要跟他走的。有的男人要面子，牵不到手就觉得丢了面子。"唐夏娃点拨我说。

"可是他干吗没有选择我啊？"我不理解地说。

"哈哈，我还以为你对这件事情从没有在意呢。难不成你真的对他有点意思？"唐夏娃说。

"没有啊。只是好奇嘛。"我说。

"因为，童若影想要跟那个男嘉宾的意愿，比你更加强烈啊！傻子都看得出来，童若影是故意揣摩了男嘉宾的心思，按照他的要求回答问题的。你看她最后的那个问题的答案。"唐夏娃说。

"嗯，她说至少要两个小孩，越多越好。"我回忆道。

"其实我估计她一个都不一定肯生。别相信这些节目中的说法，所有的说法都出自于她们参加节目的目的。童若影这样的一种答案，深得那些大男子主义，特别是口袋里有些钱，想找个女人传宗接代的男人欢心。"唐夏娃说。

"那你的答案是不想生育，两个人相爱到老。是为什么啊？"我奇怪地问。

"你还不明白啊，我这么回答，摆明了就想赖在《非诚勿扰》舞台上一段时间，这个节目这么火，我还不舍得离开呢。有多少男人同意自己的老婆不生孩子啊。哈哈，后面那句话，我不过是借着爱的名义，做个掩饰罢了。"唐夏娃说。

"啊，这么复杂，我可是说的实话，只想生一个小孩。"我没有想到不过是一个普通的问题，却藏着这么多细密的心机。舞台上的生活看来还真是不适合我。幸亏我结婚了，也不用再去参加相亲节目了。

"我知道你说的是实话，所以我说你单纯啊。"唐夏娃笑着说。

"不过单纯也是要有资本的，谁不想单纯得如一张白纸，不用藏着深深的腹黑。可是我要是像你这么单纯，我就不要在这行混了，说不定连死都不知道怎么死的。"唐夏娃幽幽地说。

我单纯吗？经历了陆之俊的背叛、杨明杰的闪婚之后，我还算得上单纯吗？

倘若我不是这么单纯，陆之俊会背叛我吗？我会这样和陆之俊分手吗？杨明杰会选中我和他闪婚吗？又或者，我会这样无条件地和杨明杰闪婚吗？

单纯对于一个人，尤其是一个女人来说，究竟是幸还是不幸？

我正在胡思乱想的时候，手机响了。

我一看，屏幕上闪烁着一个如今对我来说很重要的名字：

杨明杰。

那天晚上，我接到杨明杰的电话之后，很快便回家了。

唐夏娃央求了几次，要看看我的老公长什么样子，我都没有答应。不是因为其他的原因，纯粹是我的内心还没有完全准备好让杨明杰见我的朋友，参与我的私人空间。我也没有准备好去把一个比我大七岁的老公，在我的朋友圈公开。知道是一回事，见面却是另外一回事。在我的内心，我对这段婚姻还有杨明杰依然有些抗拒。当然这些当时我是不自知的，直到之后很多次，我和以前的大学同学或者高中同学聚会的时候，我都故意让杨明杰回避，杨明杰才把我点醒。

婚后的第六天，第七天，白天依然是上班。最近公司很忙，杨明杰周末都没有休息。至于我，杨明杰不休息，我自然也是跟着加班。晚上，分别约见了两家装修公司，商谈装修的事情。

对于装修，我总感觉不是自己的事情。也许是那天和唐夏娃的谈话之后，心里落下了芥蒂，总感觉这个房子和我没有多大关系。

杨明杰也看出我对装修的态度并不是很积极，回家便问我怎么回事。

依然是那句开场白："夕颜，我们来谈一谈吧。"

我现在极其害怕听到杨明杰说这句话，这就代表着要进行一场严肃的谈话了。之前，我和陆之俊谈恋爱的时候，两个人从来没有这样的谈话，有事就正常商量，不需要刻意提出要谈一谈。就算两人意见极度不一致，大不了就是吵上一架，没有这样冷静地谈判。

也许，是因为我们还不够亲密。也许，是因为杨明杰比我大七岁，又是我的老板，在婚姻中也摆脱不了领导的角色。

"夕颜，你怎么了？"杨明杰的询问，把我从走神中拉了回来。

我心头一紧。我这是怎么了？我在拿陆之俊和杨明杰比较吗？

不要！我不要这样没有意义的比较。人生还是向前看比较好。这么想着，我便开始振作精神准备开始这场谈话。管他呢，兵来将挡，水来土掩。有什么事情是过不去的呢？总不会比陆之俊的出轨来得更糟糕。

"好吧，要谈什么？"我抬起下巴，充满斗志地说。

杨明杰没有想到我的脸色一下子从落寞到激昂，转变得如此之快。

"谈谈你心中真实的想法。"

"什么真实的想法？"我问。

"你心里想什么就说什么。"杨明杰看到我这么利落的回答，反而不知道怎么说才好。

"我没什么想法。"我一下子回绝。

"你……你还在对那天三姐的事情生气吗？"杨明杰缓下语气问我。

"生气，当然生气。"我立刻说。

杨明杰一愣。

"我长这么大，还是第一次有人这么挑三拣四地对我说话，况且我又没有做错任何事在先。"我接着说。

"你倒是坦白啊。"杨明杰居然笑了一下。

被他这么一笑，斗志昂扬的我有点儿泄气。

"要气多久？"杨明杰问。

"气多久？她人走之后，我就不气了。我生气她又看不到，我犯不着一个人生气。"我回答道。

我的心里还在说，我才不跟这些无知妇女计较呢，好歹我是个大学生。但是这些话，估计说出来，杨明杰又要气得鸡飞狗跳了。还是放在心里比较好。

"那你这两天是为什么？"杨明杰问。

"什么为什么？"我装糊涂。

"我们的新房要装修，你为什么什么意见都没有？"杨明杰直接问。

关我什么事啊？我在心里说。

"没有啊，一切都听你的，不好吗？"嘴巴上我是这样回答。

"不是这样的。夕颜，你自己心里知道根本不是这个回答。"杨明杰用犀利的眼神看着我。

天啊，这个他都能知道。看来我还是不说话比较好。我咬住嘴唇，决定不开口。

杨明杰站起来，走到厨房的窗户前，点了一支烟，靠着水池看着我。

这让我想起了，和杨明杰一起出差的那天，在服务区也是这样，抽着烟。杨明杰几乎不抽烟，偶尔抽起来，一定是有什么事情让他很烦心。

想到这里，我的心莫名地有点酸。

我站起来，走到他的跟前，什么都没有说，把他的烟拿下，在水龙头上冲灭，扔进厨房的垃圾桶里。

我做着这些的时候，杨明杰没有反抗，也没有说任何话，就那样目不转睛地看着我完成这些动作，然后一把抱住我。

杨明杰的下巴搁在我的头顶，把我紧紧地按进他的怀里，他身上淡淡的烟草味道，慢慢飘进我的鼻息。这是我们结婚后，第一次如此亲密地拥抱。我一动也不敢动，生怕动了，便发觉是一场梦。那样的亲密无间，原来只是一场幻觉。我闭上眼睛，交出灵魂。

有多久没有接吻了，我已经不记得。

我只知道，我在热烈地回应。不管了，什么都不要去想了。我贪恋这片刻的欢愉，我的身体出卖了我的内心，我不愿意睁开眼睛，我要这样的好时光，久一些，更久一些。让我去感受跟前这个男人的爱，多一些，再多一些。

我依然不敢睁开自己的眼睛。感觉自己的衣裳，在无声褪去，我的肌肤因为骤然接触到空气，浑身一颤。我感觉我被更紧地搂在怀里，然后被抱起，就算是在抱着的时候，我们依然在亲密爱吻。

我终于成为了杨明杰的女人。

"好了，可以睁开眼睛了。"杨明杰在我的耳边，轻声耳语。

听到这话，我更害羞地缩进被子里。

杨明杰再一次把我抱住，紧紧不愿松开。

"哎，有你这么抱的吗？"我终于睁开眼睛，看着杨明杰说。

杨明杰立刻把环抱住我的手松开一些，却不愿意离开。

我轻轻地朝着他靠了靠，也伸手环抱住他的腰，把脸贴紧他的胸膛。

"夕颜，我要我们做一对平凡的夫妻，老了还是在一起。"杨明杰轻声在我的耳边要求。

"嗯。"我轻声答应。

"有什么麻烦事情，都交给我。我要尽量让你快乐。"杨明杰又说。

"嗯。"我依然呢喃答应。

"对我生气呢，也不可以超过一天。"杨明杰接着说。

"嗯。"我靠着他的胸膛说话，直接对着他的心脏回答。

"还有每天，都要像今天这样对我。"杨明杰笑着说。

"嗯。"

多么好听的情话。多么悦耳的甜言蜜语。我愿意一直这么听下去。再多说一些，请再多说一些。

我愿意在这样的温柔中，从此不得救赎。

第一场婚姻歼灭战

公司的所有同事，都逐渐接纳了我和杨明杰结婚的事实。只有一个人除外。那就是企划部的小杨。

这些天见到她，基本上都是冷脸。中午和同事们一起吃午餐的时候，她也对我指桑骂槐，冷嘲热讽。

我和杨明杰提过这件事情，杨明杰平时没有亲眼见到，便没有放在心上。还以为我在借故吃醋。

"你这算不算是在吹枕边风呢？"当时说的时候，恰巧是在晚上准备睡觉的时候，杨明杰这样取笑我说。

"你倒是听没听进去啊？"我不满意地捶了他一拳。

"听进去了，睡吧。"杨明杰搂着我，走向卧室。

"怎么个听进去了？"我不依不饶。

"行了，我的老婆，下次我留心，若是小杨有不适合的言论，我会提醒她的。"杨明杰只能答应我。

"哎，你说你和小杨是不是有过什么？嗯？"我盯着杨明杰的脸，想寻找一些蛛丝马迹。

"没有，根本没有。你都瞎扯到哪里去了。你看我都把你娶回家做老婆了，之前我和你之间又没有什么？"杨明杰无可奈何地摇摇头。

"这个倒也是。"我点着头说。

"好了这次放过你。要是你不帮我，我就自己搞定。"我笑嘻嘻地看着杨明杰说。

"行了，行了，知道了。现在可以睡觉了吧。"

我点点头，熄了灯。

没有想到，还未等到杨明杰找小杨谈话，第二天，我和小杨就战火公开了。

那天，企划部做了一个文案，让我打印整理好发给技术部门的同事。我按照要求很仔细地做了。自从我和杨明杰结婚之后，我对公司里的事情，都做得格外仔细，从某种意义上来说，我现在不是在给别人打工，而是给自己的老公做事。公司有盈利，等于杨明杰有盈利，也等于我们的家有盈利。这些显而易见的道理，谁都明白。

哪知道，下午小杨拿着一摞文件，"啪"的一声重重摔到我的桌子前。

"李夕颜，你这是故意的！"小杨很生气地说。

我一愣，根本就不知道小杨的气从何生起。不过也好，我正要找个机会和她摊牌，她自己这就急不可耐送上门了。

"杨小姐，请你注意你的音量，这是办公时间，请不要大吵大闹的。"我用一种无比镇定清晰的声音，用斥责的口气和她说，仿佛我是她的上级。

"哟，教训起我来了？才几天啊，就摆起一副老板娘的架子了？"小杨开始尖酸刻薄道。

"有事说事，没事就请回去干活吧。"我依然很镇定。

我在心里对自己说，不要生气，不要冲动，一定要在气势上压倒敌人。毛主席早就这么教过我们了，一切反动派都是纸老虎。

"好！我问你，这个文案是怎么回事？"小杨依然凶巴巴。

我接过文案，翻了翻，眼睛迅速地上下浏览了一下，没有发现什么问题。

"你直接说吧，有什么问题。"我直视小杨的眼睛，不动声色。

"你看看，这么多地方，你怎么偏偏把我这个策划人给漏了？我花了两个星期做这个活儿，你倒好，连个名字都不给我留。你索性不要给我发工资好了，老板娘不愧为老板娘，这么能为公司省钱啊？"小杨依然怒气冲冲。

漏了名字？我知道对于企划部的人来说，一个策划案就等于是一个作品，这个署名是非常重要的。而且公司也是根据各人的案子，实行奖励的。没有署名，便分不清是谁干的活了，小杨生气也是可以理解的。但是这件事情和我真的没有关系，我只不过是把他们企划部传过来的文档，打印整理，分发给各部门，没有在上面动任何手脚。

我感觉同事们都在看着我们，等着看一场好戏。那就来一场好戏吧。

"你最好查清楚再来质问我。"我把小杨的文案丢还给她。

"这个还用查吗？不是你干的，还有谁干的？"小杨不屑地说。

"那么请问杨小姐，我为什么要这样干呢？我的目的是什么呢？"我微笑着反问。

小杨啊小杨，你自己要钻进来的，可别怪我。

"你，你早就看我不顺眼了。"小杨看到我微笑，更加气急败坏。

"请问我为什么要看你不顺眼呢？我们不在一个部门，平时又没有利益冲突，无缘无故的我干吗要看你不顺眼？只怕是你误解了。"我装出一副惊讶的表情，然后用推心置腹的语气和小杨说。

"有没有，你心里清楚！"小杨憋了半天才从嘴巴里哼出一句话。

"我还真不是很清楚，你今天倒是告诉我啊。"我笑着说。

我看小杨怎么回答。难不成她说，因为我知道她喜欢我的老公，所以我对她一直有防备？

"哼！你别扯远了，这个文案的事情还没有解决呢！我去和杨总说去。"小杨转身想走。

"好啊，看看杨总到底能不能帮你。"我微笑着用更加温柔的口气说。

心里说，快去找杨明杰吧，去吧去吧。我正好可以证实自己以前和杨明杰说的话，不是空穴来风了。

没想到，小杨却停住了脚步。

"哼，我去找许小姐！"小杨说。

"你不用去找许小姐，你自己最好把你们传过来文档的原始文件看一下，不要只是针对别人找茬儿。"我依然用冷静的声音说。

小杨像是想到了什么，准备往回走。同时又想要给自己一个台阶下，却又不甘心，就这么结束了。丢下一句话："李夕颜，不用你教我。"

"我不敢教你什么，只是请你下一次发火的时候，想清楚到底为了什么发火。如果动不动就借着这些有的没的事情，乱发一通脾气，损失的只能是你自己。还有，不要老以为别人看你不顺眼。有些事情，你在计较，可是别人没在计较。别自己找不痛快。"我一口气说完。

"哼！"小杨转身就快步回她自己的格子间。

等到小杨一离开，我迅速地点开电脑，翻开企划部给我传送的文件。果然，是文件本来就没有署名。

这样的粗心，偶尔发生本属正常。只是小杨心里有了一根刺，便忘记查原因，想当然地认为我在给她小鞋穿。我不知道她和杨明杰之间，到底发生过什么，让小杨错以为，她有可能和杨明杰在一起。

不过这些都不重要了，重要的是，我已经和杨明杰结婚了，至少在我知道的情况下，绝对不容许其他女人破坏我们的婚姻。来多少，我就把敌人歼灭多少。

绝不手软。

又到了周五。

早在周一的时候，杨明杰就告诉我，周六晚上有一位外地老板邀请我们去参加酒店开业庆典。

周五下班的时候，我去敲杨明杰办公室的门。

"请进。"

我推开门进去，杨明杰在接电话，朝着我摆摆手。我安静地坐在他办公桌前的椅子上，顺手帮他整理一下办公桌。

杨明杰打完电话，对我说："我还有些事情，没有弄好。要不你在外面等我？"

"没事，我正好要去逛逛街，明天还不知道要穿什么呢。你结束后给我打电话。"我笑着说。

"好啊，你自己去逛逛吧。"杨明杰说。

我站起来，转身向门外走去。

"等下，夕颜，差点忘了，这个给你。"杨明杰叫住我。

我回转过身，看着杨明杰。杨明杰从抽屉里拿出一个白色的信封。

"什么东西啊？"我一边接过一边问。

杨明杰笑着，示意我打开看。

我打开信封，原来是一张银行信用卡。

"我已经有信用卡了啊，你怎么又给我申请了一张？"我不解地问。

杨明杰依然含着笑，指指我手中的信用卡说："看看仔细。"

我翻过卡片，仔细地看，是一张银行信用卡的附属卡。

"这张卡是我信用卡的附属卡，今后你只管消费就行了。"杨明杰笑着说。

我有点意外，结婚这段时间，杨明杰已经给过我几次家用了，再说我们两个人在一起，基本上也都是杨明杰付账。我自己平时有工资，钱也够花了。

"我有工资，用不着这个。"我把银行卡放到办公桌上。

"哈哈，你的工资还是存着吧。不过这个可不是李泽楷给梁洛施的无限额黑卡，你要是直接买个鸽子蛋恐怕是不够的。"杨明杰开着玩笑说。

不知怎的，我的心里一阵酸楚。都说钱是不能买来感情的，可是感情要是离开了钱，那也只是一座空中楼阁，成不了真。

一个嘴上说非常爱你，却一直花你钱的男人，和一个从不说爱你，却努力给你创造好的物质生活的男人，两相比较，你会爱上谁？

这种信用卡，没有一个星期是办不好的。我很好奇杨明杰是什么时候偷偷拿去办的。

"你什么时候去给我办的？这个需要身份证吧？"我问。

"哎呀，我的老婆，你就赶紧去逛街吧，别问这么多了，我还没忙完呢。多买点漂亮的衣服，明天好打扮得光彩照人啊。"杨明杰走过来，把卡放进我的手里。

我踮起脚，在杨明杰的脸上，轻轻一吻。

杨明杰笑了，压低声音说："哎，这可是办公室啊。快去吧。"

我笑着说："我不怕。"

出了杨明杰的办公室，我发现许小姐就走在我的前面。杨明杰的办公室在公司的最里面，旁边是财务办公室。我扭头一看，财务室的人早就下班了。奇怪？许小姐这是从哪里出来？难不成她刚才要来杨明杰的办公室？那最后为什么没有进来？

难道她看到了我亲杨明杰的那一幕？

看到了就看到了吧，那又什么关系。我笑着对自己说。

紧接着就到了星期六。

我本以为只是一个普通酒店开业，谁料却是一家装修品位高雅的五星级酒店。

"本酒店由国外知名建筑设计所设计，整个酒店设计成字母 W 形，象征着展翅飞翔的老鹰。而其双翼上各分布客房二百六十八间，客房面积为目前当地酒店之首。酒店另配有独栋度假别墅二十八座，均带有私人游泳池。客人完全可以享受奢华尊贵的私人空间……"

我翻着手中酒店的宣传册，很好奇杨明杰居然认识这样的大老板。

"这家酒店是你朋友的？"我在杨明杰耳边轻轻问。

"是啊，算是客户，他们家做鞋业，在这里算是规模数一数二的企业。后来整个网站都是承包给我们公司做。这次不知怎的就开了这个酒店，看来是要发展第二产业了。哎，回头我们留点心，看看能不能把这个酒店的网站建设接下来。应该是笔不小的单子。"杨明杰喃喃自语。

一想到能有大钱赚，我也很开心，连忙说："好啊，我回头看看有没有机会和女主人套套近乎，嘿嘿。"

人群一阵骚动，自动向两边分开。

"看，那个走在最前面精瘦精瘦的，打红色领带的就是老板。他旁边的那个穿大红色套裙的是他太太。"杨明杰悄悄地跟我说。

我朝着来人看去。

我吃了一惊，因为我看到了童若影。童若影正挽着那位太太的胳膊，慢慢地向主席台走来。

在那次参加完《非诚勿扰》之后，我再也没有和童若影见过面。不过因为曾经一起牵手站在最后的舞台上，所以我对童若影印象很深。

童若影怎么会在这里，我无比好奇。要是童若影和这家酒店主人关系不错，那就最好不过了。

童若影把老板太太牵到主席台前，自己便退后两步，站在后面。然后我看到她和台上一名男子相视一笑，然后在那名男子耳边轻声耳语了一下。看起来，关系颇为亲密。

"尊敬的各位领导，各位来宾，感谢大家参加本酒店的开业典礼。首先让我们以热烈的掌声欢迎，市领导……"典礼的主持人开始讲话。

看来这家酒店的主人，在这个城市关系很是深厚，光是现任的领导班子成员就请来了两个，更加不用说其他人了，还有一些知名企业的老板。

对于这些场面上的讲话，我是毫无兴趣的，趁着各位领导上台发言的同时，我一直观察着典礼台上的各种人。

酒店的老板李先生，年龄看起来有五十岁出头，个子不是很高，一米七左右吧，是属于那种精瘦型的身材，没有发福。全身上下最有神采的地方是眼睛，眼睛不大，眼窝有点凹陷，但是就算他不看着你，你也能感受到他矍铄的目光。此刻他站在那里，身板挺得很直，精力充沛的样子。看起来是一个睿智而精明的生意人，否则也没有今天的财富。

李太太看起来要比李先生年轻一些，但是差距不是很大，脸上的皮肤很光滑，远看几乎不见皱纹，像是做过微整之后的效果。身材已经看得出年龄，虽然不胖，但是小腹稍有些赘肉。今天她穿了一套大红色的套装，很喜庆也很抢眼。可见，李太太内心不是一个低调的人。

童若影，目前看起来不知道是什么角色。虽然她现在站在主席台第二排的最边上，可是看着现在站在主席台中央的，不是中年人就是老年人，不是脑满肠肥的，就是满脸沧桑的，年轻时尚的她格外醒目。

那天在《非诚勿扰》的舞台上，我没有机会这样好好地观察童若影，现在正好是个好机会。童若影的优点胜在个子高，身材匀称，五官洋气，打扮时尚。到底是艺术学院毕业的，穿着很有品位。今天，她穿着一件银色软绸低领宽袖贴身上衣，配着一条黑色超短蕾丝压面的百褶蓬蓬裙，脚上是一双与上衣同色的软绸亮面包脚高跟鞋，全身的点睛之处是，她的腰间系了一条亮红色的皮质编织腰带，整个人显得高挑闪耀而又不失端庄，又不会抢了主人的光彩。

如果说唐夏娃是一种天然古典柔媚的美，那么童若影则是一种具有雕塑立体感的强势的美。这么简单地比喻吧，唐夏娃是一弯温柔妩媚的春水，童若影是一团奔放燃烧的火焰。唐夏娃，美在颜正、女人味足；童若影，胜在身材好、会打扮。

你说我好不容易上一次电视节目，怎么就和这样两位大美女站在了一起呢？纵使我算得上青春靓丽，相较之下也会显得黯然无光。不过也许这就是缘分，世界上又能有多少人，能够在同一天同一个舞台，因为同一个男人站到一起。而且我和唐夏娃还成了闺中密友。

不知道我和童若影是否投缘，但愿我们的心也能够彼此相交。

胡思乱想之间，剪彩已经完毕，接着就是酒会。

童若影陪着李太太走向酒会间。

我紧跟着走进去，准备找个恰当的时候，和童若影讲几句话。

女人之间的友情，也许是世界上最微妙的一种感情。

两个人哪怕只有一面之缘，若是气场对了，分分钟便可以无话不谈。若是气场不对，纵然天天相处，依然是你看不惯我，我看不惯你，然后便互相找茬儿，鸡犬不宁。

所谓的气场，很是微妙，基本没有规律可循。

但如果抱着一份善意和欣赏的态度，真心结交另一位女孩的话，大体上还是能够成功的。

比如，我对童若影。

显然童若影对于我的出现，没有半点的预料。

"童若影！"我趁着一个空当，叫住前面的童若影。

很明显童若影对于我的声音很是陌生，只见她转身，疑惑地寻找声音来源。

她没有认出我。

这也正常，那天我站在舞台上，是由电视台的专业人士仔细做的造型，和今天的淡妆比起来，会更加艳丽。女人化妆和不化妆，淡妆和浓妆，本来就差别很多，有的时候简直判若两人。

我微笑着，向她走近一步，衷心地赞美："今天，全场就属你最漂亮！"

女人总是不会拒绝赞赏的，尤其是来自另外一个女人真心的赞美。同性的认同比异性的喜欢更加难得和珍贵。

果然，她展开灿烂的笑容说："谢谢，你是？"

我刚想回答，她就有一点想起来了："哦，你是……"

为免她不记得我名字的尴尬，我连忙接上说："李夕颜。"

然后我们两个人相视一笑，同时说："非诚勿扰！"

然后两个人的手便同时握住对方的手，哈哈大笑。

"什么事情这么高兴？让我也来听一听。"一名男子走了过来。

我一看，是刚才主席台上站在童若影旁边的年轻男子。

"不告诉你，这是女人之间的秘密！"童若影撒娇地对着男子说。

男人轻轻一笑，便真的不问了。

"来，我来给你们介绍，这是李佳成，这是李夕颜。"童若影说。

我抿着嘴忍住笑，伸出手握住对方："久闻大名，幸会幸会。"

李佳成倒也幽默，说："是啊是啊，一般我多是在财经新闻里出现。"

我笑着说："错了，我一般只在八卦新闻里看到你的消息。"

童若影听了也更加欢乐，说："是啊，香港有个首富叫李嘉诚，还有个富二代叫李家诚。前者在财经新闻溜达，后者在八卦新闻串门。"

显然这个李佳成对后面那个李家诚一无所知，一脸茫然地问："怎么，那个富二代李家诚很有名吗？"

童若影说："对我们来说，他比李嘉诚更有魅力。人家是香港恒基兆业的二公子，2006年搞了一场梦幻婚礼，包机去悉尼，迎娶了娱乐明星徐子淇。那排场，哪个女人不羡慕？"

李佳成这才明白过来，说："哦，原来是这样。你放心，我答应你，回头我们办的婚礼，也一定不会让你失望。"

听到李佳成的话，我连忙说："恭喜恭喜啊，原来两位好事临近了，什么时候办婚礼，一定记得通知我哦。"

童若影笑着，飞了李佳成一眼："还早着呢。婚还没求呢，哪来的结婚啊？"

李佳成说："那我现在求婚，你是不是马上就答应？"

童若影害羞地说："去去去，今天是你家酒店开业，你别搞错了主题。"

我恍然大悟，原来李佳成是这个酒店的少东家。看来，能够叫李佳成的人，还真是个个都有富贵命。难怪，童若影陪着李太太一起上主席台，原来她是这个酒店未来的少奶奶。童若影还真有一套，刚才的情形证明那位李太太还是喜欢她的，起码已经认可了她在李家的地位。

唐夏娃说童若影一定和在《非诚勿扰》舞台上牵手的男嘉宾最后没成，看来果真是如此。那天的男嘉宾也是一个富二代，条件已经够好了，没有想到童若影交往的这个对象李佳成，条件更好。

看来童若影是铁了心要嫁入豪门。

不过这也没有什么错，每个女人都有选择，让自己的生活过得更好一点的权力。美女更加应该如此，否则就是暴殄天物。

古代求的是"郎才女貌"，而当今社会要的是"男财女貌"，也算资源登对。

看起来，童若影和李佳成年龄也差不多，男未婚，女未嫁，也可以称作为天作之合。

这时一位服务员走过来，轻轻在李佳成耳边说了什么。

李佳成笑着对我们说："好好好，你们聊，你们聊，我去那边照看一下。"

然后礼貌地对着我说："谢谢李小姐今天来捧场啊。"说完就离开去了别处。

童若影对着李佳成的背影看着，笑意还弥漫在唇角。

我轻轻地用手肘撞了一下童若影，说："公主，王子已经走了。"

童若影回过神来，嗔怪地对我说："说什么呢！"

我笑着说："大美女，都快结婚了，还害羞。说实话，你眼光不错啊，这个李佳成不仅家庭条件好，礼数也很周全，完全不像我想象中的富二代，飞扬跋扈的样子。"

童若影说："嗯，是还行。"

才说完，童若影又像是想起来什么似的，问："哎，对了，你后来有没有再去参加《非诚勿扰》啊？"

我笑着摇摇头。

童若影一脸好奇地问："为什么？你当时又没有被男嘉宾带

走啊。"

我不好意思地含糊说道："后来我就有人了。"

童若影更加不解地说："这才一个多月，你要是有了追求者，感情也还没有多稳定呢，你何不继续参加节目给自己多一点选择机会呢？"

看来不说是不行了，我不想对童若影撒谎，我是真心想要结交她这个朋友的，我说："我结婚了。"

童若影"哇"的一声嘴巴张成了"O"形。

她惊叹："一个多月，你就从单身变成已婚了，这也太快了吧？"

我笑着说："还有更快的呢。事实上不是一个月，节目结束后一个礼拜不到我就结婚了。"

童若影轻轻地捶了我一小粉拳，笑着说："哎，你这是闪婚啊！看不出来啊，文文静静的你，还居然有这魄力。快说，快说，和谁。"

看来女人都有八卦的，我闪婚的这件事情，让童若影好奇心暴增。

"夕颜，去取点东西吃吧。"杨明杰看我在这边站了这么久，走过来催我。

"说曹操，曹操就到。"我朝童若影眨眨眼睛，小声地说。

童若影做出了一个"了解"的表情，笑嘻嘻地看着杨明杰。

"我老公，杨明杰；酒店未来的少奶奶，童若影小姐。"我介绍道。

童若影赶紧拦着我说："八字还没有一撇呢！"

"放心，我们是自己人，又没有其他人听到。"我朝着童若影用手指比画出一个"OK"的字样。

"童小姐，您好。"杨明杰，朝着童若影微微弯了一下腰。

"您好。"童若影也笑着回了礼。

"你们赶紧去拿点东西吃吧，随意啊。"童若影朝着我们摆摆手。然后凑到我的耳边说："回头别忘了给我讲故事。"

我连忙接上去说："好啊，我把电话给你。"

童若影一拍脑袋说："对，差点忘了这个。"然后从随身的小包里，拿出一张卡片给我。

我立刻照着卡片上的号码，拨了过去。

电话响了，童若影一看，说："好了。"

"你快去那边吧，你的王子等你等急了。"我笑着轻轻推了童若影一下。

转过身去，杨明杰就无比佩服地在我耳边轻声说："才一会儿工夫，你就结交上了她了？"

我一昂头，故意说："不告诉你！"说完朝着食物台走去。

杨明杰轻轻一笑，紧走几步，跟上我，把我的手拽在他的手心里。

我们手牵手一起向前走去。

…………

他哭着跪在我的跟前，把头深深地埋进我的双膝，肩膀不住地发抖。

我的手颤抖着，慢慢伸出来，想要轻轻抚摸他乌黑茂盛的头发，却始终没有落下来。

他的眼泪，渐渐地浸湿了我的裙角。都说男儿有泪不轻弹，他却流了这么多的眼泪,他该有多么难过。

不管是谁,看见一个堂堂七尺大男儿如此恸哭,心总是会恻然的吧,更何况他是我深爱的男人。

我的眼泪也渐渐流出来,事情过去这么久了,想起来还是心如刀绞,不想原谅他。

可是等到心不痛的那一天,也许根本就没有原谅的必要了吧。不爱,亦不会痛。

原谅吧,还是原谅吧,就这一次,总归要试一试的,就这样把六年的感情瞬间放弃吗?

我不断地说服自己,我用尽力气,闭上双眼,拼命压着双手终于触碰到他的头发了,这么茂盛的头发,如此俊逸的青年。任谁看了也都会动心吧。

他的头感觉到我的手,便停止了哭泣。开心地抬起头,不顾满脸眼泪,吻上我的手。他一直说,我有一双漂亮的手,曾几何时也这样细细密密地吻我的手,手心,手背,每一条掌纹,每一根手指头。每当他这么吻我的时候,我便什么气都没有了,心软得如同暖水一般,没有形状,任凭蒸发。

渐渐地我们便拥抱在了一起。每次我们吵完架,都不是靠语言和好的,而是用我们身体里需要彼此的本能,心只不过是跟着身体走而已。

"夕颜,请你嫁给我吧!"

他突然单膝跪在我的跟前,手里打开一个精致的红色首饰盒。

是,它!

我在橱窗前欣赏过无数次的卡地亚钻戒，此刻正在我的面前，闪烁着高贵宁静的光芒。

我伸出手接过戒指，拿出来套在无名指上，尺寸大小都恰到好处。

他始终是了解我的。他心里始终都是有我的。我还有什么好计较的呢，终我一生，也无非选择被一个男人套住而已，为什么不选个自己深爱的呢？

我点点头，看着他的眼睛。

他欣喜若狂地站起来，拉起我就往外飞奔。

"你这是要去哪里？"我气喘吁吁地跟着他的步伐。

"去领结婚证啊。"他一边跑，一边回头告诉我，满脸都是欣喜。

去领结婚证？去领结婚证？

不对，我似乎已经领过结婚证了。

我突然想起来，我已经是杨明杰的老婆了。

错了，什么地方错了？我停下来，头疼欲裂。

"怎么了？"他蹲在我的眼前，满脸关切。

"我不能和你结婚，我已经嫁给别人了。"我几乎发不出声音。

"原来，终究是你背叛了我！"刹那间，他的脸冰冻得像铁，转身离去。越来越远，越来越远，消逝在尘埃中。

我的眼泪不断地涌出，却连哭出声音的力气都没有。

眼泪越来越多，越来越多，比他刚才哭的还要多得多，慢慢地开始把我淹没……

"夕颜，夕颜！"

是谁在我的耳边，柔情轻喊？是谁再把我复搂入怀中，拥抱温暖？

每个故事最终都会有好的结局吗？我不知道，也不想知道。

"夕颜，夕颜。"喊声在持续着，一声又一声，温柔又心疼。

喊声喊得我不得不睁开眼睛，我躺在他怀里，杨明杰把我紧紧搂在怀中。

"做噩梦了？"杨明杰轻轻地拭去我睫毛上的眼泪。

我还没有完全清醒，模糊地记得我刚才和陆之俊相见，原谅了他。

原来是一场梦。

幸亏是一场梦。

我不要这样的事情真的发生。我不愿去见陆之俊，根本也不想提原谅或者不原谅，这些已经和我没有关系。我现在是杨明杰的妻子，每天的生活踏实稳定，很让我安心。

每天早上醒来，我能看到我的丈夫，在我的枕边安然微笑。

每天上班，我能看到我的丈夫在我视线可及的地方，认真工作，努力挣钱。

每天下班，我都能和丈夫一起回家、做饭，偶尔去一下餐馆，还是两个人的晚餐。

每天睡觉，我们都能聊一会儿天，有时候是公司里的事情，有时候是自己的事情，然后熄灯，互道晚安。

家是自己的家，所有的东西，都是精心挑选，连放餐巾纸的盒子也是蕾丝绣花。不像以前都是租房子，什么东西都是能用就好，将就一天是一天。甚至于我和陆之俊本身，也是为了工作，聚少离多。

这样的生活，已然很好。我真心满足。

想到这里，我不由得把头往杨明杰的怀中，又拱了一下，想要全部缩到他怀里。

杨明杰笑了，说："不能再顶了，我要滚下床了。"

我笑着，往回挪了一点。

杨明杰拉住我，不让我离开，轻声问："梦到什么了？"

"还不是，你不要我了。"我小声说。

善意的谎言，生活中总是需要的。

杨明杰开心地笑着说："我不要你，那能要谁？我可不想把我的身份证、毕业证、工作证等等再展示一遍，比应聘公务员还难。"

想到求婚那一天，杨明杰的"杰出"表现，我也忍不住笑了。

杨明杰一把拉起我，说："别笑了，赶紧起来吧，不然老板和老板娘都迟到了。"

婚姻就像一场没有办法计划的旅行，你永远不知道前途的风景，也许才经过青山绿水，转眼便到了戈壁沙漠。

早上我和杨明杰还是柔情蜜意，结果到了晚上就狠狠吵了一架。吵架的原因简单到就是为了一个电话。

吃过晚饭，杨明杰在给他的姐姐打电话，而我在做家务。

家务是永远做不完的，哪怕只有两个人生活。我先是把我们的衣服全部丢进洗衣机里，让它自动浸泡洗衣。然后去拖地，别看房子面积不大，可是真的要拖干净，没有二十分钟还真弄不好。

想到以后的别墅，估计只能请钟点工了，我一个人绝对弄不了。

姐姐们和杨明杰总有说不完的话，家长里短的事情，鸡毛蒜皮的事情，今天是大姐打，明天是二姐打，后天是三姐，三个人轮上一圈，半个星期的夜晚就泡汤了。偶尔还有一些突发事件，比如他的爸爸身体不好了，侄子不用功读书了，等等，不胜其烦。

不过，我理解杨明杰的心情，他现在算是混出点成绩了，以前姐姐们对他的照顾牺牲，他自然要加倍地回报。所以，让他们打电话去吧，反正这些事情，不用烦我就好。

正一边想着一边拖地的时候，杨明杰走过来了，对着电话说："嗯，嗯，嗯，夕颜在这儿呢。你等下，我让她听电话。"

我听到杨明杰这么说的时候，两只手拼命摆了摆，示意不要。

我不想接姐姐的电话，首先，我不知道这个电话是谁的，我只见过三姐，其他两个姐姐我都还没有见过面呢，根本无从聊起，再次，就算是三姐的电话，我也不想接，我们才见过一面，而且明显是话不投机半句多的那种。既然如此，少接触就意味着少矛盾，互相避着点走，比较靠谱。

可是明显杨明杰不这么想，他看到我没有马上接电话，一边对着电话解释说："夕颜在拖地呢，你等等，我走过去递给她。"

一边朝着我走来。

我一边用嘴巴，张着口形对杨明杰说着："不要，不要，我不知道要说什么。"一边摆手。

显然杨明杰不吃这一套，他是铁了心要我接这个电话。就当他快到我面前，把电话递到我手里的时候，洗衣机切合时宜地"滴滴滴"响了起来。

我连忙说："衣服洗好了。"然后借机飞快地朝着卫生间跑去。

等我拿着洗好的衣服,走到阳台去晾的时候,我看到杨明杰的脸,比沙尘暴的天气还要阴沉。

"李夕颜,你坐下来,我们好好地谈一谈。"杨明杰的声音,有一种拼命压制的冷静。

"有什么话,回头再说,我先把这衣服晾好啊。"我假装很轻松。一边朝着阳台走去。

杨明杰一把抢过我手里的晾衣盆,一边重重地放到地上。

"你为什么不接电话?"杨明杰盯着我的脸问。

"我不知道要讲什么。"我吸了一口气,做好开战的准备。

"你接了自然就知道要讲什么了。连三岁小孩都会接电话,你不会吗?你这是不想!"杨明杰说。

"是!我就是不想接!"我抬起头看着杨明杰,一副大无畏的样子。

不接电话又不是死罪,难不成因为这个离婚?

我才不怕呢。

"为什么不想?"杨明杰问。

"我不知道是谁的电话,怎么接?你的其他两个姐姐我都没有见过,唯一见过的三姐,你也知道的,接了电话能有啥愉快的话说?还不如不接。"我理直气壮地说。

"今天是我大姐,长姐如母,看我们新婚,叮嘱几句,也是理所应当的。"杨明杰说。

"她叮嘱你就行了。你们爱天天讲电话，就天天讲电话去，我也没有说你什么。我不勉强你少打电话，你也不要勉强我接电话！"我也生气了。

人怎么就不知好歹呢，还叮嘱我几句，有什么好叮嘱的。我能把他弟弟饿着，还是冻着？他弟弟都三十多岁的人了。

我越想越气。

"李夕颜，我姐姐对我的恩情，我早就跟你解释过了，你不看僧面也要看看佛面，你对我姐姐好，就是对我好。"杨明杰用攻心的了。

"是，可是你三姐怎么就一副针对阶级敌人的样子看待我呢？怎么就不想一想，我是你的老婆，对我好，就是对她弟弟好呢？"我也不服气地反驳。

"今天说的是我大姐，三姐是三姐。"杨明杰说。

"那你也承认你三姐做得是不够妥当了吧？再说，我又没有见过你大姐，怎么知道你大姐对我的态度是不是和你三姐一样？说不定你三姐早就跟她告过状了呢？"我揪住杨明杰刚才话的漏洞继续说。

切！我还不信我吵架吵不过一个男人了。

"好，这周我们就回我老家去，让你见见我大姐、二姐，看看她们是不是你所想的那样的人！"杨明杰非常生气。

我愣住了。

怎么回事？本来眼看着，这场关于"接电话"的争吵我就快要赢了，最后结果怎么成了本周要回去见他所有的姐姐了？

果然，在婚姻里面，夫妻之间的所有战争，永远没有真正的赢家。

平时无比盼望的周末，这次我希望它永远不要来。

人生有很多种，苦苦挣扎是一种，享受安逸是一种；随波逐流是一种，深谋远虑是一种；甘心认命是一种，努力争取是一种。

对于这些，童若影，从来都选择后者。

作为一个在南方城市土生土长的姑娘，就算她是生在平凡人家，她也能早早知道，螃蟹是阳澄湖的最肥大鲜美，水蜜桃是无锡阳山的最汁多甘甜，蛋糕是凯司令的最美味正宗，咖啡一定是咖啡豆现磨的才能入口。

这些是这座城市每一位女孩都知道的常识，和出身无关。这是这座城市的精髓，代代相承，外婆告诉母亲，母亲再告诉女儿，无一例外。也正因为如此，这座城市的姑娘才比其他城市的姑娘，生活得更加精致，气质更为洋气，眼光更加挑剔。

哪位姑娘，若是从小生得端正美貌，那么更加早早地知道自身的价值。比如童若影。

坦白说，童若影在婴儿时期算不上那种人见人爱的小孩，中国人对小孩的审美标准和对女人的审美标准完全是不能接轨的。小时候，只有那种小脸圆圆、胳膊肉滚滚、眼睛笑眯眯的小孩，会被长辈称为"长得好"，而小时候的童若影，头发有点黄带微卷，眼睛有点凹陷，鼻子特别突兀，身材瘦瘦，显然离这个"长得好"的标准十万八千里。被长辈见到了，也经常会被叮嘱"多吃点"，至于"美",或者"漂亮""好看"这样字眼,早期是和童若影无关的。不知道什么时候开始,长辈的眼光慢慢从那些小时候被称为"长得好"的表姐表妹的身上,转向了童若影。直到有一天,一位在家中颇有地位的表舅爷把这个事实彻底点醒。

那是童若影美女生涯中的里程碑事件。记得那是一个阳光灿烂的午后,妈妈那边的亲戚因为一件家务事聚在一起,童若影和一群小孩吃完午饭后在外婆家门前的空地上跳皮筋。玩过跳皮筋的都知道,游戏是分两组进行,赢了的人跳,输了的人就负责当人杆把皮筋套在脚上,让赢的人跳。当时童若影就是那个输了的人,站在那里把皮筋拉住。大家正聚精会神地看着那个赢了的人,神采飞扬地跳着。只听到一声:"好洋气的小姑娘!"

在这座城市,洋气是对一个女孩的最高赞扬,意味着你气质独特,样貌出众。

正当大家都不知道在说谁的时候,只听见表舅爷问:"那个穿黑白圆点的小姑娘是谁家的?"

童若影这才知道说的是她。大家也都把目光聚焦到童若影身上。那时候童若影不过就是一个小学生,却已经出落得身材高挑,一头微卷的黄毛已经长到腰间,眼睛大而深,鼻子高挺,所有过去的缺点在一个少女身上长大后都变成了优点。

这样的容貌,在五官扁平的中国小姑娘中,有点混血的感觉。

"有点像混血小姑娘。"

"鼻头那能尬许多高!"

"眼睛老漂亮!"

"个子蛮高，以后可以当模特！"

亲戚也一人一句地说着。

以前的童若影，最恨自己个子高，站在同龄人中间太突兀，有时候还特意勾着脖子走路，这会儿知道个子高是个优点，不由得把腰板挺得倍儿直了。

"黄毛丫头，哪能值得表舅夸奖。"这时候童若影的妈妈语气明显带着骄傲，嘴上却谦虚着。

童若影是美女的身份就这样被确立了。

当天晚上回去，童若影的妈妈就开始了对美女女儿的教育和提点。

这座城市的每个人都知道，这是一个看脸的世界，"美女"是一项稀缺资源。若是一家"普通"人家能出一个美女，那么这家人家离"不普通"已经不远了。

童若影的妈妈告诉童若影，从今往后，和男生要保持距离，不能"瞎七搭八"的。还有站姿、坐姿，不能太随意，等等。

那个周末，童若影的妈妈就带着童若影报了少年宫的艺术班。她要让女儿这颗明珠，散发出更灿烂的光芒。

就这样，童若影就一路考进了艺术院校，最后学了声乐表演专业。

之后，童若影的全部人生目标就是，找个好男人嫁了。

对于好男人，不同的人有不同的定义。但对于童若影来说，好男人的首要条件一定是有钱。然后依次是，未婚，名校毕业，身体健康，相貌端正，风度人品俱佳等。

至于爱，童若影认为，爱是完全可以培养的，对此，她有足够的自信能够让一个被她选中的男人成功爱上她。

童若影知道，婚姻相当于女人的第二次投胎，第一次的投胎她无法选择，但第二次，她一定要选择一个好的身份。

童若影的历任男朋友，从来都是家境优渥的，连一个小康家庭出身的都没有。这个不用她选择，精明的母亲早就给她把关。并且她也认同她母亲的观点，一场连哈根达斯都吃不起的约会，她不知道有什么浪漫可言。

她的初恋是高中隔壁班的一个男生，之前童若影知道这个男生已经喜欢她很久，因为每次她放学经过他班级的窗口，他总是毫无例外地站在窗前。对此童若影从没有放在心上。上高中时，同一个年级喜欢她的男生不下十个，更不用说还有一些学长和师弟了。

男生打动她，是因为送了她一个颇具心思且价值不菲的礼物。那天上午做完课间操休息的时候，同学告诉她在教室门口有人找她。

来人是一个陌生女人，她不认识。

女人问："请问你是童若影同学吗？"

童若影点点头，疑惑地看着她。

女人笑着说："那就好，我是快递公司的，有人托我们公司给你送一份礼物，请您签收。"

女人拿出了一个阿迪达斯的书包递给童若影。

看到童若影不愿意签收，女人笑着说："礼物在这个书包里，客户特意叮嘱我们连这个书包一起给你。说是如果老师看到，就说我是你亲戚，给你送书来了。"

童若影笑了，送礼物的人果然细心，知道学校里的班主任个个是监视高手。

"你怎么没有穿公司制服呢？"童若影好奇地问。

"客户特意让我穿平常衣服，不会引人注目，为这个他还多付了小费。看在人家这么费心的分上，您就签收吧。"

说实话，童若影还真有点好奇，想知道是什么礼物。这么一个崭新的阿迪达斯的书包，居然就是起了一个包装袋的作用，也太大手笔了吧。

童若影签了字。

转身把书包拿到洗手间，走到最里面的一格，锁上，打开书包。

里面有一只可爱的跳跳虎，左手上贴着一张纸条，写着"请先按我"。右手上也是一张纸条，写着"不要按我"。童若影翻过来，看到跳跳虎背后的商标上写着"会录音的跳跳虎"还写着使用说明，说明上写着右手录音，左手放音。每次重新录音之后，之前的声音就会被消掉。童若影，有点明白纸条的意思了，一定是送礼物的人录了一段话在这里面。童若影不敢按按钮，决定等到回家后再听。

里面还有一个包装精巧的小礼盒，童若影撕开包装纸，居然是一条铂金项链，吊坠是一只小老虎坐在一颗心里。童若影有点意外，没想到会是这么贵重的东西，不知道是谁送的。翻遍了书包，也没有看到送礼人的名字。

但是很明显送礼物的人是对她有过详细了解的，知道她是属老虎的，还知道今天是她的生日。

算了，送礼的人自然会浮出水面的，不去想了。

就这么到了放学时分，童若影路过那个男孩的窗前，男孩做了一个右手按左手的动作，童若影瞬间就明白了，原来是他。

回到家后，童若影就听了那段录音。里面是男生自己唱的一段"祝你生日快乐"歌。虽然嗓音一般，但是男生唱得无比温柔认真。听的时候，童若影就无可救药地被感动了。

之后童若影就和男孩在一起了。

童若影的妈妈也知道这件事，但是假装不知，只是时不时地会提醒童若影要注意学习第一。

男孩的家不在童若影所在的城市，家里花钱买了这里的房子和户口，让男孩在这里读书，可见家庭条件不是一般的好。

每个周末男孩都会约童若影出去玩，照例，是他们家的司机开着辆黑色的奔驰车等在童若影家的街对面。这些，童若影的妈妈都悄悄地看到了很多次。

男孩对童若影也是真用心，总是刻意想着法子，让童若影开心。有一次，童若影提到阳澄湖的螃蟹好吃，男孩居然就真的叫司机开车到阳澄湖，去吃最正宗最新鲜的螃蟹。

这些，童若影深知没有钱是办不到的，因此也更体会到了金钱带来的快乐。

本来眼看着，男孩和她都要上大学，恋情可以公开了。谁知道，男孩的家里安排他去瑞士留学。

出国的计划，男孩家里是早就给定好的，只是男孩一直没有放在心上，加上在热恋中，时间飞逝，一下子就到了眼前。

男孩跟童若影承诺，读完书就回来娶她。童若影也信了的。可是，一切都抵挡不过距离。进入大学后，每个周末童若影看着同宿舍的女孩子们一个个盛装打扮，出去约会，而自己却只能靠着越洋电话慰藉相思，心里是很苦的。

但是想着这段感情是她的初恋，并且男孩即使越洋还是对她情有独钟，她也不舍得轻易放弃，每年就盼着男孩能在暑假和圣诞假期回来和她相聚。

就这么一直熬到了大二，男孩又说家里要把他从瑞士转到法国，童若影一下子就觉得，和男孩之间根本就遥遥无期。等到男孩在整个欧洲转一圈回来，这黄花菜都已经凉了。这才慢慢地把心思转到现实中的身边人来。

之后，童若影和几个男同学接触了一番，家庭条件都还不错，可是身上都有着富二代飞扬跋扈的毛病，并且满嘴跑火车，好像个个家里富可敌国。并且对待女人的态度，都是极不认真的。有一个，甚至第一次见面，就在和身边人吹嘘上一段泡一个小明星的经历。

这些，都是让童若影无法接受的。想着初恋男友，家庭条件虽好，可是却从不拿财富压人，对她更是真心实意，处处都是以她的感受为重。这么一来，童若影对那些男人就更加不上心，慢慢感情的事情就这么蹉跎下来了。

一晃都已经毕业两年了，童若影还没有交到稳定的男朋友。

童若影的妈妈便急了起来。女人就这么几年的黄金年龄，若是过了，便由不得你挑选了。这么一直催着，童若影便去报名参加了《非诚勿扰》，也因此挑中了那个富二代。谁知道，下了节目之后，富二代和她的联系，时有时无，童若影便明白了自己是个备胎，也就断了和这个男人发展的念头。

正当童若影对自己挑选男友的标准感到质疑，想要降低门槛的时候，居然就碰到了李佳成。

用童若影对李佳成的话来说，童若影对李佳成是一见钟情的。

用童若影后来对我们的话来说，李佳成符合了所有她对男友的设定条件。

不管何种说法，归根结底是一个同样的事实，童若影看中了李佳成，并且想办法把他变成了她的男朋友，并且使他深深爱上了她。

英雄救美

"快接着讲，接着讲。你和李佳成到底是怎么一回事？"我在边上催着。

唐夏娃在旁边喝着茶，但笑不语。

童若影也只是看着我，手里转着咖啡杯。

"哎呀，你们两个倒好，好像都知道是怎么一回事，就我不知道，也太不够意思了吧。"我假装生气。

"夕颜，男女之间，要搞定对方，无非就是那些事情，还用得着讲吗？"唐夏娃在旁边嘻嘻地笑着。

童若影听了也笑了，说："夏娃想到哪里去了，不过是因为我和李佳成还在进行中，不好总结什么。以后若是有什么变化，我一定把故事讲给你们听。"

"那还是算了吧，我还是希望你能和他一直这么好下去。"我真诚地说。

"还是说说你吧，夕颜，你的新婚生活怎样啊？"唐夏娃问我。

"还能怎样啊？有好有坏，幸亏今天若影来这里，我家老杨啊，看在你家给力李少爷的面上，特意让我陪陪你。也正好啊，让我们三个人在节目之后还能有机会聚聚。否则你知道这周末我要去哪里？"

"要去哪儿？"童若影和唐夏娃同时瞪大眼睛问我。

"我啊，要陪他回老家，去见他的爸爸和三个姐姐，还有七大姑八大姨！"

"哈哈，这么说来我是拯救你于水火之中了？"童若影笑着说。

"我倒希望你能彻底拯救我呢！可是这周末不去，下周末还得去！"我垂头丧气地说。

"夕颜，你很怕他们家人？"唐夏娃问我。

"这个自然啊。说句不好听的话，老杨是个标准的'凤凰男'，以前家里穷，各个姐姐亲戚救济着，现在他稍微条件改善一点了，得回报恩情。这不，从决定回家的那天起，陆陆续续地买给各位姐姐、姐夫、外甥、外甥女的礼物，都已经堆满车库了，哎！"我垂头丧气地说。

"夕颜，你不会做做戏吗？"童若影问我。

"做戏，怎么做？"我不解地问。

"在你心里讨厌他们讨厌得要死的时候，你脸上要笑得比桃花还灿烂，讨厌的程度越是高，越要笑得甜美。"童若影说。

"这么高深？若是这样，我都能去当演员了。"我笑着摇头说。

"有那么难吗？夕颜，你可真要听听若影的话。人，谁没有无奈的时候，有时候不一定有好处的事情，也要对那些讨厌的人笑脸相迎。更何况，你这样做，是绝对对自己有好处的呢。你家老公感激你不说，也可以让那些等着看笑话或者挑刺的人挑不出毛病啊！"唐夏娃也劝我道。

我想起了那天，唐夏娃和那个老总周旋的情景，也想起了，那天酒店开业，童若影小心翼翼服侍李太太的情景。是啊，其实应该也没有这么难吧。每个人都能做得很好，我应该也可以做到吧。

"好啊，我试试看。"我笑着说。

"不要试试看，你一定要做好。你已经结婚了，没有回头路，只有努力把婚姻经营得更好，不可以没有尽力就说放弃。"童若影握着我的手，给我打气。

"我还真是有福气，能结交到你们这样两位美女做我的朋友，现在还给我当狗头军师啊。"我笑嘻嘻地说。

"若影，你看，她这是在骂我们在给她出馊主意呢！"唐夏娃假装气呼呼地说。

"哈哈，别急，我还有更馊的主意呢。夏娃，我们来帮她想一下，回头回老家要穿什么衣服吧。"童若影突然来了兴趣。

"哎，这个好玩这个好玩。绝对要的，我们去逛街吧。"唐夏娃也来了兴致。

"逛街就逛街，谁怕谁啊，和两位穿衣高手在一起，不逛街还真亏了呢。走！"我也兴致勃勃。

全世界的女人，无论国家与种族，年龄和财富，都会对同一件事情感兴趣——逛街。

和美女在一起，果然回头率极高。就算在据说是美女如云的商场——国贸广场，我们三个人也颇为惹眼。果然是人多力量大气场足。弄得我这个夹在中间的已婚妇女，也情不自禁地像十八岁的少女一样，昂起了矜持的头。

谁知，这么惹眼便惹出了问题。唐夏娃被认出来了。

唐夏娃的房地产海报已经在全城投放了一个多月了，电视广告也在投放中，加上这几期，她都是《非诚勿扰》舞台上最亮眼的女嘉宾，人们稍微注意便会认出她。

开始的时候，我们一路走过，只是听到各柜台的服务员在窃窃私语，然后还有一些八卦的顾客，在我们身后隔着一段距离跟着。

"那个不是唐夏娃吗？"

"咦，今天上班的时候，我看到地铁里的房地产广告小姐不就是她吗，难道她在节目中说的自己是服装店老板，是假的？"

"这些女人能有什么真的啊，不过是在电视上出风头嘛。"

"长得倒还真的挺漂亮的。"

"和她一起的那两个也不错啊。"

"……"

我们听到这些议论有些不自在，但是看唐夏娃倒是处之泰然，也许已经习惯了这种议论。也许这就是一个人红了之后，必然付出的代价。

"夏娃，要不要我们换个地方啊？"我小声地问夏娃。

唐夏娃笑笑，摇摇头。

"是啊，让我们也沾一把明星的光，尝尝什么是万众瞩目的滋味。"童若影笑着调侃夏娃。

"哎，哎，别说我啊，你看看那些男人的眼光，盯着你的小蛮腰呢。"唐夏娃也嘲笑童若影。

正这么说着的时候，我们发现突然间已经无路可走了。各个方向的人，聚在一起，朝我们拥来，越来越多。后面不知情的人，看到这边堵起来，也都挤过来看看是什么热闹。

这下子，连唐夏娃都恐慌了起来，不知所措。

我们三个靠得越来越紧，越来越紧。

正在这时，人群中突然冲进来几位穿制服的保安，把人群往两边拨开。

一个穿黑色西装的男人，在保安的掩护下，拉起唐夏娃的手，搂过她的肩膀，用无比镇静有力的声音说："唐小姐，跟我走。"

唐夏娃被男人拉着，我被夏娃拉着，童若影被我拉着，我们就这么连成一串被这个神秘男人，领到一个员工通道，快步穿过楼梯，坐上一部电梯，来到一间办公室内。

"好了，你们现在安全了，这是我的办公室，各位休息一会儿吧。"

神秘男人对着我们微笑说。

我和童若影都松了一口气，然后把紧拉着的手松开。

唐夏娃却依然紧紧地拽着男人的手，不愿松开。

我们奇怪地回过头看着唐夏娃，男人也低下头去看唐夏娃。

只见唐夏娃，额角冒着汗水，脸色苍白，眼神也有点涣散。

显然我们三个人中间，真正被吓着的是唐夏娃，因为其实一切都是冲着她而来。

男人用另一只手搂过唐夏娃，把她的头轻轻地搁到他的肩膀上，温柔地拍着唐夏娃的背，说："没事了，相信我，没事了。"

唐夏娃这才小声地哭出来。

男人示意我们在沙发上坐下，然后扶着唐夏娃，就近在沙发上坐下。

不知怎么回事，虽然这个男人和我们是第一次见面，他却有一种让我们说不出的信任感。

显然，对于唐夏娃，这种感觉更强烈。

男人待唐夏娃坐定后，松开扶着她的手，想要去拿旁边的茶杯。唐夏娃却仿佛又回过神来，条件反射地抓住男人的手。

男人没有料到这样，看着我们又看到唐夏娃，笑笑，便在唐夏娃旁边坐下了。

我看到了，连忙站起身，拿过茶杯在饮水机上接了一杯热茶递给唐夏娃。

夏娃接过茶杯，这才放开了男人的手。喝了几口才缓过神来，看了身边的男人一眼，连忙移开了一点位置。

男人这才站起身到饮水机前，又倒了两杯水，递给我和童若影。

"鄙人姓赵，不好意思，让三位小姐在我的商场受惊了。是我们管理上的疏忽，我代表商场向三位道歉，请原谅。"赵先生说完居然朝着我们三个鞠了一躬。

童若影站起来，对着赵先生一弯腰说："说不好意思的应该是我们，打扰到你们正常的营业。"

童若影不愧是见过世面的，回答妥帖又让人舒服。

我连忙站起来说："是啊，说起来，我们还要感谢赵总呢，要不是赵总，我们今天还不知道怎么出去呢。"

赵总微微一笑，走到办公桌前，拿了三张名片，一边递给我们一边说："鄙人姓赵，名馨德，你们就直接叫我名字好了，不用这么客气。"

赵总递给唐夏娃的时候，唐夏娃迅速地抬头看了他一下，接过名片小声地说了声："谢谢！"又迅速地低下了头。

童若影看到这一幕，看着我笑了一下。

"我们可不敢直呼赵先生姓名。像您这样的成功人士，我们岂敢冒犯。我叫童若影，她是李夕颜。唐夏娃，想必赵先生已经知道姓名了，我们三个是好朋友。"童若影也为我们做了一个自我介绍。

赵先生笑着说："很荣幸今天能够认识三位。"

"好了，我们三个，今天也把赵先生打扰得不轻了，我们也该回去了。请赵先生告诉我们，从哪里走比较妥当。"童若影说。

赵先生说："我想你们还是多坐一会儿比较好，过一会儿我送你们走。"

童若影想了一想说："也好，只是不要过于麻烦赵先生就行。"

赵先生走到他的办公桌前，按了一个电话键，说："送一个新鲜果盘到我办公室来。"

不一会儿，一个职业打扮、容貌端庄的女孩就敲门进来，在沙发前面的茶几上放了一个新鲜果盘。

赵先生走到唐夏娃跟前，说："我给唐小姐加点热茶。"

唐夏娃小声说："叫我夏娃就行了。"

然后把茶杯递给他。

赵先生又走到饮水机前接水，递给夏娃。

"三位小姐，我们商场全部的商品，都可以在网上看到，下次你们可以在家在网上浏览，如果看中了什么，直接告诉我货号和尺码，我让我们公司给你们送到家里。"

赵先生对着我们三个说。

"还可以这样，那倒是真方便。"童若影应和着。

"夏娃，你下次真该这样，我看你以后可以出来逛街的机会是越来越少了。"我也同意道。其实我们三个人中，以后真正不能逛街，需要靠网上购物的，恐怕只有唐夏娃一人了。赵先生的话，明着是讲给我们三个听，其实只是讲给唐夏娃一个人听的。

"我没有想到会这样。"唐夏娃喃喃地说。

"这是好事，你不必害怕。很多人求也求不来这一天呢。"赵先生放柔声音劝着夏娃。

夏娃不说话，又喝了一口水。

"来吃点水果吧。"赵先生对着我们说。

这会儿有空，我开始打量赵先生的办公室。

赵先生的办公室布置得极为简洁大方。一个大书橱靠着整面墙；书橱前的一个办公桌配着一张大转椅；办公桌另一边有两把办公椅；一张三人沙发，一张双人沙发，一张单人沙发，是一组；沙发前，是一张大茶几；茶几旁是一个饮水机，一个冰箱。颜色也极为简单，除了桌子和茶几全是红木的颜色，沙发是棕色牛皮。

在我打量的工夫，有人敲门进来，在赵先生耳边说了句什么，然后就退出去了。

"好了，人都散去了，我送各位离开吧。"赵先生说。

"不用了，我们叫出租车走好了。"唐夏娃连忙说。

"好了，你就别客气了，我要把你们安全送到家。"赵先生说。

赵先生领着我们出门，来到楼层正东南角的一个电梯前。电梯的门比平常的电梯门略小一点，只见电梯上写着"私人电梯，请勿使用"。

唐夏娃看了看字，看了赵先生一眼。

赵先生笑了一下，没有说什么。

童若影仿佛没有看到这字，什么表情都没有。

而我却藏不住自己的好奇心，读着上面的字，小声问道："私人电梯？是不是平时就是给赵先生你一个人用的啊？"

赵先生笑笑，微微点了点头。

来到地下车库，赵先生从他的专属停车位上开出了一辆黑色奔驰车。

赵先生问了我们三个分别去哪里。我们依次做了回答。

巧的是，我回公司，杨明杰在公司等我，而公司离商场根本没有几步路；而童若影回酒店，酒店也在市中心，离商场比我还近。唯独唐夏娃，要去城东，没有半个小时到不了。

顺理成章地，赵先生把童若影和我放下，最后直接带着唐夏娃，飞驰而去。

过了很久以后，我才知道把我们送走之后，赵馨德和唐夏娃之后的故事。

那个夜晚，唐夏娃并没有让赵馨德送她到家里。因为唐夏娃居住的地方，从某种程度上说不是她的家。当时她正在和于永涛同居，房子是于永涛的。只不过在生活中，唐夏娃从没有把于永涛公开，所以知道的人不多。

唐夏娃是铁了心要进娱乐圈的，这是她很久以来的梦想，对此她已经付出了很多。这些于永涛也都是知道的。

在娱乐圈中，像唐夏娃这样的年轻姑娘，若是还未红就已经贴上了"已婚"的标签，那就意味着把很多机会拒之门外。甚至连"固定男友"都是不能有的，就算有也只能像唐夏娃这样，深深地埋在地下，不为人知。这些，于永涛也都是知道的。

像唐夏娃这样的美女，若是在娱乐圈红了，结婚或者不结婚，还有和谁结婚，有时候自己也做不了主。和唐夏娃谈恋爱，就意味着做一场不知输赢的赌博，赢了，未必唐夏娃是开心的；输了，于永涛这些年的付出，就是打了水漂。这些，于永涛也是知道的。

可人有时候就是连自己都无法说服自己。明知前面是万丈深渊，有时候也要义无反顾地去做，哪怕已经知道等待自己的只有粉身碎骨。也许这就是爱情吧！就像飞蛾扑火，死了也要拥抱这片刻的火光。于永涛对于唐夏娃的爱情，就是这般百般无奈却又不舍得。

其实，于永涛和唐夏娃之间，还是有很多好时光的，在只有他们两个人的时候。在很多寂寞孤单漆黑的深夜，于永涛醒来，唐夏娃静静地躺在他的怀里，那一刻，他是幸福的。可惜这些幸福经常会被打扰和粉碎。唐夏娃的手机总是充斥着各种男人的暧昧短信，也经常会听到唐夏娃嬉笑着应付各种陌生男人的电话，每当这个时候，于永涛就会很无奈。最初的时候，于永涛还会因为这些短信和唐夏娃争吵，每次争吵的时候，唐夏娃也很伤心。她说，若是于永涛受不了这些，那么两个人还是分开比较好。和深入骨髓的分手之痛相比，这些短信或者电话带来的隐痛根本就算不了什么。慢慢地于永涛也不再看这些短信，也不再过问这些电话是谁打过来的。不问，也就不痛了。他只要唐夏娃每个晚上回到他身边就好。回到他身边，她就是他的，并且是唯一的。

在内心深处，唐夏娃还是非常在乎于永涛的，所以她也尽量避免让于永涛看到一些令他难以释怀的东西，比如有男人送她回家。

不管是谁，她最多只让人送到小区对面的街边，连送到小区门口都不让。

那天，赵馨德把她送回家的时候，眼看着快到家门口了，唐夏娃就说："就在这里把我放下吧。"

赵馨德轻轻笑了一下，说："我答应你的两个姐妹，一定要把你安全送到家里的。"

唐夏娃愣了一下，没有想到赵馨德做事这么认真。她想了一下说："对面就是我的家了。"

赵馨德在后视镜里看着她说："那至少把你送到对面。"

唐夏娃说："不用了，真的不用了。到对面，你还要掉头，今天已经麻烦你够多了。"

赵馨德在后视镜里又看了一眼唐夏娃，笑了一笑说："有麻烦吗？我怎么不觉得。"

说话间，赵馨德的车已经掉了一个头，唐夏娃连阻止都来不及。

唐夏娃真心后悔，刚才把自己住的小区指给他看。现在已经没有办法了。

到了小区门口，赵馨德没有停下来，直接开了进去。

此刻唐夏娃无比希望自己住的是一个高档小区，至少陌生车辆不会那么轻易开进去。

"哪一栋？"赵馨德又问。

唐夏娃不知道究竟应该怎么回答，她觉得赵馨德的每一个问话她都无法拒绝。结果，却是越答越错。

赵馨德看着唐夏娃没有回答，也不再问，车子却一直在开。等到唐夏娃回过神来的时候，车子已经离开了小区。

也罢，离开就离开吧。离开总比现在把唐夏娃在自己家门口放下的好。若是这样，于永涛看见了，一定是又一场伤心。

也许，唐夏娃也不愿意这样和赵馨德分开。白天，赵馨德从拥挤的人群中，突围进来，把她这么一拉，她的魂魄仿佛就被拉去了三分。和赵馨德在一起，就算不说话，她的心也无比安定。

小的时候，她看到各种爱情小说，里面描述到各种英雄救美的场面。唐夏娃总希望，自己也能遭遇一场。有时候，甚至在放学的路上就有点暗暗期待，能有个歹徒把她绑架，然后在关键时刻，她的英雄从天而降，从此她就深深爱上他。

也许，每个女孩心中都曾有过被"英雄救美"的梦。长大了，唐夏娃才知道，这不是一个好梦。现实中劫难发生时，说不定英雄还没有出现，就已经被狗熊啃得渣都不剩。或者旁边明明站着许多男人，可偏偏没有一个英雄。

但是每到生活遭遇困境的时候，唐夏娃就会想躲，就会想，如果有一个男人，能够帮她解决所有的困难，不用她担心明天的世界，并且成全她的梦想，那该有多好。可是这些，说穿了是更加幼稚的梦想。至于于永涛，唐夏娃从来知道，他不是她的英雄，只是一个陪伴，偶尔在冰冷的寒冬里相互取暖，于事无补。

所以，今天赵馨德突然出现，把她拯救于危难之中的时候，她的内心早年的幻想突然被触动。

可惜，这一天来得太迟。她已经没有了当初会跟着英雄浪迹天涯的勇气，也没有了若是有英雄救她，一定以身相许的义无反顾。

看着窗外，这个城市的灯光越来越远，星星点点落在茫然间。显然车子是上了山。赵馨德这是要带她到哪里去，她也不愿想。

"到了，下来吧。"赵馨德替她拉开后车门，把一只手伸向唐夏娃。

唐夏娃看着那只有力的手，犹豫着。

白天，她可以借着恐惧，紧紧抓住这只手。可是现在，若是抓住，以后能不能放手就由不得她了。

赵馨德看她没有反应，便索性自己拉起了唐夏娃的手。

顾不上了，人生就算有再多考虑，也始终无法周全的。就放纵一刻，又如何。

这么想着，唐夏娃的手便抓紧了赵馨德的手。

赵馨德感觉到了唐夏娃的回应，深深地看了她一眼，向前走去。

原来，已经到了山顶。城市远远地匍匐在山脚，虽然灯光点点，却很不真实。

赵馨德找了一块平地，掏出一块手帕，铺平让唐夏娃坐下。

唐夏娃看了手帕一眼，是阿玛尼的。如今用手帕的男人已经不多了，赵馨德却依然保持着这个习惯。唐夏娃笑了一下，心想，可惜了这么好的手帕。然后静静坐下了。

"你看看这座城市，你会想到什么？"赵馨德问。

唐夏娃摇摇头，看着赵馨德，不知道他究竟想要说什么。

"我会想，我究竟拥有了什么。"赵馨德说。

"你已经拥有很多了。"唐夏娃真心地说。

"可是，纵使如此，从这里看下去，我所拥有的，竟什么也看不见。"赵馨德说。

"那是因为这里太远了。"唐夏娃说。

"那有什么东西，是无论距离多远，都能一直拥有的呢？不管距离，无论时间。"赵馨德问。

"有这样的东西吗？"唐夏娃自言自语地问道。

"你的梦想是什么？"赵馨德问。

唐夏娃看着赵馨德，自嘲地一笑："不用说，想必你也猜得出来。"

赵馨德轻轻一笑："那你的梦想又是为了什么呢？"

唐夏娃愣了一下，她从来没有想过这个，她只知道，自己要努力出名，成为一个万众瞩目的明星。但是从来没有细想过，这样究竟是为了什么。

"也许是为了让自己过得更好一点吧。"唐夏娃幽幽地说。

但是这个答案她自己都不确定。

"如果有其他方式能让你过得更好一点呢？比如中了五百万彩票，那你还会去为梦想努力吗？"赵馨德问。

唐夏娃笑了起来，说："我从来没有想过自己会有这么好的运气。如果真有这一天，那么更好，我可以自己投资拍电影，自己担任女一号，哈哈。总不能中了五百万之后，就天天吃喝玩乐，等着老死吧。那你呢？你已经拥有这么多了，那么为何还要继续工作？"

赵馨德说："是啊，这个问题我也经常问自己，为什么，这些都是为什么？可惜，到如今都没有一个明确回答。"

说完，两个人都沉默了下来。

山顶的晚风，徐徐吹来，有些凉意。唐夏娃抱住了自己的肩膀。赵馨德看了一眼她，把自己的黑色西服脱下来，披在唐夏娃的身上。

"对了，你怎么知道我名字的？"想起白天，赵馨德拉住她的手第一句话，就是"唐小姐，跟我走"。唐夏娃心中有点好奇，她想知道自己究竟是有多红。

"真想知道？"赵馨德问。

唐夏娃点点头。

"你接的房地产广告，是我投资的项目。"赵馨德笑笑说。

唐夏娃愣住了，没有想到眼前人，居然就是她的老板。

"不要这样看着我。"赵馨德拉住她，把她的头轻轻放到自己的肩膀，就像白天一样。

唐夏娃有点犹豫，身子有点僵硬。顾左右而言他："这么晚了，你家人一定在等着你回去吧。"

赵馨德说:"我倒是想有人等我回去,可惜没有。自从考上大学开始,我一个人生活了这么多年。"

唐夏娃一愣,她没有想到是这样。看起来,赵馨德已经四十出头了,应该正是事业稳定、家庭圆满的好年龄。普通人这会儿,孩子都该上小学了吧。他为何一个人单身至今?

赵馨德看着唐夏娃疑惑的表情,说:"想听故事吗?"

唐夏娃点点头。

故事是这样的。在很多年前,一所大学的班级里,有两个很优秀的学生。考试的时候,不是你第一,就是我第一。两个人拼了命地竞争,都使出了浑身的劲儿,想要把对方彻底打败,稳居第一。可是,四年的时间,全部用来努力学习,也依然是平分秋色。到了快毕业的时候,学校有公派留学法国的名额,可是每个班级都只有一个,只有通过考试,公平竞争。大家都明白,在那个年代公派留学意味着什么,所以也都铆足了劲,挑灯夜读,希望最后的那个胜利者是自己。

谁料到考试的时候,那两个成绩相当的学生,只来了其中的一个。最后的胜利,未等开考已经昭然若揭。

拿到公派留学的名额后,胜利的那个很是不解,为何另外一个放弃了考试,于是他决定问个究竟。

未料,对方只是淡淡地回答:"我只是希望你好。"

这两个学生,胜利的那个是男孩,牺牲的那个是女孩。直到那一刻,男孩才明了,所有的竞争无非出于彼此的在乎。在这些你争我赶之间，彼此都已经把对方深深地刻进了心底。最后女孩的缺考，无非是知道自己内心后的一种成全。可惜，他知道得太晚。若是早知道，也许他会选择和她一起不争。

接下来的倒计时，却是两人爱情的开始。时间少一天，彼此的爱便更深一层。

最后男孩承诺留学归来，一定娶女孩。

这一走就是七年。那时候，通信还没有现在这么发达，电话是有了，可是很贵。只有靠书信往来。头两年，彼此书信还算正常，可是后来，女孩的信就渐渐没了。等到回来的时候，他多方打听才知道女孩迫于社会和家里的压力，早已嫁做人妇，并且她也不想见他。

后来他曾费尽心机地找到女孩的家里地址，偷偷溜去看她，只见女孩早已经是两个小孩的母亲。

他明白他们之间是回不去了。若不是因为她的成全，就没有今天的他。或许尘满鬓面如霜的那个会是他。

故事里的男孩就是赵馨德。

"你为什么不去找她，也许她愿意跟你走的？"唐夏娃急切地问。

"我曾托人去问过，也曾带过书信给她。她连拆也没有拆就退了回来。她是不想我再打搅她。"赵馨德说。

"那你也可以去补偿她的，你可以让她的生活过得好一点。"唐夏娃依然不甘心地说。

"我们那时候的大学生，还是很稀罕的，她这么优秀，生活自然也不差。不需要我多做什么补偿。只是物是人非了，不能回头。"赵馨德说。

"谢谢你告诉我你的故事。"唐夏娃由衷地说。

赵馨德笑笑说："没什么，这么多年，我也早已经放下。"

唐夏娃问："那这么多年，为什么你还是一个人？"

"有些时候，没有承诺，便没有辜负。一个人有一个人的好处。"赵馨德说。

"你知道我为何选中你做代言人吗？"赵馨德问。

唐夏娃摇摇头。

"我看到了你那张雨中的照片，脸上带着一点点逆来顺受的表情，无辜、美丽、柔弱，又有点隐忍着的委屈和成全，像极了当初那个女孩给我的感受。"

唐夏娃的那张照片，是刚进这个经纪公司拍的。公司照例是要给每个人做照片档案的，每个人都要拍各种风格的照片，雨中的照片也是必需的。唐夏娃进公司的时候是初春，拍照片的时候正是"倒春寒"的时候。因为唐夏娃是新人，只有她听公司安排的份，没有半点挑剔的资格。那组雨中的照片，不是在真雨中拍摄的，公司用消防水管喷出的假雨，在那个春寒季节，淋到身上，任谁都受不了。可是唐夏娃一声不吭，就这么忍了下来，所以照片上流露的表情也是内心的真实感受。真是有失必有得，唐夏娃忍住了这么一场冷彻骨的人工雨，之后付出了一场高烧的代价，谁曾想到却因此打动了赵馨德的心，接到了自己的第一个代言。

在赵馨德讲完这些的时候，唐夏娃是很忐忑的。如果赵馨德说他现在有一个圆满的家庭，唐夏娃也许没有这些忐忑。可是赵馨德偏偏是一个人，而唐夏娃却不是。

赵馨德对她的感觉，傻子也能看出来。可是唐夏娃却不能说什么。不能说好，也不能说不好。于公赵馨德是唐夏娃的老板，万万是不可得罪的。于私唐夏娃是喜欢赵馨德的，这样一个有故事、重感情、有魅力的男人，唐夏娃是抵挡不了他的。可是，唐夏娃有于永涛。此刻，她什么都不能对赵馨德说。

"来说说你的故事吧。"赵馨德说。

"我能有什么故事？简单得像一张白纸，算了，还是不说了。"唐夏娃打着马虎眼，企图逃过去。

赵馨德居然就真的不问了。

"我送你回去吧。"赵馨德站起来了。

唐夏娃看到他不问，心里居然有点失落和惆怅，不知道怎么了。

一路无话。赵馨德也在沉思，唐夏娃也在沉思。

到了小区门口时，赵馨德居然没有问唐夏娃，就把车停了下来。而没有像刚才那样直接开进小区，想要知道她究竟住在哪里。

唐夏娃有点意外，却又不好说什么，对着赵馨德说了声"谢谢"就打开车门走下去。

"等你想让我听你故事的时候，给我打电话，晚安。"赵馨德把窗户摇下来，说了这么一句。

唐夏娃满怀心事地一个人朝着于永涛的房子走去。

衣锦还乡

该上断头台的，早晚都躲不了。

我向观音、佛祖、上帝耶稣基督、真主安拉各自都求了一回，灰色周末还是来了。

相对于我低落的情绪，杨明杰则显得情绪高涨。带着我这个新娶的媳妇和一车的礼物衣锦还乡。

不过我已经记住了唐夏娃和童若影的叮嘱，决定回去演一场好戏，扮演好杨明杰好媳妇这样一个角色。

杨明杰的家乡，在我们省的北方，在我们这个全国数得上的发达省份，杨明杰的家乡经济不算好。可是杨明杰现在的条件，在这个城市，被称作为中产阶级也是不为过的。由此可见，杨明杰的条件对于老家人来说，已经算得上是富豪了。

之前杨明杰和我说过，会有很多老家人来看我们。可当车快到杨明杰老家的门口，我才知道这个"很多"真不是一般地多。远远地就已经看到前方黑压压站了好多人。

我还很高兴地对杨明杰说："我们真是赶巧了，回来就能看热闹。"

只见杨明杰，微笑不语。

下一分钟，我才知道原来我们才是那个被看的"热闹"。

老乡们自动给我们的车让开一条道，眼睛却丝毫没有减少热忱。一直到我们车停稳，下车。经历过唐夏娃"商场事件"，对于这些，我已经处之泰然了。再说，我长得又不难看，给杨明杰加分，是绰绰有余的。

杨明杰一下车，对着站在前面的一位一直笑眯眯很和蔼的老人说："爸，你赶紧进去吧，站在这里做什么。"

我一听，赶紧乖巧地朝着老人，微微鞠了一躬，甜甜地喊了一句："爸爸好！"

老人的笑容，刹那间延伸至耳边，笑得合不拢嘴。

只听到后面乡亲中有人说："这个媳妇不错，嘴巴很甜啊。"

我主动扶上老人的胳膊，搀着他朝着屋里走去。老人还有点不自在，走路很僵硬，我倒是做得很自然。

杨明杰一边招呼着姐夫们把车里的东西拿下来，一边嘱咐姐姐们把带回来的糖果分给乡亲们吃。

我这才想起来，我这算是新媳妇第一次回来，喜糖是一定要发的。这些杨明杰居然都已经准备好了，我暗暗感激。

孩子们看到有糖果吃，欢呼雀跃，我又从屋里走出来，接过杨明杰手中的糖果袋，继续给乡亲们发糖。孩子们刚才还兴奋来着，看到我去给他们发糖，却一个个羞涩起来。我有点喜欢这种淳朴的感觉了。一边发着糖，一边逗小孩们说话。

"几岁了？"我问其中一个小孩。

"五岁了。"小孩说完就躲进奶奶的怀里了。

"好，那就给你五个巧克力。"我笑嘻嘻地说。

"几年级了？"我问另外一个小女孩。

"三年级了。"女孩怯生生地回答。

"那就给你三颗巧克力。"我逗她。

"可是我已经十岁了。"女孩鼓起勇气补充道。

"哈哈，好，那就再加七颗大白兔。"我无比开心。

乡亲们看我逗这些孩子，也开心地笑了。

杨明杰看到我和乡亲们其乐融融的样子，也感到很是高兴。

这时候，一位四十多岁的妇女走了过来，朝着我说："弟媳，长途坐车累了，还是回屋里休息一会儿吧，这些就给我弄吧。"

杨明杰看到妇女讲话，连忙给我介绍，说："夕颜，这是大姐。"

我总算见到上次那个让我和杨明杰吵架的始作俑者了。不过，童若影教我，越讨厌得厉害，越要笑得厉害，赶紧实践一下。

我连忙让自己的脸上开出一朵花儿来，无比甜腻地说着："大姐好！经常听杨明杰提起您，说从小就是姐姐您一手照顾他的。长姐如母啊！这不，我还给大姐您买了一些您喜欢的东西呢。"

估计大姐原本从三姐那里听到过些什么，这回听到我这么说，还愣了一下，随即很开心地笑了。

其实我哪里给大姐买什么东西啊，都是杨明杰买的，只不过杨明杰买的时候我是陪着去的，哪些东西给哪些人，我还是清楚的。这些现成的功劳揽在自己的身上，倒是没有多难。

杨明杰笑着看着我，他也乐得听我撒这样的善意的谎，没有揭穿我。

我拿出杨明杰给大姐买的东西，一一递到大姐怀里。我估摸着，大姐的双手是捧不下的，要的就是这个效果。

果然东西越来越多，大姐的笑意就越来越浓，嘴里不好意思地客气道："怎么带这么多东西呢，让你们破费。"

确实破费，光是逗大姐笑的这些东西，就花了杨明杰上万块钱。

虽然心里这么想，我嘴上却说："大姐不要和我们客气，和大姐对杨明杰的照顾比起来，这些都算不上什么，也就是一点心意而已。"我说得无比真心实意，刹那间差点儿把自己都感动了。看来演戏也没有那么难，童若影真是出了一个高招。

听我这一说，大姐的眼睛居然湿润了，一边抹着眼泪一边笑着说："哎，我那都是应该的，应该的。"

在那一瞬间，我有点体会到杨明杰和大姐的感情了，若是没有真正同甘共苦，也不会因为我一句话，就勾起伤心事。看来，我以后对杨明杰和他姐姐的事情，还是不要这么计较了。

进了屋子，三姐已经见过面，那么那位面生的必定是二姐了。

我走上前，朝着二姐，脆脆地叫了一声："二姐好！"

二姐看到我这么主动热情，也连忙说："好，大家好！赶紧喝口茶吧。"说着，就要站起来给我倒水。

"别忙着倒水了，二姐三姐，夕颜挑了一些礼物给你们，来拿吧。"这回不用我主动凑趣，杨明杰已经自动把功劳安到我头上。

我连忙对着三姐说："三姐好，三姐我们已经见过面了。上次你们来得匆忙，没有来得及给你们挑些东西带回去，这次我挑了几样，希望三姐笑纳。"

很显然，今天的我笑容满面、礼数周全，和那天三姐见到的那个有点抵触和防备的我大不一样。三姐除了连声应"好"，居然没有再说其他的话。

看来"回家"这场戏，我算是初战告捷。

到了里间，杨明杰和我独处时，他居然冒着可能被别人偷看的风险，抱住我主动吻了我一下，说："老婆今天表现不错！"

看来童若影的话再一次被证明，让姐姐们高兴其实就是在讨杨明杰开心。

我撒娇地斜了杨明杰一眼，说了一声："才知道我好！"

杨明杰在我的脸上拧了一把，说："继续努力！"

我轻轻地哼了一句："放心吧！"

晚上的菜肴是三个姐姐一起弄的，都是一些当地的土菜，大鱼大肉，汤汤水水的。一则我真心喜欢吃荤，二则我从来没有吃过这些菜。第一次吃，感觉很是新鲜。这么一来，全桌的人，就数我吃得最欢乐，一边不忘夸赞姐姐们的手艺好。每个厨师最高兴的事情，莫过于看到自己的菜受欢迎，看到我这么爱吃她们的菜，连爸爸都很高兴地说："看到小颜吃得这么高兴，我就唱一曲给大家助助兴吧。"

杨明杰一听，很高兴地说："来一段，来一段！爸爸以前可是方圆百里有名的金嗓子，给夕颜开开耳。"

我连忙应和道："我今天还真是有福气了，爸爸赶紧唱吧。"

爸爸清一清嗓子，一敲筷子，就真的唱了起来。

　　云行万里，快如风。

　　武陵景色在眼中。

　　双双来在西湖上。

　　果然是天上人间大不同。

　　难怪姐姐有思凡意，却原来人间温暖乐融融。

　　西子湖边春意浓，桃红李白笑春风。

　　一片青山抱绿水，姐妹们如入图画中。

爸爸唱得很是陶醉，一边眯着眼睛，一边敲着筷子。我虽然从来没有听过这样的戏剧，却能感受到爸爸心中的欢乐，也忍不住和起了节奏。

一曲完毕，我们大家一起鼓掌。

我很好奇地问："爸爸这是京剧的哪个唱段啊？我从来没有听过。"

老人开心地笑了。

杨明杰说："哈哈，你这个中文系毕业的高才生，居然也不知道。这哪是京剧啊，这是我们这边的地方剧，叫淮剧。你刚才听到的那段叫《白蛇传·游湖》，今天算是又让你长了一门学问了。"

"啊，这样啊，这真得谢谢爸爸了。我以前还真没有听过这个剧种呢。我给爸爸倒杯茶以表感谢。"我边说着边机灵地站起身给爸爸添茶。

我自己都没有料到，这次随杨明杰回老家，居然会是一番其乐融融的景象。

走的时候，爸爸还不断叮嘱我们有空就多回来，下次他再给我准备两段更好听的唱段。

从老家回来之后，由于我的杰出表现，杨明杰对我比以往更加好。有时候在公司，他也不避讳对我的亲密。甚至有时候，杨明杰有事叫我，会脱口而出叫我"老婆"。而之前，我们都是约定好了，在公司的称呼和以前一样，他叫我"李夕颜"，我叫他"杨总"。

对于这些，公司的其他同事，是不在意的，因为我成为杨明杰老婆的事实，他们从一开始就接受了。可是有一个人，显然是受伤了，那个人就是企划部的小杨。

自从那次我和小杨有过正面交锋之后，小杨倒是收敛了一些，没有再对我冷嘲热讽，顶多就是把我当作空气，她干她的活儿，我干我的活儿。这样也好。其实小杨还算是一个工作勤奋、有才气的女孩，企划部的事情她从来都是尽心尽力，没有半点磨洋工的情况。做的企划案，每次也总有一两个与众不同的亮点。对于这些杨明杰是知道的，我也是心里明白的。说穿了，现在小杨是在给我们家打工，对于这样一个有显著贡献的员工，只要她不故意找茬，我也乐得安稳。

可是有一天，小杨突然提出了辞职，要离开公司。

我本来是不知道的，公司员工的事情是杨明杰管，员工辞职信是直接交给他，若是杨明杰不告诉我，我是无法第一时间知道的。这件事情，说来要感谢喜欢八卦的小李。

当时我正在工作，小李突然就神秘兮兮地凑到我的桌前，说：

"夕颜，你知不知道，小杨进了杨总办公室，都已经好一会儿了。"

我上次和小杨针锋相对，公司里的同事都是看到的。至于为什么，想必之后也都多多少少有点知道。所以小李这么一说，是话里有话。

我愣了一下，往杨明杰的办公室方向看了一下，想了想笑笑说："一定是在讨论最新的企划案吧。赶紧做事去吧。"

小李说："我听企划部的人说，昨天看到小杨在打辞职报告。"

"辞职？干得好好的，干吗要辞职？是有其他公司挖她吗？"我索性停下手中的活儿，问个究竟。

"不知道有没有，反正她要辞职那是一定错不了的。这不都已经进去十几分钟了，肯定是杨总在挽留小杨。"小李说。

本来这件事情，按说我不该插手和过问的，但是想到小杨和杨明杰之间，总有一点我不知道的谜团，我就放不下心。

我想了想，找了一份要给杨明杰签字的文件，准备过去看个究竟。

走近杨明杰办公室门口，我听到里面除了小杨的声音，居然还有许小姐的声音。

小杨在哭，抽抽搭搭地说："许小姐，这件事情您是知道的，若不是您的意思，我也不会这样。现在，我留在这里就成了一个笑话。"

我听到杨明杰在很生气地质问许小姐："你为什么要管我的私事？为什么要编造这样的事情？"

只听到许小姐在解释："我看小杨不错，也算是公司的老员工了，而你一直又没有女朋友，你们比较合适。"

杨明杰更加生气地说："这些早就和你没有关系了。"

我听到这里，心里有很大的疑惑，想多听一点。可是我站在门口太久了，让其他同事看到，又不是太好，只好敲了敲门，然后进去。

"谁让你进来的！出去！"杨明杰此刻正背对着门，听到门被推开，没有看一下来人，就大发雷霆。

许小姐和小杨看到我进来了，都很意外，不再出声。小杨低着头，而许小姐也没有再看我。

杨明杰转过身来，看到是我，脸上的表情瞬间很复杂，然后放正常了声音："夕颜，我们这在谈事情呢，你等下进来。"

我就是想要知道你们谈的是什么事情才进来的！我心里回答道。脸上却微笑着说："有什么事情值得发这么大的火。这边有份文件，你签一下字。"

我走上前，递到杨明杰的手里，然后假装无意地帮他把翻翘着的衬衣领子，理了理。熟门熟路。

我就是故意做给小杨看的，也是故意做给许小姐看的。刚才的谈话，我的直觉告诉我，和我有关。

杨明杰看了我一眼，像是下了一个决心似的，说："好，正好我这边有小杨的一封辞职信，我马上签字，你一会儿一起带出去，复印一份公司留档。"

我看到许小姐和小杨同时抬起了头，小杨满脸惊诧，而许小姐脸上没有任何表情，却迅速地扫了杨明杰一眼。

看来刚才小李说的事情是真的，小杨是来辞职的。显然在我到来之前，杨明杰没有同意小杨辞职，这一瞬间工夫，却把这件事情坐实了，看来明天开始小杨就要在这个公司消失了。

显然这一瞬间的转变是因为我。我决定赶紧溜出去，回到家后再好好审问杨明杰。

杨明杰迅速地在小杨的辞职信和我带来的文件上签了字。

我拿起文件，对着坐在那里一动不动的许小姐，笑了笑说："许小姐，打搅你们谈话了，对不起，我这就出去了，你们继续。"

许小姐的脸色有点难看，轻轻点了点头。

我走出杨明杰的办公室，轻轻地带上门。

刚回到座位上，小李八卦的脸就及时出现，一脸等不及地问："怎样？怎样？"

我笑了一下，说："看来你的消息还真的很灵通。"

小李得意地笑着说："那是！平生最爱两件事，八卦和购物，哈哈。"

我一边把刚才的文件放好，一边站起身走向旁边的复印机，笑着说："你不去做狗仔，真是可惜了！"

小李说："然后呢，然后呢？"

我复印好小杨的辞职信，一边轻轻地在小李伸着的脑袋上拍了一下，说："什么然后，然后你赶紧干活去吧！"

小李吐了吐舌头说："遵命！老板娘！"

过了一会儿看到小杨先从杨明杰的办公室出来，垂着头回到企划部。

又过了一会儿，许小姐也出来了，脸上没有什么表情。

那天，下班之后，我一坐上车就对杨明杰说："好了，没有其他人了，坦白吧。"

杨明杰笑着看了我一眼，故意装糊涂："坦白什么？"

我生气地看着他，说："还能坦白什么？你和小杨到底是怎么回事？对了，还有许小姐，我早就听公司的同事说过，以前你和许小姐谈过恋爱。说吧，是不是有这么一回事？"

杨明杰发动了车，盯着前方说："是！"

我有点意外，我没想到杨明杰回答得如此爽快。

"那，那接着说。"

"就是这样。完了。"杨明杰简短地说。

"什么叫完了？这算什么坦白？你最起码得告诉我，你和许小姐到底是什么情况，之前怎样，后来又怎样？"我生气地说。

"这些和我们有关吗？之前怎样，你已经知道。之后怎样，你也已经知道。"杨明杰很冷静地说。

"我知道什么？我什么都不知道啊。"杨明杰想要摆脱这个问题，我却决心打破砂锅问到底。

"夕颜，我们两个人在一起，只要关心现在和将来就好。至于过去，每个人都有每个人的经历，我也没有问过你前男友的事，你也不要再多问我和许小姐的事情了。"杨明杰淡淡地抛了一句话。

我被反将了一军。是的，第一天招聘的时候，我就亲口告诉杨明杰，我是为了男朋友留下来的。结婚之后，杨明杰也的确没有问过我这件事情，连旁敲侧击都没有。原本我自己都忘记了这回事，现在想来其实杨明杰一直都记得，只不过他选择了不问。

每个人确实都可以拥有自己的过去，不必为了自己的过去而向现在的人道歉、忏悔或请求原谅。

之前的岁月，既然你没有来得及加入对方的生命，总不能在认识之后，让对方为你重新活一遍。且不用说时光无法倒流，就算可以，也万万没有这样的道理。

人只要对现在的人负责，对目前的感情负责、不辜负、不伤害、懂珍惜，就已经很好。可是就是这样，能够真正做好的又能有几个？

正想着的时候，杨明杰看到我不说话，一只手握住方向盘，右手默默地伸过来握住我的手，说："夕颜，你应该相信我，你现在是我的老婆，我心里只有你一个。"

我这是什么命啊，许小姐居然是杨明杰的前女友，她又是我所在公司的董事长，我上班还要天天面对着她。

也就是说，我天天和我丈夫，以及丈夫的前女友在一个公司上班。人生果然是一场彻头彻尾的狗血剧！

"好吧，不说许小姐，那小杨今天是为什么辞职呢？"我鼓起勇气，继续追问。心里想着，这个总该和什么人生啊，过去啊，没有关系了吧。

"小杨无非是在公司有些不如意，想走也正常。"杨明杰依然轻描淡写。

我发现杨明杰有把"大事化小，小事化了"的天赋。当然这些"事"中不包括他姐姐们的事，姐姐的事是他的软肋。

"什么不如意？哪里不如意了？"我决定一定要问出个答

案来。

"你还问我？你不知道吗？"杨明杰笑着说。

"你少来，搞得好像我把小杨逼走一样。今天我都在门口听到了。"我一急就脱口而出。

"原来你都听到了。那么还问我什么？"杨明杰嘲弄地笑着。

"可我没有听全。"我小声地说。

"哈哈，原来是这样。满足一下你的好奇心吧，否则今晚你是不会放过我了。许小姐原来想要把小杨介绍给我，已经问过小杨的意思了，正想找机会和我说呢，谁知你捷足先登了。"杨明杰解释说。

原来是这样。难怪小杨一副我把她东西抢走了的样子。原来是许小姐支持小杨。凭许小姐在公司的地位，小杨肯定以为她会有很大的把握，谁知道这只是许小姐一厢情愿，杨明杰压根就不知道，并且突然之间就和我闪婚了。

"谁捷足先登了？是无知少女上了怪叔叔的当！"我假装生气道。

"哈哈哈！"杨明杰开心地笑了起来，把我的手握得更紧了些。

车子在茫茫的夜色中朝着前方驶去。我靠在座位上，闭上眼睛很放心地把自己交给杨明杰，任由他把我带向远方。

我相信，有他的前方，一定是个好地方。

赵琪突然给我来电话，告诉我她要结婚了，让我周末去参加她的婚礼。

这世界变化真快，我发现我也有点跟不上节拍。两个月之前，赵琪还怂恿我和她一起报名参加《非诚勿扰》呢，谁知道这么快就要结婚了。不过想到自己还在赵琪前面闪婚，也就不这么惊讶了。正好赵琪目前还不知道我已经闪婚了，我正准备找个机会当面告诉她。

"怎么突然要结婚了？是哪个人昏了头？"在电话里，我笑嘻嘻地调侃赵琪。

"你来了就知道了。"赵琪很神秘地说。

"哈哈，还卖关子呢！看来你参加《非诚勿扰》收获不小嘛。"我一边猜测着一边说。

"和《非诚勿扰》没有关系，你来了就知道了。不过还是得感谢《非诚勿扰》，一句半句说不清楚，你来吧。"赵琪说。

"放心，你结婚我一定来。"我答应赵琪。

才挂了电话，又接到童若影的电话。

"夕颜，有个好消息要告诉你。"童若影在电话那头兴奋地说。

"什么好消息啊？你不会是要结婚了吧？"我胡乱猜着。

"啊？你怎么知道的？下个月初八我要结婚了。"童若影开心地说。

"真的啊？恭喜恭喜啊。今天是个什么好日子，我都接连收到两个人的结婚喜讯了。"我很意外，但是确实又很为童若影开心。

"还有谁？不会是夏娃吧？"童若影问道。

"她？哈哈，估计这几年她都不会考虑结婚。我刚接到电话，说结婚的是我以前的一个朋友。"我随口说着。

"哈哈，那倒不一定，人生啊计划没有变化快。说不定人家夏娃明天就去领证了。向你学习啊，哈哈。"童若影说。

"这个倒也是。哦，对了，听你这么说，是不是有感而发啊？老实交代，你是有什么变化了？上次还没有听你说要结婚呢，这才多久啊，不到一个月吧。"我在想是什么原因，童若影这么快结婚了？

"不瞒你说，我怀孕了。"童若影说。

"真的？"这下我可彻底惊讶了。

虽然我已经结婚一段时间了，可是我丝毫没有考虑怀孕这个问题，更未曾料到童若影还没有结婚就已经怀上宝宝了。不过转念一想，只有这个理由才会让李家这么快地把童若影娶回家，李佳成是李家唯一的继承人，年纪也不算小了，童若影这么一怀孕，最开心的应该是李家。

"哈哈，那你这算是双喜临门了，那我可得要好好恭喜你啊。"我衷心祝福童若影。

"恭喜啥啊，不瞒你说，我现在压力很大。"童若影有点怅然。

"怎么了？"我问。

"还能怎么啊，李佳成是李家唯一的男孩，你说他们家在盼望什么呢。"童若影说。

"那一定是他们家希望你怀的是男孩了。"我明白了几分。

"是啊，这不才知道怀孕几天，就催着去看看性别。"童若影无奈地说。

"啊？不是不给鉴别胎儿性别吗？再说，若是怀的是女孩怎么办呢？"我担心地问。

"人家有的是办法。说是让我到外地去检查。至于说，如果怀的是女孩也不能怎么办。徐子淇怎么办，我就怎么办，哈哈。"童若影自我解嘲地说。

"不会吧。难不成，我们的童若影小姐，今后就准备一胎又一胎地接着生产，做一个英雄母亲了？"听到这样的故事在我身边发生，我还是有点接受不了。

"这都二十一世纪了，他们李家不会这么封建吧？"我又无力地补上一句，显然很多余。

"这个有什么，别说这边的李家了，你看香港的那几个李家不也都是这样吗？这个没有什么好奇怪的。人啊，有些骨子里追求的东西是不会变的。弱肉强食，还有强者喜欢多生育后代。"童若影俨然成了一个哲学家，仿佛看透了一切。

"哈哈，不管怎么说，到底是一件好事，你结婚我一定会来的。你通知夏娃了吗？"我顺带问道。

"我先给你打电话，一会儿就给她打。哎，你说上次之后，唐夏娃和那个赵先生怎样啊？"童若影想起了那天的事情。

"我也没有问她，你一会儿可以问问啊。"我说。

"恐怕他们的故事没有那么简单，是得好好问问。"童若影说。

"嗯，你去问问后回头告诉我。你现在不是一个人，一定要好好照顾自己。"我叮嘱童若影说。

"别提了，我现在啊，比大熊猫还不自由，吃得比猪还多。本来啊，那些什么骨头汤啊，鸡汤啊我就不爱喝，现在天天逼着我喝。"童若影无可奈何地说。

我想起来童若影那曲线分明的身材，若是这种吃法，肯定很快就珠圆玉润了。不知道爱美的童若影是否能够受得了。

"为了孩子还是应该补一补吧，现在毕竟你还得考虑小孩的营养。"我劝解她。

"什么呀，医生都说了，正常饮食就好了，现在讲究的是科学养胎。哎，我家那位婆婆啊，偏偏不听，说现在的小年轻医生懂什么，妈妈吃得多，孩子才能长得好。"童若影满肚子的怨言。

"这样啊。实在不行，你可以悄悄倒掉一点。"我给她出馊主意，说完就觉得不妥，连忙补上一句："开玩笑的，你还是听你家婆婆的吧，我没有养小孩的经验。"

"哈哈，夕颜，你以为我没有干过这样的事情啊，告诉你，我那精明无比的婆婆现在每天让保姆看着我喝，话说那个保姆啊，简直把我当作阶级敌人，每天都一丝不苟地完成任务才肯罢休，连碗底都要我喝干净。哎！"童若影长叹一声。

"你啊，就别说这话了，小心我这样的肉食动物听到了到你家抢汤喝。不过，你不是最有办法的吗？这样喝下去，也不是个事儿。还是得听医生的吧。"我说。

"哎呀，什么叫作道高一尺，魔高一丈。我嫁进李家啊，估计就没有办法了。不说了不说了，这些事情说也说不完。我马上给夏娃打电话去。"童若影说。

"好，再见。我初八一定来。"我答应道。

周末很快到来。虽然周末杨明杰没有什么事情，但是我还是没有让杨明杰和我一起去。一来赵琪还不知道我结婚的事情，二来参加赵琪婚礼的肯定还有一些其他认识的同学，他们之前多多少少都知道我和陆之俊的事情，现在突然换了一个男人陪我去，一定又会多了许多八卦。说不定还有一些不能预知的尴尬。因此我是打定了主意，不让杨明杰去参加。杨明杰听说是我同学结婚，倒是有想去的意思，他也想要认识一些我以前的朋友。因此听我说不让他去，还有点不开心。

"人家只邀请了我一个人。"我先是这么告诉他。

"人家不知道你结婚，自然只邀请你一个人。再说，我要是去了，人家一定欢迎还来不及呢。我们又不少给她包红包。"杨明杰笑嘻嘻地和我说。

"这人家结婚邀请了我，我又突然说我已经结婚了却没有邀请她，多少有点说不过去。"我又想了一个听起来合情合理的理由。

"我们这不是没有办婚礼嘛，没有请也是正常的。"杨明杰又把我的理由反驳了。

"反正不是很好。我这次一个人去，下次一定带你去好不好。那，下个月就是童若影结婚，我一定带你一起去。"我撒娇道。

"童若影结婚，不用你邀请，人家李家本来就是我们的客户，我自然会去。"杨明杰不买账。

我想不出什么理由了。我总不能直接告诉杨明杰说，我心里怕有同学会问起我以前的事情吧。

"好了，夕颜，我不会去的，你不用为难了。"杨明杰突然一本正经地说，像是看穿了我的心思。

被杨明杰这么一说，我倒是像理亏了。

"我没有为难，我想回头还是和我以前的朋友先说一下，然后下次再让你闪亮登场，你觉得如何？"我讨好地说着。

"嗯，随便吧。"杨明杰不说话了。

我就怕杨明杰不说话，这就意味着他有想法了。

可是我这次是铁了心地不想让杨明杰去。总觉得还没有准备好，让他就这么出现在我以前的朋友圈里。到目前为止，除了公司的同事，知道我结婚的就只有童若影和唐夏娃，这两个也是我之后交的朋友，算是机缘巧合。

可什么时候才是已经准备好了呢？难道我的内心还是没有接受杨明杰和我已经结婚的事实吗？还是我对杨明杰还不够满意？

我不知道，目前也不想深究这些问题。算了，还是等到以后再说吧。

赵琪的婚礼

我终于还是一个人去了赵琪的婚礼。

让我震惊的是，和赵琪结婚的人，居然是她暗恋的高中同学——张雷！

原来赵琪的人生兜兜转转一大圈，不过是在做无谓的浪费和挑选，最适合的在当初就已经注定了。

说起来，赵琪和张雷的故事，有点曲折和心酸。

赵琪当时在我们班里，是文娱委员。张雷则是英语课代表。而英语是赵琪最头疼的功课，可是偏偏全班这么多男生中间，赵琪从一开始进校就暗恋上了张雷。

赵琪跟我描述过第一次对张雷心动的场景。那时候我们还没有开始上课，在军训阶段。军训的时候，作为文娱委员，赵琪要准备军训结束时候的文娱表演节目，问班上有谁可以自告奋勇地参加，结果大家因为都还是新生，不是很熟悉，都羞羞答答的，不愿意自己报名参加。赵琪没有办法，求助于班主任，班主任倒是来得简单，说如果没有自己愿意表演的同学，那么班级里面刚被选为班干部的同学，就每人出一个节目吧。这样，表演就被当作任务，摊派到这些班干部头上，张雷是英语课代表，也是其中之一。

张雷报名表演独唱，是英文歌曲，电影《泰坦尼克号》里的歌曲 *My Heart Will Go On*。第一次排练的时候，张雷就那样站在学校图书馆门口那透明的顶棚底下，清唱起来。声音清澈，悠扬，深情。

赵琪说，当时张雷唱到高潮处，闭上眼睛，微微抬起头，透明的塑料顶棚上正好洒下些许阳光在他头上，就像给他戴了一个光环。就这样，赵琪沦陷了。

悲剧的是，正式上课之后，赵琪的英文一直不好，尤其是单词一直默写不及格。英语老师就让课代表张雷帮赵琪下课之后补默写。结果，越是张雷帮着，赵琪的英语越是差。

我们几个知道赵琪暗恋张雷，嘲笑赵琪是故意的。

赵琪很冤枉地说，我哪里敢故意，我也想在张雷面前表现好一点，可是对着他，这一个个单词硬是怎么也背不进去。

而张雷看着赵琪这个样子，也实在是想不通，有人居然能够默写单词三四遍，都还是不及格的。心里就对赵琪看低了几分。赵琪自然能够感受到张雷的态度，心里无比难受。后来实在受不了了，自己跑到英语老师那边请求，让老师给她默写。

老师问赵琪什么原因。

赵琪实在想不起来什么原因比较好。就随便找了个借口，说张雷帮她默写的态度不好，很不耐烦。

这个理由辗转就到了张雷的耳朵里，张雷很是生气，亲自跑到赵琪面前质问。

赵琪总不能说，我是因为暗恋你啊，所以默写不好啊。况且，张雷对她看低，她也是有感觉到的。因此就硬着头皮，说张雷确实态度不好，他自己还不承认。

张雷很生气地说，我这么多天给你默写，算是白浪费时间了。

就这样赵琪和张雷的梁子算是结下了。话说，张雷质问赵琪的那一天，赵琪回到宿舍狠狠地哭了一场。少女脆弱的心，哪里受得了自己喜欢的人这么说自己呢。更何况，张雷这明显是恨上了赵琪。

就这样，赵琪和张雷，在高一整整一年互不来往。在我们看来，张雷是真恨着赵琪，而赵琪却关心着张雷的一点一滴，然后表面上装作毫不关心。

接着便是到了文理分科，张雷进了理科，赵琪进了文科。一直都没有联系。

我以为赵琪的这段故事，已经宣告结束了。之后我也没有听赵琪再提起过张雷，不知道为什么，会在这么多年之后，两个人一笑泯恩仇，并且结为连理了。确实是有点意外。

"夕颜，夕颜，你来了。"看到我走进酒店门，在门口迎宾的赵琪连忙朝我招手。

我走上前递上红包，说："恭喜恭喜啊，你这是多年梦想终成真啊！"

听到我开玩笑，新郎张雷不好意思地说："谢谢谢谢。"

"这个谢谢可是不够的，一会儿作为赵琪的好朋友，我可要把赵琪当初受的委屈也通通让你感受一遍。"我笑着说道。

"夕颜，你就放过他吧。他早就把肠子都悔青了。"赵琪帮张雷挡着。

"赵琪，说几句你就心疼了，哈哈。"我取笑赵琪。

"是啊是啊，既然赵琪心疼，那我们回头就不罚张雷了，我们就罚赵琪，让赵琪当场再默写单词！"我的身后，几个高中同学也来了。显然还记得当初赵琪老是默写单词不及格的事情。

看到同学们，我突然感觉，恍如隔世。曾经青葱少年，都已经悄然走向青年，有的脸上已经有了些许岁月痕迹，有的已经肚滚腰圆，就这样已经离中年不远了。

"老同学，你可就饶了我吧。这个英语单词啊，我可真是拿它没有办法。"赵琪满脸求饶，脸上却又幸福无比。

"那时候张雷还在宿舍讲，说世界上哪里有这么笨的女孩，这么简单的单词，可就是怎么都记不住。我们还悄悄讨论你是否智商有问题，可是看着你其他功课也还好啊，也不像是有啥毛病的。"另外一个同学也开玩笑道。

"老同学，老同学，口下留情，口下留情，我已经为这个事情受了惩罚了。就别再害我了，里边请，里边请。"张雷抱拳，对着我们说。

我们一群人哈哈大笑着进了宴会厅。

每个女孩，都曾真心期盼，能够有一天穿着云烟一样美丽的婚纱，和心爱的人牵着手，在众人的祝福声中，穿过重重鲜花，来到结婚礼堂。然后戴上那一个小小的指环，郑重而又温柔地说出那声"我愿意",从此后心甘情愿,被对方套牢一生。

只是梦想多有残缺,有时候和你牵手的那个人,并非你的爱人;有时候,你们的牵手,并没得到众人祝福;有时候,你的那声"我愿意",并非出自情愿;有时候,压根连婚纱和婚礼都没有。

像赵琪这样,能够和她多年前就中意的男子牵手,又能得到众多好友的祝福和羡慕,甜蜜踏上婚姻礼堂的,绝对是人生难能可贵的幸福。

婚礼进行曲,开始响起了。每到这个时候,不知怎的,我就想要逃。总觉得,这个乐曲,美好得近乎残忍,让我们这些在生活中无法得到圆满爱情或者婚姻的人,逃无可逃。

我的眼眶有点湿润了,我拼命地捏住自己的手指头,控制着自己的情绪。我不知道,自己在为什么心酸。

是对自己的婚姻不满意吗?不,不是,我觉得我这段婚姻已然很好。

是对杨明杰不满意吗?好像也不是,毫无疑问,结婚这么多日,杨明杰完全有资格担当模范丈夫的称号。

那么是为了什么呢?我自己问自己。

婚礼,对,婚礼。

突然之间,我也想要一个婚礼。

我也想要像赵琪一样,嫁就要嫁得光明正大。我和杨明杰,也就不过是领了一个证而已。之后就回了他老家一趟,既没有请过客,也没有正式对他的和我的朋友宣布过。我们完全可以举办一个婚礼。

对，现在好多人都是领证和举办婚礼分开的，我们完全也可以这样。

我为自己的想法，有点激动。

"快看。"坐在我一桌的高中同学，拉拉我的衣袖，指指大屏幕。

原来现在大屏幕上正在放由张雷自己制作的爱情短片。

"你不要怨我，让你一个人等待了十年。要知道你并不孤单。在你等我的时候，我也以为我一个人在孤独地等你。"

随着张雷深情的旁白，屏幕上放出了一张张英语默写纸，虽然已经很旧，纸面泛黄，可是依然清晰地看得出单词字母，和默写人的名字"赵琪"。然后是张雷，一个人抚摸着这些默写纸上的名字。

全场哗然，我没有想到赵琪当初默写这些英文单词的纸条，张雷这么多年还依然保留着。显然赵琪更加受不了。眼泪早已经哗啦啦流下。却又忍不住笑着捶打身边的张雷说："讨厌，讨厌，谁让你把我这么丢脸的东西拿出来的。"

"我以为这场等待，将永远等下去。直到我突然接到一个电话。"旁白说完，画面里响起电话铃声，画面切换到张雷接电话。

"张雷，告诉你一个新闻啊，你还记得高中时候的赵琪吗？她说她要报名参加《非诚勿扰》了。"电话里一个陌生的男声在说着。

画面响起了音乐《非诚勿扰》节目的插曲："可惜不是你，陪我到最后……"

"我知道我不能再等了，晚一点也许就真的晚了……"张雷的旁白再次出现。

画面中张雷颤抖的手，犹豫再三，终于拨打了电话，说："你好，是赵琪吗？"

画面中的音乐换成《非诚勿扰》节目的另一首插曲《梁山伯与朱丽叶》"我爱你，你是我的朱丽叶，我愿意变成你的梁山伯……"

在音乐声中，现场的张雷牵着赵琪的手，走上舞台中央，张雷突然单膝跪下，问赵琪："你愿意让我变成你的梁山伯吗？"

全场掌声响起。我的眼泪再也控制不住，崩溃而出。这是我见过最令人感动和浪漫的婚礼。因为张雷的精心策划，毫无疑问，俘获了赵琪的心，也俘获了所有在场观者的心。

我一定也要一个婚礼，也许不会很盛大，也许没有如此浪漫，但一定要有一个婚礼，完完全全、真真正正属于我的婚礼。

想要一个婚礼

自从参加完赵琪的婚礼之后，我一直在想着找个合适的机会，向杨明杰开口，说我想要举办一个婚礼的想法。

我知道杨明杰是一个做事极其认真、谨慎的人，若是和他开口说了之后，被他否决了的话基本上也没有什么转圜的余地。所以我想等到有十足的把握的时候，再向杨明杰开口。这么一等，几天又过去了。

因为我心里存了想要办婚礼的心思，而且也不确定杨明杰答应还是不答应，就算答应也不知道是在什么时候。我的内心又不想像童若影一样有了身孕，然后才匆匆办婚礼。且不说我们的条件没法和李家比，李家钱多好办事，一个月之内，就能把婚礼的各项准备都做好。就算我们的条件和李家相当，一个月的时间，我也没有把握能够把自己的婚礼准备好。对于我的婚礼，我想要自己亲自参与筹办，尽量让自己的人生不留下遗憾。所以，对于避孕这件事情，我一直十分小心翼翼地做着。

我一直在服用避孕药，每天吃一颗，吃二十一天，然后停七天。这是我和陆之俊在一起之后就养成的习惯。当初因为年龄小，还在上大学，万万是不能怀孕的。后来和杨明杰在一起之后，我也没有立刻要小孩的打算，所以也就这么继续吃着。关于这件事情，我没有和杨明杰特意说过，但是也没有刻意隐瞒。

谁料，这件事情居然引起了一场风暴。

那天我在浴室洗完澡出来，身上裹着一条大浴巾，一边用毛巾擦着湿漉漉的头发，一边走进卧室。却看到杨明杰站在卧室的窗前，开着窗户抽着烟背对着我。

我看到杨明杰抽烟，知道他又有什么烦心事了。最近一段时间，公司的员工更换很频繁，老员工因为做了一段时间想要跳槽去更好的单位，而新招进来的大学生又基本还没有怎么弄熟业务。加上有几个同行，进行恶意竞争，把做网站的报价压得很低，所以杨明杰最近一直在加班还有应酬。我以为他一定是为了公司的事情在烦恼。我这几天因为心里还存着想办婚礼这件事情，要和他开口，所以对他可谓是百依百顺，根本就不会有什么惹他生气的地方。

我走过去环抱住他的腰，把脸贴在他的背上，轻轻地问："怎么了？"

谁料，我感觉杨明杰的身子一僵，我心里有点不祥的预感，但不清楚是为了什么。

我走到他的侧面，想把他的烟像往常一样拿开，没料杨明杰却退后了一步，躲过了我的手。

我有点生气了。这发脾气也得有点缘由，哪能无缘无故地就朝着老婆发火，这算什么男人啊。

　　但是一想到，最近杨明杰的压力确实比较大，我也就压住了内心冒上来的火气，继续保持平静的声音，问："这是怎么了？怎么朝着我生气了？"

　　杨明杰没有看我，指着床头柜前的一个小盒子，用冷冰冰的声音说："李夕颜，你把这个解释一下吧。"

　　我走到床头柜前，拿起那个小盒子一看，原来是我平时吃的避孕药"妈富隆"，心里就一轻松，说："哦，这是我吃的避孕药啊，怎么了？"

　　杨明杰看到我用这么坦白轻松的语气说，朝着我看了一眼，然后说："你为什么要吃这个？"

　　我说："当然是为了避孕啊。"

　　杨明杰无比疑惑地看着我，说："避孕？为什么要避孕？我们都结婚了，为什么要避孕？"

　　我笑了一下，试图缓和他的情绪，说道："我们这不是才结婚嘛，再说我也年纪还不大呢。"

　　杨明杰也放缓和了一点："你是年轻，可是我已经不年轻了啊。你做这件事情，有没有想过要和我商量一下？"

　　我继续解释："我没有想到你那么急着要孩子啊。"

　　杨明杰说："好，既然你是无心做这件事情的。那之前的，我就不说什么了。我现在告诉你，我很希望要一个孩子，你以后不要再吃什么避孕药了。"

　　我想了想，抬起头看着杨明杰的眼睛，说："不行。"

杨明杰愣住了，他没有想到我会这么回答，他问："为什么不行？我们都已经结婚了，要一个孩子是一个正常家庭正常的愿望。"

我回答说："之后可以，但是现在不行。我们还没有结婚呢。"

杨明杰满脸疑惑地问："什么叫我们还没有结婚？我们不是已经领过证了吗？我们是合法夫妻。"

我继续解释说："不是指这个，我是说我们还没有办婚礼呢。而且我的爸妈那边，你也还没有见过面。领证是为了向你证明我的诚意。可是办个婚礼，是你向我的父母证明你的诚意。好歹，我爸妈就我这么一个女儿。莫名其妙就嫁了，连嫁给谁都没有见过，如果还突然挺个大肚子或者抱个小孩回家，你让我爸妈以后在亲戚中怎么抬起头啊？"

杨明杰不吱声了，继续抽着烟，想了一想，说："是，这个是我的疏忽。最近事情是有点多，但是不管怎么忙我这几天就抽空看一下你的父母，亲自和他们说明。"

我说："不仅仅这个，我想要办个婚礼。我就这么一辈子，我也不准备再嫁一次。"说着说着，我自己都觉得委屈起来，声音有点哽咽了。

杨明杰在烟灰缸里掐灭了烟头，走过来把我轻轻抱住了。谁知道，我的浴巾裹得不是很紧，这下杨明杰过来抱我，浴巾"嗖"地就往下滑。

我"哎呀"一声，低头拉住浴巾，没料杨明杰居然就把我一把抱起，一边把我抱着往床边走，一边把头深深地埋进我的头发里，温柔地说："我的老婆好香。"

想着刚才杨明杰还在对我冷冰冰地质问，我不情愿地动来动去，嘴里喊着："快把我放下！我不要。"

"哎呀，老婆你可不要再动了，再动，我这把老骨头，可真的就抱不动你了。"杨明杰气喘吁吁地说着。两只手更加紧地托住我，手臂却明显地感觉往下滑。我怕我真的被摔下来了，两只手就不由自主地环抱住杨明杰的脖子，把头靠近他的胸膛，好让他抱得轻松一点。杨明杰感觉到我的回应，把头低下来，吻住我的双唇。

我喜欢杨明杰这样，带着一种强烈的渴望，索取我的温柔。只有在这个时候，他不是儒雅的，不是冷静的，不是克制的；而是狂暴的，激动的，放纵的。杨明杰的这些和平常不一样的情绪，只因为我而产生，也只给予了我。每当这个时候，我就觉得眼前的这个男人，是值得我深深珍惜的，值得我认真去给予和爱恋的。

"老婆。"杨明杰的声音在我耳边轻轻地飘荡着，无比温柔。

"嗯。"我闭着眼睛，呢喃回应。

"我会给你一个婚礼的。"杨明杰在我的耳边承诺道。

我微笑着睁开眼睛，咬住杨明杰的肩膀，翻身上去，用无比柔媚的声音说："这次我来……"

窗外月色温柔，窗内柔情荡漾。这样的风光，只属于我和杨明杰两个人。

都说夫妻间无大事，不过是床头打架床尾和。我这才体会到了这句话的真谛。

杨明杰就这么在我的耳边答应了我办婚礼的事。

夏娃的烦恼

唐夏娃最近心情很不好。

好几次打电话来，问我有没有时间陪她坐坐。我每次问她在哪里，她都说是在酒吧。

酒吧对于我这样的已婚人士，基本上已经没有什么缘分了。尤其在晚上十点以后，我若真的是去了酒吧，估计杨明杰肯定会好好地把我修理一顿。我只好回绝了唐夏娃。

但是我一直在担心着唐夏娃，想着这几天要抽空和她见一面。

这一天下班后杨明杰临时有事，让我自己打发晚饭，我就打电话给唐夏娃。

"喂，是夏娃吗？我是夕颜，晚上有没有空一起吃晚饭？"我拨通了电话说。

"嗯，我现在在国展中心做一个活动，估计还有一个小时才能结束。一个小时后可以的。"唐夏娃说。

"你在国展中心做活动？我现在反正没有什么事情，要不我来给你捧场吧。"我对唐夏娃的生活还是有些好奇的，想要去看看现场。

"那再好不过了，你过来吧，在 A 区，一会儿见。"唐夏娃说。

我走到杨明杰的办公室，看看外面没人，悄悄地掩上门。

杨明杰停下手中的事情，面带笑意地看着我，说："你怎么还没有出去吃晚饭啊。"

"老公，我现在要去国展中心看唐夏娃，我和你提过的，就是做广告模特的那个，晚上和她一起吃饭，和你说一声。"我笑嘻嘻地说。

"好，我知道了。去吧。"杨明杰点点头，然后继续忙他手中的事情。

"那老公辛苦了，我去玩了。"我开心地说着。

"注意，不要和陌生帅哥说话啊。"杨明杰开着玩笑补充了一句。

"遵命，老公。"我做了一个立正听命的姿势。

出门打车，很快就到了国展中心。

原来，这里正举办一个车展。找到 A 区，只见唐夏娃穿着低胸、高开衩的银色紧身长裙，正在一辆黄色跑车前摆着各种姿势，以供观众拍照。

这些拍照的基本上都是男的。大多数相机对准的，不是车而是唐夏娃。

这些倒也罢了，你拍照就好好拍，能把唐夏娃的美丽认真完整地摄取，也算是个合格的摄影师。可是，看看眼前这些人，基本上相机对准的是唐夏娃半裸着的雪白的酥胸，还有光滑细腻的大长腿，甚至还有一个猥琐的男人，正躺在地上，拿着相机，对准着唐夏娃高开衩的裙底。

实在是让人无法忍受。可是唐夏娃仿佛没有看到这些，依然熟练地摆着各种姿势，脸上挂着职业性的微笑。

那个刚才躺在地上拍摄的男人，此刻站了起来，把相机拍到的照片得意地给他身边的人看。人群中发出一阵哄笑声。

唐夏娃脸上的表情没有丝毫的变化，不过若是你仔细看，她布满笑容的脸上，眼睛里没有丝毫的温度。真佩服唐夏娃能够忍受得了这些。

我刚想要走上前，嘲笑那个猥琐男人几句，广播里响起了播音员通知车展将要结束的广播。唐夏娃也收起笑容，放下胳膊，收起大腿准备收工。

我连忙走上前去，唐夏娃朝我轻声说了一句："我们去里面。"

我跟着唐夏娃往工作人员休息室方向走去。

"有没有想好我们今晚吃什么？"一走进员工通道，唐夏娃便放松了自己的身体，声音也无比疲惫。

"你工作了一天，放松放松，你想吃什么，我陪你去。"我说。

唐夏娃想了一想说："好吧，我有个地方，一会儿带你去。"

"好啊，好啊，你带的地方总归错不了。"我笑嘻嘻地说。

唐夏娃突然挽起我的胳膊，一边走，一边把头枕在我的肩膀上说："哎呀，真是累死了，是要大吃一顿。"

就这么一瞬间，我无比怜惜唐夏娃，看似风光的工作，其实需要多么强大的内心才能支撑并且出色完成。我任由唐夏娃靠着我，一起向前走去。

"夏娃你来了。"我们才到休息室门口，里面的人便充满着期待说。

夏娃松开了我的胳膊，站直了身体，端着语气说："黄总有何吩咐？"

黄总这会儿才看到了我，犹豫地问："这位是？"

夏娃丝毫没有把我介绍给黄总认识的意思，说："我的姐妹，说吧，你有何指示？"

黄总满脸堆着笑说："夏娃，我们之间不用这么客气说话。晚上有个饭局，想要请你一起参加，不知你肯否赏脸？"

夏娃也假情假意地笑着说："哎呀，我倒是还真想去呢，可惜真不巧，我这个姐妹啊，从新疆过来出差开会，这会议才结束，我们才见上面，再过三个小时，她就又要坐飞机回去了。你说，这真是太不巧了。"

我连忙会意地说："是啊是啊，我和夏娃都快十年没有见面了，黄总就请成人之美，让我们叙叙旧吧。"

黄总一脸尴尬地说："哎呀，这该如何是好呢，我都答应人家了，夏娃你是一定要到的。"

唐夏娃若有若无地轻拍了一下黄总的手说："哎呀，您黄总多大的面子啊，您帮我解释几句，人家一定不会怪罪的，下次我一定赴约。"

黄总听了马屁，笑嘻嘻地说："好吧，好吧，也没有其他办法了。我帮你先兜着吧，下次可一定要去的。"

唐夏娃假装开心地说："哎呀，我就知道黄总是最仗义的了。"

黄总笑嘻嘻地走了。

唐夏娃迅速地换了衣服，带着我打车离开国展中心，来到了一家鲜花菜馆。

这家菜馆真让我大开眼界。整个门口，用各种鲜花点缀装饰，进门后，又穿过三重的鲜花走廊，来到一个大花园。花园顶上是一个半圆透明的有机玻璃顶棚，靠着玻璃的四周，被一个个鲜花棚架隔成一间间小包房，自成一个私密的谈话空间。真的是美极了。

我伸出手去，想要捏一下这些鲜花隔断上的鲜花是不是真的，不想被夏娃轻轻地打了回去。

"我知道你要干什么，这些都是真的鲜花。你这么一捏，花瓣就蔫了。"夏娃笑着说。

一个服务员看到我们，连忙走过来，给我们领位。

我们在一个小隔断里坐下。

"这家餐馆能赚钱吗？用这么多鲜花布置。"我轻声地问夏娃。

"一会儿你看菜单就知道了。"夏娃笑着说。

服务员把一本做成玫瑰花瓣形状的菜单递给我，我一看菜单，果然就明白了。

常见的"清炒百合"这道菜，普通饭店不过就七八块钱，就算好一点的酒店也不过就是二三十块钱，这里却要六十八一份。实在是让人惊叹。

我轻轻地咳嗽了一声，说："果然明白了。"

唐夏娃呵呵一笑，说："我来点菜吧，我知道有几道菜还是值得一试的。”

唐夏娃很快地点好了几道菜，让服务员下单。

看到没有人，我看着唐夏娃，再也憋不住，笑了起来。

唐夏娃知道我在笑什么，也忍不住哈哈大笑起来。

在这么文雅的场所，我们又不敢放大声音笑，一边笑一边捂住嘴巴，笑得眼泪都流了下来。

“夏娃，我真是服了你了，你居然能想得出来，说我是新疆来的，你怎么不说得更远一点呢？嗯，就说是从南极过来的。”我一边忍着笑，一边说。

“哈哈，我也没有多考虑，就这么一瞬间，想着找个远点的地方说，就想到了新疆。别说我了，你也够配合的，你居然说我们十年没有见了，你怎么不说我们是两姐妹，从小就给父母分开了呢，这都二十几年了，哈哈哈。”唐夏娃也笑得气都喘不过来。

“我这不是，也没有多加考虑嘛。不过幸亏那个什么黄总，智商无下限，这么随口编的谎言，他居然也就信了。他要是问我，是几点的飞机，具体是什么航班，我还真不知道怎么编。我可是从来没有坐过到新疆的飞机。”

“你不要看低他，你以为他没有看出来我们骗他啊。”夏娃止住了笑容说。

“啊？不会吧？他知道我们骗他？那为何又不揭穿我们呢？”我很想不通。

“人家也是要面子的人，看到我这是真不想去，找了一个借口，大家都好有台阶下。况且你也是真的来了，明显我们之前先约好了，也不算太过分。总该也有个先来后到吧。"唐夏娃解释给我听。

我仔细想了一想，觉得很有道理，可是转念一想又想不通，我问："那你这样得罪他好不好啊？他是你的老板吗？"

唐夏娃笑着说："没事，我只得罪我敢得罪的人。他是这家4S汽车店的老板，我不过是临时给他打工而已，顶多以后他家的活动不请我来就是了。再说，在规定的时间内，我是不折不扣地完成任务的，这个他也是看在眼里的。这些饭局啊，是合约之外的事情，也要你情我愿。所以他也不能太过勉强我。"

"哦，是这样啊。"我恍然大悟。

"夏娃，说实话，我还真的佩服你。你没有看到那些拍照片的男人啊，个个都色眯眯的，换我早一个拳头打上去了。"我由衷地说。

"你以为我不想啊。我只不过是看在人民币的分上罢了。我看着他们人越来越多，就幻想着人民币越来越多，哈哈，我就很开心啦。"唐夏娃坦诚地说。

"哎，不过，这样的日子终究不是人过的。"夏娃突然转换语气，落寞地说道。

"别这么想了，你这么漂亮，把眼睛放放亮，回头找个好男人嫁了，日子也就会好了。"我劝着唐夏娃。

"好男人？我倒也想啊，哪有那么容易遇到。你以为个个都像你和童若影那么好命啊。"唐夏娃喝了一口茶感慨道。

"我那算什么，哎，对了，上次童若影打电话说，下个月初八她结婚，你知道了吧？"说到童若影，我想起了她的婚事。

"说了，到时候，要是方便的话，我们一起去。"唐夏娃说。

"好啊。那天童若影还问我呢，说看着那天你和那个赵先生，有点意思，后来怎样？"我想起了童若影的问话。

"之后，我们就没有再见过面。"唐夏娃淡淡地说。

"没有见过面？这是为什么？难道我和童若影的感觉都是错的吗？"我很好奇地问。

唐夏娃这才把那天之后的事情，从头到尾和我说了一遍。

"这么说来，他是一直在等着你的电话了？"我问道。

"算是吧。可是这又算怎么一回事呢？若是他真心诚意，他再打电话给我也不算什么，总归我是女孩。再说，我也确实没有想好，到底要不要和他在一起。"唐夏娃若有所思地说。

"这个倒也是。两个人相处，光靠第一面的感觉是不够的。虽然说我和杨明杰是闪婚。但是之前，他和我在一个公司共处了两年，作为他的下属，我每天至少有八个小时看到他，对他的为人和各个方面还是有一定了解的。就算这样，生活中还是不断地有摩擦。"我感慨地说。

"更何况，不瞒你说，我的生活里一直有个男人对我很好。我不知道我能不能放弃他。更不知道赵馨德值不值得我放弃已经有的好男人。"唐夏娃很纠结。

"我理解。可是你总归要尽快做个决定的，要是不想选择他，那你就彻底忘记他；若是不能忘记，那么就任凭自己去爱一场也未尝不可以，反正，男未婚女未嫁的。怎么都不为过。"我劝着唐夏娃。

"是啊，我是该好好想想。哎，这几天烦心的事特别多，还没有顾得上这个呢。"唐夏娃叹了一口气说。

"什么事情？"我关心地问唐夏娃。

"前几天，我回了一趟老家，我妈妈身体不是太好，好像乳房里有个硬块，摸起来有点痛。"唐夏娃很烦恼地说。

"怎么个不好法呢？要不要紧？"我继续问。

"不知道呢，医生说最好动手术，可是我妈妈不肯，动手术需要一大笔钱。哎，所以啊，你看，像今天这种车展什么的，我是来者不拒。"唐夏娃说。

我知道唐夏娃，虽然是个广告模特，可是进这一行没有多久，又是新签了公司，基本上属于没有赚到什么钱的新人。估计连她自己买点好的化妆品和衣服都不够。

"钱不够的话，我回头问问杨明杰，给你拿点出来，再怎么都是要听医生的话的，不能拖啊。"我说。

"这个倒是不用，我那儿还有一些钱。再说我也有其他的办法，还用不着从姐妹这边拿钱。"唐夏娃谢绝了我的好意。

"关键是，我怕我妈这个事情，不是很乐观。现在我妈妈倒好，不担心她自己的身体，倒是一直催着我早点结婚。说一定要看到我结婚的那一天。说得我心里毛毛的。"唐夏娃皱着眉头，满脸是担心。

"那你就赶紧结个婚呗，不要再挑了，就在现有的几个备选人里，挑个最靠谱的结婚吧。"对于这个问题，我一点都不觉得复杂。

"可是我还没有想过结婚啊。再说我这一行，你也知道的，结婚就意味着没啥前途了。"唐夏娃忧心地说。

"你这是当局者迷啊，夏娃。你做这行为了什么，无非为了出名，出名为了什么，无非为了赚更多的钱。你若是能有一个实力还不错的结婚对象，你也不必这么辛苦，再说能不能赚大钱还说不准呢。如果你真心喜欢这一行，对方又很爱你，支持你的话，你就结你的婚，不公开不就完了。你不说，谁还会知道。难不成你的那些客户还去民政局查你有没有结婚？娱乐圈隐婚的人，多了去了，有的孩子都已经上小学了，不还是照样做她的青春玉女。"我分析得头头是道。

"嗯，夕颜你说得对啊，我怎么就没有想到呢。我结婚又不是非要昭告天下的。这个我倒是没有想到。"唐夏娃恍然大悟地说。

这时候，服务员正好把菜端了上来。

"听童若影说，这次的婚礼，李家很重视啊。"唐夏娃转换了话题。

"不知道啊，说真的，我现在很羡慕这些做新娘的。前几天我去参加了一个老同学的婚礼，你知道吗，新郎居然是她高中同班同学，以前的暗恋对象。那个感动啊，哎，看得我都想要好好办一次婚礼了。"我说。

"是啊，结婚是一件很美好的事情啊。尤其李家条件又不错，童若影的婚礼，猜也猜得到会很气派。"唐夏娃说。

我和唐夏娃，都无比期盼能够早日参加童若影的婚礼。

我们一致认为，这将是一个无比盛大豪华幸福的婚礼。

可是谁又料到，后来的事实证明，我们都错了。

农历六月初八，天干地燥，童若影与李佳成大婚。

李家因为在当地，算得上是知名企业家，加上又只有李佳成一个儿子，因此，对于此次的婚礼，可谓是大操大办。所有的婚礼程序，都是严格按照当地最复杂最庄重的仪式进行。

之前，我已经在电话里面听童若影说过，李家在结婚前一段时间选择了一个良辰吉日，还进行了正式的过大礼仪式。所谓过大礼，就是男方带着礼金还有一些首饰礼品到女方家下聘礼。这些传统的做法，在现在的婚礼中已经很少有人家采用了。男女双方现在基本上都是自由恋爱，若是成了最多也就是双方父母吃个饭，定一下结婚的日子。甚至有的就直接领个结婚证，省了这些繁文缛节。就算有举办婚礼的，也就是到酒店定一下婚宴日期，顶多请个婚庆公司帮忙搞热闹一点，至于这些前戏后戏的，反正没有人看到，基本都是省略了的。所以听到童若影说李家还到她们家去下聘礼，我是很好奇的。所以就仔细问了问童若影，李家下了什么聘礼。

想着若是不麻烦的话，我也可以让杨明杰准备一下，到我家见父母的时候带上，会显得郑重一点。我还特意在童若影讲的时候，拿纸和笔记下了这些清单。

童若影告诉我，李家准备了礼饼六盒，喜糖六盒，茶叶六盒，人参两盒，冬虫夏草两盒，真空包装的三牲（包括鸡两对，鹅两对，鸭两对），莲子两盒，芝麻两盒，百合两盒，红枣两盒，龙眼干两盒，糯米粉两盒，片糖六盒，茅台两瓶，红酒两瓶，威士忌两瓶，龙凤黄金手镯一对，黄金项链一根，黄金婚戒一个，黄金耳环一对，钻石戒指一个。还有礼金八十八万。

记完我就晕了。没有想到这个礼会这么复杂，我就不难为杨明杰了。我好奇的是这个礼金八十八万是怎么给的。

童若影说，所有的礼金当然都是现金。

八十八万的现金，我简直无法想象。李家倒是不怕，半路上车子被人劫，抢走了礼金。

童若影说，他们家用这笔礼金买了一辆宝马车作为陪嫁。之所以李家给这么多，也是为了让童若影的嫁妆阔气一些。

从这下聘礼的事情上看得出，李家对这次婚礼很是重视。因此也不难想象当天的婚礼程序，会更加复杂。

此时的童若影，已经怀孕两个多月，虽然肚子没有显怀，但是身材已经略显丰满了。穿上婚纱虽然看不出来，但是胳膊和脸还是圆润了不少。因为是怀孕头三个月，童若影还是有一些妊娠反应，尤其是特别容易犯困。童若影这样的身体状态和李家的繁文缛节肯定是不能合拍的。果然，那天结婚的过程，让童若影留下了很深的阴影。

据童若影后来跟我们讲，当天四点半她就被叫起床了。因为童若影家和李家相隔了四五百公里，显然，当天新郎从自己家出发到童若影家把新娘子接回来，再走一圈婚礼的流程，时间上是肯定来不及的。所以，童若影在前一天是住在李家当地的另一家酒店里。本来李家自己有酒店，婚宴也在自己的酒店办，住在李家的酒店会更方便一点，可是李家觉得，新娘子一定要从外面嫁进来，才符合礼仪，所以就没有让童若影住在自己家酒店，而是另外在市区找了一家五星级酒店住下。

四点半，童若影被安排起来，沐浴熏香更衣。

五点半化妆师到，开始化妆。

六点发型师到，准备做发型。可是化妆师一直到六点半左右才化妆完毕，发型师才开始做头发。

七点钟，李家打来电话问，新娘是否准备好。当时童若影头发还没有完成，随身带的东西还没有清点。李家在电话里就表示不高兴，怪童若影没有早点起床。

紧赶慢赶，七点半的时候，童若影准备好了一切，李佳成的婚车也到了。

李家选定童若影出门的时间是八点零八分，说是一分钟也不能差。

童若影和家里人，赶紧给化妆师，发型师包红包，一边还要走"堵门"的流程。

就是安排几个亲戚朋友还有小孩，堵着酒店房间的门，还有童若影卧室的门。不让李佳成进来，让李佳成发了红包说尽好话之后，才放进来，以示女方的矜持。其实那个时候时间已经很紧了，所以童家也就让几个亲戚意思一下，很快就让李佳成迎亲队伍进来了。

结果李家的亲戚中，不知哪个不懂事的愣头小伙开玩笑地说了一句："看来这个新娘，是急着快点嫁给咱们李佳成啊。"

俗话说"说者无心，听者有意"，这话到了新娘童若影的耳朵里，就有了一番别样的滋味。虽然这是她费尽心机谋取的婚姻，但是越是这样，她越是想要在人前获得足够的自尊，希望李佳成表现出爱她、争取她的样子，而不是她在想尽办法高攀李家。

加上那天路上特别不顺利，一连遇到两起车祸，堵了一段时间。这么一来，童若影的心里就有点抹不开的疙瘩。加上早上又起得早，本身又怀着孕，精神就有点不济，坐在婚车里居然就有些困意，打起了瞌睡。等到了李家的时候，是窗外迎亲的人敲了窗户，童若影才惊醒过来。她正准备生气地责问李佳成为何不叫醒她时，回头一看李佳成睡得比她还熟。

童若影的心里有点委屈，觉得李佳成没有照顾好她，因此也就存了气，没有叫李佳成，自己直接打开车门下车去了。

显然童若影的生气没有掩饰住，迎亲的人也感觉到了一点，李佳成又追上来，不顾有旁人在，就责怪童若影，说："你跑那么快干什么，我这个新郎还在这儿呢。"

李家的亲戚朋友显然也听到了，但又假装没有听到，大家都没有吱声。气氛有点尴尬，童若影的委屈就更深了一分，眼泪在眼眶里涌了又涌，童若影用尽力气把它压了下去。

幸好这时候鞭炮响了起来，大家才又嘻嘻哈哈起来。

然后是李佳成要抱着童若影进家门。因为童若影突然怀孕，李家虽然有空置的别墅，但是没有装修，加上童若影怀孕也不能住新装修的房子，所以就暂时决定还是住在李佳成现在的别墅，也就是和李佳成的父母一起住。这个别墅因为是按照李佳成父母的喜好装潢设计的，所以一切都和老式的别墅有点像，正大门的门槛特别高。李佳成抱着童若影的时候，挡着视线，跨门槛时，差点绊了一跤。幸亏伴郎扶住，才算过去。

李佳成性格虽然没有其他富二代那样飞扬跋扈，但终究是要面子的人，这么一绊，显得他好像肌肉没有那么强壮，因此就不由自主地给自己找了一个台阶下，说："没有想到你有这么胖。"

这下，童若影彻底受不了了，眼泪就一下子流下来了。可是又不敢在结婚这天破坏气氛，忍住了声音，悄悄用手一抹。就算这样，围观的亲戚朋友这么多，细心的人还是注意到了，童若影感觉有人在悄悄议论。

金童玉女滚完床之后，是新媳妇给公公婆婆敬茶。

因为是新娘子，童若影想着总归不能像平时那样，甜言蜜语哄着婆婆开心，稍微要矜持一点。所以接了茶之后，童若影只是笑意盈盈地走上前。谁料，有李家的亲戚居然就挑了刺，有人说："新娘子怎么不叫爸爸妈妈啊？"

李佳成是一个完全受不了别人说的人，听到有人这么说，语气就急了起来，说："若影，快叫爸爸妈妈啊，我娶你回家，就是为了让你叫他们爸爸妈妈的。"

本来童若影是想等到把茶完全送到公公婆婆跟前，再认真叫一遍的。李佳成这么一说，倒像是童若影根本就不知礼数，不想叫人一样。

这下再怎么忍，童若影也不能忍住了。嘴上立刻叫了"请爸爸妈妈用茶"。可是声音明显就是有一股抑制不住的哭腔。

李先生是一个生意场面上的人，知道怎么转圜，虽然小小皱了一下眉头，但是很快就绽开笑容，站起来接过童若影递过的茶，大声说着："好，好，好。"

李太太看到童若影这个样子，脸上就有了明显的不高兴了，屁股都没抬，话中带话地对着大家和童若影说："今天是佳成大婚的日子，大家一起高兴啊，高兴。"

亲戚中有灵光的人，就想把气氛弄得喜庆一点，大声说："好！"

随即大家又鼓起掌来，这才让童若影缓了一缓。

那天童若影的伴娘是童若影的姨妹，中途陪童若影上厕所的时候，就很愤慨地说："这算什么，刚才我都想拉着你走了，这婚咱不结了，有什么大不了的。"

童若影没有说话，但是仿佛全身已经都没有了力气。

接下来又是拍结婚当天的外景，又是去晚上举行婚宴的酒店。一路下来，等到晚上我见到童若影的时候，她根本就没有赵琪结婚当天喜气洋洋的幸福感，而是给我一种强撑着让自己完成任务的感觉。

当婚礼进行曲响起的时候，童若影走进来，虽然她穿着无比豪华漂亮的婚纱，脸上化着精致美丽的妆，可是我总感觉，她是在视死如归地走向李佳成。漂亮也许可以靠化妆师的巧夺天工装扮出来。可是女人的幸福感，除了发自内心，是谁都无法强塞给新娘的。

婚礼上，李佳成也对童若影讲了一番深情告白，还说今天结婚的这一整天，让新娘很辛苦，今后一定会加倍对童若影好的。李佳成在讲的时候，童若影一直在流泪，别人都以为童若影流的是幸福和感动的眼泪。

后来，童若影在某个深夜，我们闺中密谈的时候提起那流泪的一幕。她说只有自己知道，这不是什么感动和幸福的眼泪，而是这一整天所受委屈的释放。从婚礼的这一天开始，她就预感等待着她的不是什么幸福的人生。

婚姻一共开了八十八桌。童若影依次轮一遍，每桌都走一圈，已经是个不小的考验了，再加上要敬酒挡酒的，很快伴娘一个人就无法应付了。唐夏娃看出来童若影支撑不住，便仗义地拉上我说去帮童若影挡挡酒，我看了一眼杨明杰，杨明杰轻轻点了点头。我就和唐夏娃一起走到童若影旁边，陪她敬酒。

幸亏唐夏娃平常酒席参加得多，也是应酬惯了的人，有她在确实让童若影松了一口气，而我只负责照顾童若影，比如悄悄地把白酒换成了水，因为我知道童若影怀了孕，是一滴酒都不能沾的。

总算熬到了婚礼结束，李佳成那边的青年男女和童若影这边的年轻人，照例是拥到了洞房，说是要好好闹一闹。

童若影在我和唐夏娃的耳边，悄悄地说："我现在只想要躺下来睡一会儿。哪怕就安静五分钟。"

唐夏娃笑着说："好吧，我来帮你想办法，改天看你怎么谢我。"

童若影对着唐夏娃抱了抱拳，一副托付终身的表情。

到了洞房，唐夏娃把童若影往卧室一关，然后就把大家关在了门外。

唐夏娃说："我是女方童若影的好姐妹，今天闹新娘是肯定要的，只是没有那么容易，先要过了我这一关。包括新郎也是，要是不能过我这关，今晚就睡客厅吧。"

大家听唐夏娃口气这么大，也都来了好胜心，一起说着，看看是怎么个过法。

唐夏娃说："玩法很简单。和我比掷骰子，一人一把，谁点数大谁就赢。要是你们赢了呢，就进去见新娘，让新娘干啥都行，我不管；要是你们输了呢，就得听凭我惩罚。"

李佳成那边来的人，多数是男性，听到唐夏娃这么说都很不屑，说："你可不要后悔。既然你要和我们比，要是你输了，我们可以选择见新娘，也可以选择惩罚你。"

"没有问题。"唐夏娃笑嘻嘻地一口答应。

我心里有点暗暗为唐夏娃担心，毕竟掷骰子这种游戏，没有绝对的输赢，再说男孩子一般玩这个比较擅长，不知道唐夏娃究竟玩得怎样。

李佳成看到大家兴致很高，也同意了，更何况唐夏娃是个美女，让他的兄弟们开心开心也好，总比让自己的老婆童若影为难要好。他也知道这一天童若影已经很累了，又怀着身孕。

"那我让人找一副骰子来。"李佳成说。

"不用，我有现成的。"唐夏娃居然从她随身的包里，拿出了一副骰子。

"第一个谁先来？"唐夏娃问。

有一个自我感觉良好的富二代，说："我来！"

"一把定输赢！"唐夏娃强调道。

"行！美女优先，你摇吧。"富二代说。

唐夏娃也不再谦让，轻轻一笑，摇开，对着大家说，大家帮着看着点啊。大家一看是：一个五，一个六。十一点。

富二代一摇，结果是，一个一，一个三，才四点。

富二代输了。

唐夏娃说："你自己是喝一瓶啤酒呢，还是脱一件衣服？"

大家哄的一声笑了。

富二代说："行！我喝一瓶啤酒。这一把，巧合，咱们接着来。"

唐夏娃笑笑说："可以，一人不超过三把，多了恕不奉陪，你就回家洗洗睡吧。"

人群中又是一阵哄笑声，李佳成吩咐别人去拿啤酒。

接下来的两把，那个富二代又毫无悬念地输了，三瓶啤酒下去，确实也可以回家洗洗睡了。

又换人上来比，有时候虽然唐夏娃会掷出和对方一样的点数，但是一把都没有输过。这么一闹，闹洞房的人，自己都被唐夏娃闹了一番。

童若影的新婚之夜，就在唐夏娃的掷骰子声中，慢慢接近尾声。

婚姻中的日子，忙忙碌碌，却又平淡安稳。

忙碌的是日子本身，总归有这些那些的杂事，一天三顿饭，开门七件事，都得尽力张罗好。毕竟一个家庭得有一个家庭的样子，各种家庭计划人情往来，都不能随心所欲，简单了事。

平淡安稳的是内心，既不像单身的时候那样孤单寂寞、期盼爱情，也不像恋爱的时候那样忽喜忽悲、患得患失。每天清晨可以看着丈夫醒来，每天夜晚都可以拥抱入睡。无惊无喜，无忧无虑。

有人会厌倦这种平淡的婚姻生活，可是对于我来说，我真的很喜欢。婚姻带给了我诸多好处，且不用说那些切实的物质条件，嫁给了杨明杰，我直接从一个城市的普通小职员，晋升为有房有车的老板娘。和以前相比，光是我能天天和丈夫在一个公司上班这一点，就让我很欢喜，不用每天面临和对方分开两地的烦恼，不用面对对方突然出现的惊喜，这真的是很好的一件事情。

是的，我是在说不用面对惊喜，是一件很好的事情。我喜欢波澜不惊，温暖稳定的生活，惊喜对于我来说，不见得可以称之为好事。首先，虽然惊喜在出现的那一瞬间会让人情绪波动或心脏猛烈跳动，可这对我的身体，肯定算不上是一件好事。其次，所谓惊喜，无非都是带着一点对方的目的，这么一来，就意味着在惊喜之后，我要比平常额外多付出一点什么，无论是体力或者心力。最后，惊喜若是多了，习惯了之后，若是没有惊喜，便会失落，情绪就会在惊喜的高潮之后持续走低。综上所述，我个人是不喜欢惊喜的。这些，之前我自己也没有意识到，这是经历一段时间安稳的婚姻后的体验。

杨明杰不是一个喜欢制造惊喜的人，无论什么，他都是有准备，有计划地做好，然后态度笃定淡然地让你知道。唯一能算得上惊喜的是，他那次给我的信用卡附属卡，可是这对于他来说是必须的，不是故意讨我开心，而是必须要这样给我一份购物保障。之后，无论是杨明杰要送我什么，他都会仔细地问好我，按照我的心意去做，比如买婚戒。

杨明杰没有像小说里的诸多男主人公那样，直接送我一个惊喜，而是在买之前就告诉我说，我们结婚了，应该去买一对婚戒，再给我买个钻戒。然后他明确地告诉我，预算在十万之内，我可以由着我的喜好在这个范围内随意挑选。

知道了预算，我一连跑了几家，仔细地经过比较选择，挑了一对卡地亚的婚戒。而钻戒我则没有选择大牌，而是选择了一个小众品牌，同样的钱，钻石要比名牌的钻戒大很多。

我很满意我自己这样的选择。因此我在怀疑，小说或者电视里面的情节那样，男主角突然拿出一个戒指来，女主角的满意度究竟会有多少。

如果有人非要说，无论什么戒指，只要对方拿来求婚，她就喜欢，大不了之后再去换自己满意的。其实你喜欢的是求婚本身，不是那个戒指。只要真心相爱对方求婚的戒指无论大小是否合适，无论款式是否满意，你都将永久保留。

反正杨明杰的做法，也许不够浪漫，但是我慢慢地也就更加喜欢。比如送玫瑰这件事，有一天杨明杰说，他和我在一起之后，还从来没有送过我玫瑰，因此想要在我生日那天送我玫瑰，问我喜欢什么颜色的。

我犹豫了再三，问他："可以折现吗？"

杨明杰一愣，随即哈哈哈大笑，问："为什么？"

我不好意思地回答："花多贵啊，又不能吃，又不能养的，三天之后也就谢了。而且我还有点花粉过敏，还不如买点好看的衣服或者好一点的化妆品来得划算。"

杨明杰说："有道理。"居然就真的答应了我的要求，给了我一千块钱，说是本来准备买玫瑰花的钱。

　　我拿着这个钱，去买了一套心仪已久的雅诗兰黛小棕瓶套装，心里无比开心。

　　所以我一直就劝着，我那两个对男朋友挑三拣四的表妹赶紧嫁人吧，嫁人之后，你就知道婚姻的好了。那种来自生活各个角落的安全感，对身体健康和容颜保养也都是有百益而无一害的。

　　比起心灵的安定，婚姻中还是存在着让你头疼的各种琐事。

　　比如装修房子。

　　杨明杰的别墅，在我们领证后的第二天，就已经找装修公司准备装修了。

　　结婚初期，因为这套房子房产证上只有杨明杰一个人的名字，加上和唐夏娃有过一场关于房子的谈话，所以在我的内心就对这套房子一直有种淡淡的疏离感，总感觉和自己没有多大关系。也因此让杨明杰感觉不快，随即有了第一次争吵。

　　这之后，杨明杰就交给了装修公司去做设计。因为是别墅的缘故，装修公司做设计的时间也相对一般的公寓时间要久一些。

　　这一天下班之后，杨明杰说让我和他一起到装修公司去看设计效果图。

　　设计师打开装修效果图，才看到第一眼，我就喜欢上了这栋房子。

　　因为是别墅，又是杨明杰的第一套房子，杨明杰打算搬进去之后，今后十年生活中没有什么大的变化的话，就一直在这套房子里住下来。所以对待装修的态度，也是格外慎重的，确保装修得满意又舒服。所以，杨明杰特意让装修公司的首席设计师来做装修，价格自然比一般设计师要高一些。

俗话说得好，一分价钱一分货，这首席设计师做出来的活儿，还真是与众不同。光是这个效果图，就做了实景模拟效果图、三维立体设计图、工程施工详解图等好几份。别的我是看不明白，这个实景模拟图做得和真的照片几乎差不多，俨然就是已经装修好的成品。淡雅的墙面，看似都近乎白色，却有着各个含蓄的区分，本白色、乳白色、浅蓝白、还有一些我说不出来的白色，搭配在一起，格外和谐和高雅；长长的楼梯，白色的扶手，闪亮的实木楼梯，一直盘旋上去；甚至连落地窗帘，效果图上头都模拟了出来，白色蕾丝纱做底层遮着窗，鹅黄色的丝金色布被轻挽在一旁，梦幻无比。

想到这样优雅高贵漂亮的房子将是我以后的住所，我真的无比满意。

"杨太太，您觉得怎样？有什么需要改进的吗？一般装修房子，我们都会把女主人的喜好放在第一位考虑。"装修公司的客户经理很有礼貌地问我。

"很好啊，很漂亮。"我由衷地说。

杨明杰笑着看了我一眼，转过头对着客户经理说："之前，我提出过，除了装中央空调，还要装地暖，这个设计的时候是否考虑进去了？"

杨明杰提的问题，果然考虑周详。我们虽然说是在南方城市，但是还不够那么南，到了冬天又冷又湿，特别难受。国家又没有统一的供暖设备，光是靠着空调，吹些暖风，取暖效果不足不说，还会让整个房间都无比干燥，脸也是干干地疼，嘴唇也会干得起皮。也曾经听人说现在条件好一点的人家，都装上地暖了，没想到杨明杰倒是对此有过考虑了。

"杨先生请放心，地暖的方案我们已经在施工图中做了一套，设计师还多做了一套关于暖气片的方案，以供您选择。"客户经理微笑着解释。

"很好。那么这个地暖是用水暖呢还是电暖？"杨明杰问。

杨明杰问的问题都好专业，我怎么不知道他对装修有这么多的研究。看来他之前已经做了很多功课。

"这两个效果都是不错的，各有优缺点。水地暖呢，一般没有辐射，发热比较平稳，也可以提供生活热水，家里如果有老人或者小孩呢，我们是十分推荐的。但是前期安装成本要高一些，地面盘管两至五年需要清洗一次，锅炉每年最好保养检修一次；电地暖呢，装了之后就不需要维护了，也不需要清洗了，后续成本比较低，可以说几乎没有。使用寿命也比较高，理论上可达五十年。"客户经理很仔细地给我们介绍道。

"那就装电地暖好了，便宜，而且我们家也没有老人和孩子。"我第一想到的就是省钱。

杨明杰笑着对我说："这是暂时的。以后早晚都是有小孩的。老人也是偶尔要过来住住的。我们还是选择水暖吧。"

我不吱声了，想问题我总是没有杨明杰想得细致周到，还是由他决定吧，否则我是多说多错。

客户经理看到我们意见没有统一，笑着说："没有关系，这些杨先生杨太太回去可以慢慢商量，到开工后定也不迟。"

杨明杰说："好。那我们今天先把设计图拿回去，慢慢看，然后有什么具体问题，我写下来，下次我们再慢慢商量。"

客户经理说："好的，杨先生要是哪天有空，提前一天给我们打电话，我们再定具体的时间。"

杨明杰说："好，我会尽快告诉你们时间，尽量早点开工。"

客户经理一直送到电梯口，微笑着目送我们离开。

对于这次和装修公司的会面，可以说我是相当地满意。无论是对房子的设计，还是客户经理接待的态度。

走出门，杨明杰笑着和我说："嗯，心情不错？"

我笑着说："那是当然。"

杨明杰说："既然你喜欢这个房子，那之后装修房子的事情就交给你去督工吧。"

我一愣，笑着说："你放心吗？万一，我再来一个考虑不周全的事情，比如今天的地暖上的问题，怎么办？回头你要是批评我，我可担不起啦。"

杨明杰笑着在我的头上拍了一下："你啊，只要负责监督工程，还有跑装修市场，看看材料向我汇报。"

我假装不服气地说："原来我就是杨总一个小跑腿的。"

杨明杰笑着搂住我说："并且是唯一一个跑腿的。"

看来，这下我可真有事情做了。

可是一想到，马上就有这么漂亮的房子住了，心情又无比明朗起来。

唐夏娃和赵馨德，终于还是见了第二次面，在她们第一次见面之后的一个月零八天。

这一个月零八天，唐夏娃基本上每天都会拿起电话，犹豫要不要给赵馨德打电话，可是几番挣扎之后，最后都是选择了放弃打电话。

这第二次见面，属于意料之外。

那天，经纪公司提前跟唐夏娃说好，当晚有个派对，本市的一些名流都会参加，希望唐夏娃能够重视一点，因为有一些老板可能以后就会成为客户。唐夏娃自然不敢怠慢，中午起床之后，简单吃了点东西就开始准备。

先是去了美容院，做了颈部、手部和足部的护理。唐夏娃喜欢在一些别人不重视的地方花心思，比如颈部、手部、足部，唐夏娃一直尽量保持脖子白皙没有颈纹，手和腿的关节部位没有死皮，手指甲和脚指甲也全部做了抛光处理，然后上了淡淡的荧光色。唐夏娃觉得，这些细节部位最能体现心思，也能真正表现出一个美女的细致。每当她看到有些模特，虽然穿着漂亮昂贵的高跟鞋，涂着鲜亮的指甲油，可是仔细观察脚指头是有鸡眼的，然后脚后跟也有着层层老皮，唐夏娃就觉得这个美女的美大打折扣。

这些都是唐夏娃，通过对美多年经营和研究总结出的心得。

做完护理之后，唐夏娃便回到自己的家，沐浴熏香，然后仔细化妆打扮，挑选衣服。等到全部弄完，要出门的时候差不多天也黑了，离派对开始的时间已经很近了。

看看时间，唐夏娃出门前还不慌不忙地对着镜子，仔细地检查各个部位有没有瑕疵。长长的鬈发，用精华液认真地涂抹过，头顶部分用一个黑色蝴蝶夹子松松地夹住，其余散落在背后。闪亮的头发看似随意地披下，却又不会挡住美丽的脸庞。

唐夏娃特意化了一个裸妆，粗看上去仿若天生的美貌，眉毛黑且整齐，睫毛长而弯，眼睛乌黑明亮，鼻子直而挺拔，嘴唇滋润又饱满，肤色白皙又透出健康的粉红。其实这些妆容整整花了唐夏娃两个小时，眉毛是仔细修剪过又用眉胶定型了的；睫毛不仅粘了假睫毛还刷了浓密和纤长两种不同效果的睫毛膏；眼线也是用自然色仔细描过的；眼睛里也戴了无色但具有晶莹效果的隐形眼镜，让眼神更闪亮；至于嘴唇更费事，先是用热蒸十五分钟去了死皮，然后抹了无色的滋润丰唇效果的底霜，然后才涂了裸色唇膏；挺拔的鼻子，也是高光加鼻影之后的效果；至于气色，更是美白水、润肤霜、隔离霜、两种不同色号的粉底液、腮红这些加在一起的功劳。

唐夏娃特意挑了一条白色蕾丝的高腰连衣短裙，一则今年流行白色蕾丝，二则唐夏娃一直很适合穿白颜色，这条裙子也很配她今天的妆容。

唐夏娃满意地看看镜子中的自己，再看看时间，估计着等到自己打上车，出门到派对酒店的时候，至少会迟到十五分钟。

唐夏娃一直都有迟到的习惯，尤其是人多的场合，她喜欢所有的人都到齐了之后，然后她再姗姗而来，让所有人的目光聚焦在她身上，那一刻她觉得无比满足。当然，像公司开会或者签订合约这样的事情，她是不会迟到的，她只在那些人多，且迟到对于她只有好处没有坏处的场合迟到。并且她对迟到的程度也是精心计算过的，一般对于一个两个小时的活动，她会迟到十到十五分钟。而对于像今天这样，整个晚上都将是派对时间的活动，她会选择迟到半个小时左右。

所以说，虽然唐夏娃喜欢迟到，但是事实上她比任何人都有时间观念，她知道什么时候出现对她最为有利。

果然，等唐夏娃到的时候，绝大部分人都已经到了，唐夏娃把邀请函递给门口工作人员，保安把门打开让唐夏娃进去，果然有一些离门口不远的人，就把目光转向门口。

就这样，当别人把目光投向唐夏娃的时候，唐夏娃也用笑意盈盈的目光，扫向各位看她的人。

这么一扫，唐夏娃就看到了赵馨德，还有紧紧挽住赵馨德胳膊的时髦女郎。

原来就是你

　　唐夏娃不知道赵馨德看到她的时候是什么心情。她只知道，自己看到赵馨德的时候，心在迅速下沉。尤其是，赵馨德显然和那个时髦女郎关系非同一般。

　　当唐夏娃和赵馨德的目光相触时，赵馨德脸上没有任何变化，和别人一样，仿佛只是在看一个陌生的女郎。然后便迅速地把目光移开了，继续和身边的人聊天。

　　赵馨德作为国贸集团的董事长，很显然是当天晚上派对的上宾，很多人都在借着这个机会和他结交攀谈。从唐夏娃进门开始，他的身边就一直有人与他聊天，那个时髦女郎也在他身边一直伴随左右。

　　幸好当天晚上，唐夏娃还有一些认识的人在场，比如那个开日式茶艺会所的老板刘总，其实刘总的主业是电力产品销售，据说每个风力发电设备上都有他公司的零件；还有唐夏娃参加汽车车展的那个 4S 店的老板黄总。

　　第一个叫住唐夏娃的是刘总。

唐夏娃一进门，刘总就也看到了唐夏娃，刘总今天是一个人来参加的，正巧没有女伴，看到唐夏娃进来，又是一个人，格外高兴。于是他挺着他那鼓鼓的肚子，一张皱皱巴巴的黑脸，开心地泛出了红色。

"夏娃，你好，好久不见。"刘总招着手走到夏娃身边。

夏娃还处在见到赵馨德的震惊中没有缓过来，这下看到刘总过来，条件反射地展开职业性的微笑，热情无比地说："是啊，真是好久不见。"

刘总看到夏娃没有像往常那样对他嬉笑嘲讽，倒是有点不习惯，说："才几天未见，你怎么好像变了一个人。更加，更加漂亮、淑女了。"

唐夏娃这下神色才稍稍恢复自然，一拍刘总的肩膀，笑着说："你这个恭维人的习惯，倒是还没有怎么变。"

刘总把胳膊一抬，示意夏娃挽住他，夏娃的眼睛迅速地朝着赵馨德一瞄，然后把刘总的胳膊轻轻一打，笑着说："我会自己走路。"

刘总哈哈大笑了几声，也就顺势把胳膊放下了，领着夏娃朝前走去。

夏娃经过赵馨德身边的时候，赵馨德依然在和身边的一个男士聊天，仿佛根本就没有注意到唐夏娃。

派对的服务人员看到唐夏娃进门，领着唐夏娃到签到台签到，唐夏娃这才注意到原来这次派对的赞助者，是本城最高档的别墅楼盘开发商。这家别墅，地处这个城市最宝贵的市中心，又盘踞在山上，幽静又毗邻繁华，还自带高尔夫酒店和高尔夫球场。基本上每户都要两千万人民币起价。神秘的是，这家开发商从来不在公开的媒体上做广告，但是名声却一直很响，本来唐夏娃还一直奇怪，这个别墅怎么去做销售宣传。今天总算明白了，原来它一直像今天这样，只针对高端的消费人群做隐性宣传。

"如果这辈子，在这里买上一套房子，我也就此生无憾了。"唐夏娃感慨地说。

"这有何难，房子多的是，像你这样的美女却可遇不可求。只要你愿意，有一套这样的房子，不就是分分钟的事嘛。"刘总开着玩笑说。

"是啊，分分钟的事情，我今天刚好买了彩票，说不定下一分钟开奖我就中了五千万，哈哈。"唐夏娃笑着回应。

突然又想到那天和赵馨德在山上的谈话，关于如果中了彩票之后，唐夏娃的追求。

想到这里，唐夏娃又把目光投向了远处，看到赵馨德又在和另外几个女孩子在谈话。这回，那个时髦女郎总算没有挽住他的胳膊。

刘总是个精明的生意人，看到唐夏娃的眼神看到别处，也顺着唐夏娃的眼光看，也就看到了赵馨德。

刘总说："夏娃，你看到了没有，那个就是赵馨德，国贸集团老板。"

唐夏娃假装毫不认识地说："哪一个？我在看穿黑色礼服裙的那个女孩手里拿的那个包呢。"

刘总果然上当，说："男的和女的果然看的东西不一样，就在你看的那个女孩旁边，穿黑色西服的男人，那就是国贸集团老板赵馨德。国贸，你们这些女孩应该经常逛的吧。说起来这个赵馨德真是厉害了，最近他把旁边的国际广场也给吞并了，现在市中心两家顶级的商场其实都是他的了。"

听到刘总说赵馨德这些事情的时候，唐夏娃心里总有些难过，所以也就不想听这些，她开着玩笑岔开话题，说："哎呀，你们男人啊，就知道什么生意长生意短，这些听着我都头大。"

刘总哈哈一笑说："美女不想听，我就不讲了，我们去拿两杯酒喝喝吧。"

唐夏娃不想整个晚上都和刘总扯在一起，因此借故说："你先去拿，我去一下化妆间。"

到了洗手间，唐夏娃对着镜子里的自己，暗暗吸了几口气，调整了一下自己的情绪。她不想整个晚上的心情，因为赵馨德而破坏了。虽然她很想能够得到赵馨德一个解释，可是转念一想，赵馨德又凭什么对她唐夏娃解释呢。她自己还没有给赵馨德一个明确的回答和交代呢。

只不过是一面之间产生的情愫，过了这么久，也许早就该散了。

唐夏娃重新整理了一下自己的头发，拉好裙摆，准备重新投入到派对中。

刚走到宴会间，看到汽车4S店的黄总走过来。

唐夏娃想，今晚她倒是也不算寂寞。

黄总看到唐夏娃，一副很高兴的模样，说："唐小姐，你去了哪里了？我刚才还看见你和别人聊天的，本来想等你和别人聊完了过来找你，结果一转眼，你人就不见了。"

唐夏娃轻轻一笑说："我也刚才想和黄总问好来着，看到黄总身边有美女围绕，我就不方便打扰了。"

黄总开心地说："哈哈，哪有你唐小姐漂亮。对了，你可还记得上次车展的时候，我本来约你去参加一个饭局，后来你朋友来了，你没去成。"

唐夏娃笑着说："记得，记得，黄总今天是要我还人情来了？"

黄总说："很巧，那天饭局上我说的那个重要客人今天也在。本来那天，我是想让你去给我增光添彩的，谁知道你那天有事。"

唐夏娃安抚黄总道："好啦，好啦，黄总都说了好几遍了，这个人情我是欠定了。今天补上就是了，你说吧，要我做什么。"

黄总笑嘻嘻地说："今天倒是不要你做什么，那天本来是我做东，不过我可以介绍你们认识。"

唐夏娃说："好啊，我也想看看黄总想要结交的是哪位大老板呢？"

黄总说："你跟我来。"

唐夏娃跟着黄总穿过人群，来到了赵馨德身边。

唐夏娃没有想到，黄总想要介绍的人，居然是赵馨德。

唐夏娃和赵馨德，此刻，正彼此四目对视。

"赵先生，您好。我是骏驰4S店的小黄。您还记得我吧？"

黄总一见到赵馨德，连忙紧走几步，哈着腰送上双手，紧紧握住赵馨德伸出的右手，使劲地摇啊摇。

唐夏娃看了黄总和赵馨德一眼，这个黄总自称"小黄"，也真是难为他了，看他的年龄比赵馨德，应该只会大不会小。

"哦，记得，记得，你们集团的齐董呢？今天来了没有？"赵馨德客气地回答黄总的话，眼睛没有看唐夏娃。

"本来齐董是要来的，临时有事，就让我来了，我正好开开眼界，哈哈。"黄总卑微地说。

"黄总，说得客气了。"赵馨德好不容易才抽回自己的右手。

唐夏娃今天总算明白了，原来黄总握美女手的时间并不算长，握有钱大老板手的时间，才算真正叫深情款款。

"赵先生，这位是唐夏娃小姐。本市广告界的新星，上次我那个车展啊，请了她来，就数她跟前拍照的人最多。"黄总把唐夏娃介绍给赵馨德。

唐夏娃看到赵馨德仿佛不认识她一样，她也决定狠下心来去演戏，于是露出灿烂的笑容伸出手，说："久仰赵先生大名，今天总算见到本人了。"

赵馨德意味深长地盯住唐夏娃的眼睛说："彼此，彼此。"接着便抓住唐夏娃的手，紧紧一握。

唐夏娃感觉自己的手生疼，心里却暗暗开心，他对她，总归是不同于一般人的。这样狠劲地一握，恐怕不是每个初次和他见面的人都能得到的待遇吧。

此时，那个一直陪着赵馨德的时髦女郎回来了，朝着这边走了过来。

唐夏娃不想和那个女的说话，便找了一个借口，假装摸了一下包说："不好意思，我去接个电话。"

然后便朝着宴会厅的后门走去。

巧的是，此时唐夏娃的手机真的响了起来，唐夏娃一看，是于永涛的电话。

每个晚上，无论唐夏娃去参加怎样的活动，于永涛照例是要打一个电话给她的。不是为了知道她在干什么，于永涛清楚有时候问了也是无济于事的，唐夏娃所有的应酬，归根结底就是女人和男人之间的应酬。于永涛打这些电话，只是为了心安，知道唐夏娃此刻能够接听他的电话，声音正常，情绪正常，这就已经足够。

唐夏娃呢，每次接于永涛的电话也会注意避开觥筹交错的场面。就这样相安无事已然很好。至于，真相如何，以后如何，那是另外一种人生考虑。当下，唐夏娃和于永涛能够这样，就能安然度过每一天。

唐夏娃推开宴会厅后门，来到后花园，一个僻静的角落接电话。

"夏娃？你在哪儿？"于永涛总是千年不变的开场白。

不过他只管问他的，不是真的想要答案。很多时候人就是这样，不是真的想要答案，只是为了问而去问。

"我在外面啊。"夏娃随口回答。答了也等于没有回答。但是于永涛就不会再问了。

"今晚同事聚餐，我要晚点回去，和你说一声啊。"于永涛说。

"好啊，好好玩啊，玩得开心。"唐夏娃松了一口气。她真心希望于永涛能出去多玩，这样，她也就不必为自己经常的应酬而心生愧疚了。

挂了电话，唐夏娃突然有点心空空的感觉。她不知道和于永涛的这段感情会是什么样子的结局。

她很清楚，她不愿意嫁给于永涛，因为不甘心。

于永涛在大学的表生地球化学研究所当研究员，研究的是表生地球化学循环和模拟。具体干什么，唐夏娃也没有兴趣去弄明白。当初唐夏娃之所以愿意和于永涛交往，是因为唐夏娃高中毕业之后就没有去好好上个大学，而于永涛却是硕士毕业，唐夏娃因为自己本身一直遗憾没有一个过硬的文凭，因此也就对高学历的人存了敬意和好奇。谁料接触下来，于永涛有于永涛特有的好处，他从高中毕业之后考上这个名校，然后就一直在学校没有出来过，本科到硕士到留校当研究员，一直就在学校里安心又满足地待着，为人认真又单纯。所有的事情，于永涛只会往好处想。然后所有的好处，他都留给唐夏娃。好，就是百分百的好，没有半点的企图和虚假。所以唐夏娃一直以来也很珍惜于永涛。

可是若是让她现在就嫁给于永涛，她却一点都不甘心。唐夏娃想要绚丽灿烂的生活，五光十色，纸醉金迷。可是这样的生活，显然于永涛是给不了的，于永涛只能给唐夏娃一份安稳的生活保障：房子已经有了，一百平方米的普通公寓；车子也是有的，典型十多万家用小轿车；每个月的工资也还可以，但是只能是这个城市的普通白领的生活，要是动辄燕窝鱼翅、名牌化妆品，那是不可能的。

可是，偏偏唐夏娃就想要那种于永涛给不了的生活。

按理说，若是两个人对于未来的考虑不同，那就分开。可是唐夏娃也不愿意就这样和于永涛分开，唐夏娃自己也不确定，如果离开于永涛，会不会有另外的男人像他一样对她好。更加不确定，她自己想要的那种生活，是不是只是自己的一个虚荣的梦，终究也是实现不了的。如果这样，唐夏娃希望有一天，自己退一步之后，还能有于永涛这样一个温暖、不离不弃的依靠。

用不好听的话来讲，唐夏娃现在就是典型的"骑驴找马"，而于永涛则是她忠实的"感情备胎"。

这些唐夏娃都是知道的，其实于永涛也都知道。只不过两个人都在等，唐夏娃等着现实给她一个明确的答案，究竟她是在做梦，还是能够靠着自己的美貌和努力，有一天能够步入云端；而于永涛则是在等，唐夏娃的梦彻底醒来。

所谓感情，无非一个愿打，一个愿挨；一个愿意折腾，一个愿意被折腾。

只不过无论怎样，都没有赢的那方。最终，两个人都会精疲力竭。

正在发呆着，猛然间夏娃的手被拉起，飞快地随着来人超速走去。

夏娃受了惊吓，刚想大喊一声，一只大手又紧紧地捂住了她的嘴巴。

"夏娃，是我。"来人用低沉的声音说道。

唐夏娃定神，看着来人，原来是赵馨德。

不知怎的，唐夏娃突然之间就感觉很委屈，眼泪就一大串一大串地流了下来。

"跟我走。"赵馨德继续拉紧她的手,快速地穿过后花园的重重树影。

唐夏娃,费了很大的力气,甩开赵馨德的手,停住脚步扭头不看他。

这两次见面,唐夏娃都来不及思考地被赵馨德拉着飞奔而去,他知道他奔跑的方向,可是唐夏娃不知道。

这次,她想选择不跟。

赵馨德停下来,看着夏娃,虽然夜色沉重、树荫朦胧,但是夏娃还是能够感觉到他炙热的目光。

赵馨德没有说话,又拉住唐夏娃的手往前走。

夏娃再一次甩开了他的手,终于忍不住,说:"你应该去拉那位时髦女郎去。"

赵馨德压低声音,凑到她跟前说:"我可以把这句话理解为你在为我吃醋吗?"

说完便猛地把夏娃往怀里一拉,低头便吻住夏娃的唇。

这么一瞬间,夏娃愣住了,忘记了挣扎,忘记了一切,也忘记去感受这个吻。脑子里不停地在想,这是怎么回事?不过才第二面而已,怎么会是这样的情况?这算是怎么一回事?他在向我示爱吗?或者只是把我当作一个轻佻的女人?

还没有等夏娃想明白,赵馨德已经带着唐夏娃来到车库,这次他开的是一辆深香槟色保时捷卡宴。

一路唐夏娃没有说话,神情有点恍惚,赵馨德却一路都用自己的右手紧紧地抓住唐夏娃的左手。

唐夏娃迅速地判断着今晚发生的事情，却依然不知道自己现在究竟怎么做才是对的。

立刻让他停车离开？不，唐夏娃知道自己的内心还是很期盼和赵馨德单独相处的。

若是不离开，就这么跟着赵馨德走。唐夏娃不知道这算什么。

"你总得告诉我，我们现在往哪里去？"唐夏娃终于决定开口。

"一会儿，你就知道了。"赵馨德说。

车子开进一个欧式高层住宅楼，一直开到地下停车库。赵馨德很快停好车，在车库的右边，按了电梯按钮，电梯一直往上，停下开门，就是一户人家的门口。

很显然这是一栋高级公寓，车子可以直接入库，车库又连着电梯，电梯又是独门独户。这些所有的便捷功能和私密性，都是需要用钱来换取的。

赵馨德打开门，唐夏娃走进去，正面就是一个宽大的客厅，客厅的落地玻璃正对着一片波光粼粼的湖，从门口就可以看到夜晚的湖上灯光点点，十分绮丽。

"怎么样？"赵馨德问。

"什么？"唐夏娃回过神来。

"喜欢吗？"赵馨德问唐夏娃。

"这么漂亮的房子，有谁会不喜欢。"唐夏娃说。

"喜欢就好。"赵馨德一边说，一边把钥匙放到唐夏娃的手心。

唐夏娃一惊，她没有料到这个房子是给她的。虽然她很喜欢这个房子，可是不明不白的礼物是不能收的，这个道理她总还是懂的。

唐夏娃摇摇头。

"夏娃，我等了一个月零八天，不是为了等这一个摇头的。"赵馨德慢慢地说。

唐夏娃迅速地抬头看着赵馨德，想要深深地看进他的心里。

他也记得，清楚地记得，我们有一个月零八天没有见面。唐夏娃在心里默默地说。

唐夏娃怕这些，怕男人用心对她好，用心记着这些细节。每当这些时候，她就完全没有抵抗力。

今晚这些，要么赵馨德就是一个情场高手，惯于演出这些深情的戏码；要么，就是赵馨德真的对她动了心。

自然，唐夏娃愿意相信后者，他是真的对她动了心，否则何苦用这么多心思安排这些呢。今晚的见面纯属偶遇，而这个房子显然赵馨德早就准备好。这么多天，原来他一直在做准备。

"那，今天陪你一起的……"唐夏娃刚开口便被赵馨德很快打断了。

"你们女人都喜欢非得要一个解释吗？好吧，我告诉你，她是我公司董事会秘书，陪我一起参加这样的活动也正常。"赵馨德说。

要相信吗？还是不信？

信，又如何？不信，又如何？

对于赵馨德这样成功的男人来说，美女应该不是一件很难得到的物品，更何况唐夏娃目前还算不上一个昂贵的美女。

可是，唐夏娃还是不想接受，还是在犹豫。

唐夏娃要好好想一想。

收？还是不收？

童若影结婚后，带给我最大的好处是，把她先生家五星级酒店的网络部分交给了我们公司做。

之前，我们公司就做过他们家鞋业的网络营销建设，加上童若影帮着盯着点，这笔合约很快就签下来了。

杨明杰很高兴能够得到这笔大单子，为了奖励我，杨明杰决定本周跟着我回家拜访我父母。

对于杨明杰的这次来访，我的父母显得比杨明杰还紧张。妈妈几次三番打电话给我问这问那。一会儿担心，杨明杰比我大七岁，会不会显得很老，让邻居笑话；一会儿，又问杨明杰喜欢吃些什么，要早做准备；一会儿又问大概几点到，怎么回来；一会儿又说，杨明杰会不会回来住不惯家里，要不要在市区预定酒店；一会儿又问，回来要不要办个酒宴，请一下亲戚朋友，等等。我星期一打电话给她的，这才过去几天，她几乎问了不下一百个问题。

想到妈妈的担心，我的心里又有点酸酸的，对于母亲来讲，我这次的突然结婚，肯定是饱含委屈，这么仓促这么轻易，因为心疼我，连带着对这次杨明杰的到来就格外紧张。

在我和陆之俊谈恋爱的六年里，因为老家都是一个地方的，所以陆之俊到我家已经来过很多次。在我父母的心中，早就把陆之俊当作未来的女婿，谁料半途换人，所以就格外谨慎。

杨明杰倒是看不出有什么心情变化，每次我调侃他，要是我爸妈不中意他，我就只好和他离婚。

他总是很笃定地说，他是这个世界上最好的女婿，我父母一定喜欢他。

其实在我的内心，对于杨明杰这次回家，也是有些忐忑的，除了对父母欠一个交代外，我也担心亲戚邻居的议论，之前他们都是见过陆之俊的，不知道会怎么说我这次突然的结婚。

该来的终归会来的，周末很快到了。

我本来想，好不容易有一个周末，我们就睡觉睡到自然醒，然后简单吃一个午饭，然后下午开车回家，到家正好傍晚。可是爸妈一致不同意，说哪有新女婿上门傍晚到的，不吉利，非得要我早上就出门，中午之前到。

本来我还犟着不想答应，可是杨明杰笑嘻嘻地劝解我，说是他开车又不是我开车，我要睡觉，只管在车上继续睡好了，弄得我没了脾气，只好答应。

车子一路开到家，远远地就看到妈妈站在家门口，对着我们来的方向，苦苦张望。我心中难免心疼，暗自感激杨明杰答应上午开车来。

本来家门口只有我妈妈站着，我摇下玻璃对着妈妈，远远地挥手，妈妈看到我们，兴奋地喊着："夕颜回来了，夕颜回来了。"

我妈妈这一喊，呼啦一下，街坊的邻居都出来了，拥到我家门口。

我家本来就住在一个小镇上，东邻西舍都靠得很近。平时小镇上，哪户人家早上买些什么菜，一路走回家，基本上大家都会知道，更何况像今天，我带着老公回家，这样的事情，绝对属于大新闻。因此都聚过来了。

我看了杨明杰一眼，笑着说："大明星，人家都等着看你出场呢。"

杨明杰笑笑说："放心，不会丢你脸的。"

车子在家门口停稳，我等不及先跳了下去，妈妈走过来拉住我的手，满脸笑意，说："夕颜，你好像胖了不少。"

杨明杰下车，对着我妈妈鞠了一躬，说："妈妈，中午好。"

我妈妈没有想到杨明杰会行这种郑重的礼仪，有点意外，但是心里随即乐开了花，俗话说礼多人不怪，杨明杰这一下，让我妈妈心里很熨帖。

我妈妈说："快，快，到家里坐。"

杨明杰走到车后备厢，把带回来的东西一样样往回搬。杨明杰这次置备的东西，比上次他回老家更加多。除了一些普通的礼品之外，他知道我爸爸喜欢喝酒抽烟，特地准备了一箱五粮液，还有两条软中华，两条苏烟，还有两条外烟。在征询了我的意见之后，还特意给我妈妈带了一套美国化妆品和护肤品，另外买了一条黄金项链作为见面礼。

在杨明杰把这些东西从车里往外搬的时候，邻居们都站在旁边看着，嘴巴里一直议论着。

"这个女婿真大方啊，给丈人送酒居然五粮液就送一箱啊。"

"你快看，还有中华烟呢。"

"哎呀，这么多东西啊。这个李家的女婿肯定是赚大钱的。"

"那肯定，你看看这个车子，派头十足啊，不是老板一般人家哪里买得起啊。"

"哎，夕颜，你家车子买了多少钱？"隔壁的婶婶忍不住问我。

"办好牌照，总共不超过二十七万吧。"我笑着回答。

"哎呀，二十七万啊，我们一年也赚不到这么多钱啊。"婶婶感叹道。

"不要说一年，我这一辈子就没有摸过二十七万。"对门的邻居赵奶奶说。

"奶奶啊，您不要急，您的孙子学习好，改天他给您摸七十二万。"我笑着和奶奶说道。

听我说到她孙子，奶奶的脸笑开了一朵花，说："是啊，我这个孙子是不错，和你男人一样有老板派头！"

人群中发出一阵阵谈笑声。

我妈妈把杨明杰带回来的糖果照例发给邻居们吃。

邻居们开心地接过糖果，笑着调侃我妈妈说："你家夕颜，是嫁给发财人家了。你啊，赶紧到大城市去享福吧。"

还有的说："问问你家女婿，有什么好小伙子和他一样的，给我家女儿也介绍一个。"

听着邻居们这些开玩笑的话，我的心定了定，因为我知道邻居们已经接受杨明杰了，并且带着强烈的羡慕。

"哎，夕颜，你说他比你大七岁，可是看不出来啊，小伙子人还蛮神气的嘛。"进屋的时候，妈妈在我的耳边轻轻地说了这么一句。我的心完全定下来了。妈妈这一关过了，全局算是基本稳定了。

爸爸看着我们进来，上前给杨明杰倒茶。

杨明杰连忙接过茶壶，很自然地说："爸爸，您坐，我来倒。"

爸爸笑呵呵地坐下，慢悠悠地说："回来就回来吧，带这么多东西干什么。家里什么都不缺。下次只要人回来就行了。"

我笑嘻嘻地说："带这么多东西孝敬你啊。"

爸爸又是笑呵呵地说："你毕业后都两三年也没见你拿东西回家，这下却让小杨破费这么多。"

杨明杰连忙说："爸爸，可千万别这么说。我的就是夕颜的，夕颜的就是我的。这些啊，都是夕颜亲自给您挑的。她知道你喜欢喝什么酒，抽什么烟。"

爸爸开心地哈哈大笑了几声，然后对着我妈妈喊："赶紧把菜拿出来，吃午饭吧。"

其实啊，我哪里知道爸爸喜欢抽什么烟喝什么酒，这些都是杨明杰置办的，杨明杰说，好烟好酒就这么几种，都带着总归不错的。由此可见，有钱好办事。

午饭，妈妈整整弄了一桌子菜，什么螃蟹、虾、鳗鱼，我们当地比较客气的几个菜都上了。杨明杰陪着我爸爸喝了一点酒，爸爸开始了他快乐的吹牛时光。

等到吃完午饭的时候，我到卧室把化妆品和金项链给妈妈，妈妈真的很意外地说："夕颜，看得出来小杨对你不错，你啊也要好好地待人家，以前的事情就让它过去算了。"

我认真地说："我知道。"

妈妈想了想又问我说："陆之俊有没有找过你？"

我说："没有啊，就算他有心也找不到。我早就把手机号码换了。我毕业的时候，他已经经常出差在外地了，也没有来过我们公司，所以他是找不到我的。"

妈妈略微沉思了一会儿说："陆之俊打过几个电话来家里。"

听了我妈的话，我吃了一惊。因为我没有想到陆之俊会找到我家里来，不过转念一想也很合情合理，他找不到我在省城的联系方式，可是我家里的联系方式他都是有的。

"那你怎么没有说起过。"我问妈妈。

妈妈说："你和陆之俊才分手几天，就和小杨结婚了。陆之俊打电话来家里的时候，你已经和我说过你和小杨结婚了，我想着这些事情和你多说也不好。婚姻总归不是儿戏，你既然结婚了，不管为什么结的，都万万没有马上离婚的道理，我总盼望着你把日子好好过下去。因此也就没有跟你说，可是我这心里啊，一直是吊着块石头，这下看到你和小杨还不错，也就放心了。所以今天才告诉你。"

我的眼泪汹涌而出，我明白妈妈的苦心，这些天，她一直在存着怎样的一份心事，担着心却又不能和我说。看来我这一趟回家，是无比正确的决定。总算让妈妈的心彻底放下了。

至于陆之俊那边，我得想个办法，让他不再打电话来家里，更加要防止他有一天亲自找到家里。

我得想一个彻底的办法让陆之俊死了这条心，并且从此在我的生活中消失。

如果说，每个男人心中都有一个打不倒的前女友，那么，每个女人心中也都有一个万恶的前男友。

因为，在多数的恋爱中，女人受伤的概率远远比男人高得多。

去伤害对方的人，自然因为心生愧疚或者得意，总是记着对方对自己有多好；被伤害的人因为时间长了，回忆多了，长大了，自然越发就记住了对方对自己的伤害，多少有点后悔自己曾经认识了这么一个贱人，居然让自己奉献了那样一段美好的年华。

陆之俊，就是一个万恶的前男友。每当回首一次，便为自己当初的奋不顾身更加不值一次。

有时候梦里梦到陆之俊，我也要扭过头去，假装不看他，拼命地用各种潜意识说服自己，我不认识他，我不认识他，我不认识他，从来不。我甚至害怕哪天清晨醒来，发现我目前安稳的婚姻生活是一场心底的幻想，现实中，我和陆之俊在继续纠缠。

可是，当我知道陆之俊给我家里打过无数次电话后，我就不得不想要找这个万恶的前男友，去面对面深谈一次。

我一直在想着怎样去找陆之俊，又该谈什么，一直考虑这个，想那个，迟迟下不了决心。又怕找到他之后，正好给了他继续纠缠的机会，又怕杨明杰知道我找他后会发生误会。

谁料，未等我找陆之俊，就意外地与他遇见了。

那是一个星期六的上午，因为房子已经开始装修，所以最近我们周末没事就去逛装潢店或者家具市场，这天我们选择去宜家看看。

如果没有遇到陆之俊，这个星期六无疑是一个美好的星期六，秋高气爽，阳光明媚，我和我的老公一起去挑选我们中意的家具，悉心布置我们的新家，听起来一切都是那么完美。

当我们逛到床上用品样品展示区域的时候，杨明杰对我说，他去一下洗手间，让我自己看一会儿，他马上回来。

我点点头，继续看宜家展示的各种样品，仔细地比较着哪种布置更合我们家的装修风格。

当我穿过一个展示间到另一个展示间的时候，我听到里面传来男女嬉笑打闹的声音。

女生把男生推倒在样品床上，而男生则一拉把女生拉了过去。

我笑着摇了摇头，热恋中的男女总是这样，无论什么场合都不忘展示他们过剩的荷尔蒙和浓情蜜意。不过，也就这个时段的男女最为甜蜜，若是结了婚，慢慢地也许就没有这种不顾全天下的眼光，也要把他们的亲密尽情享用的心情了。

慢着，我听着这个男人的笑声怎么这么熟悉？

就这么一抬头，那对缠绵的男女也抬头看着我。

女的我不认识；男的分明就是陆之俊。

此刻，他也正在看着我。

我屏住呼吸，静等下文，该来的总还是来了。该说清楚的，总要说清楚的。择日不如撞日，就今天吧。

女孩看到有其他客人过来，连忙不好意思地站起来，同时拉着陆之俊从床上起来，嘴里嗔怪着："让你别闹，别闹，有其他客人呢。"

陆之俊被女孩拉着没有说话就站起来了。

"不好意思。"女孩子朝着我点了一下头，拉着陆之俊离开这个展示间。

整个过程陆之俊没有说一句话，只是在离开的时候，回头看了我一眼。就这么一眼的时间，女孩子又回头对他说："怎么这么慢，走啦。"说的时候，把半个身子都靠在陆之俊的身上，陆之俊顺势就熟门熟路地搂着这女孩子，回过头朝前走去。

我没有料到，我和陆之俊这么多天来的第一次见面居然是这样的，彼此没有一句话。

我本来曾设想过，如果有一天和陆之俊在大街上意外相逢，一定要假装毫不认识他，就算他和我主动说话，我也要告诉他，你认错人了，然后漠然地转身走开。

谁曾料到，他比我更加需要这样一种彼此假装不认识的场面。

"怎么啦？站在这里发呆？"杨明杰不知什么时候，已经站到我的身边。

"老公，我漂亮吗？"我驴头不对马嘴地问杨明杰。

杨明杰一脸迷惑，但是还是依照我的话，很认真地上下看了我一遍说："嗯，很漂亮啊，衣着时髦，容光焕发。"

我听了心里松了一口气，仿佛刚刚打了一场没有硝烟的战争，有点虚脱地用双手环住杨明杰的腰，紧紧靠在杨明杰的胸膛，说："老公，我刚才看到一个年轻女孩，瞬间就感到我已经老了。"

是的，刚才陆之俊身边的女孩显然又要比我年轻几岁，我不知道这回陆之俊是怎么设计让她成为他的女朋友的。显然，他已经不能像当初设计我一样，从学生会挑到我的资料。不过，聪明如陆之俊，自然会让女孩心甘情愿沦陷。

女人见到前男友，最怕的是什么？

毫无疑问，就是容颜老去或者衣着不堪。

至少，对于我是这样。

再怎么不如意，面对万恶的前男友，我们女人一定要，气质优雅，衣着体面，容光焕发，一定要在一个瞬间，用各种外在信息告诉他，没有你我过得很好，比以前还要好。

幸好，杨明杰的话给了我自信，我也确信此刻的我，衣着时髦，容光焕发。自从和杨明杰结婚之后，我的手头比以往宽裕了很多，衣着自然比以前上了一个档次。而稳定的婚姻生活，又让我的心情变得愉悦，自然容光焕发。

杨明杰温柔地摸了摸我的头说："都做人家老婆了，还和年轻女孩较什么劲啊。我们继续往前逛，还是去吃点东西？"

被杨明杰这么一提醒，我倒真是觉得肚子饿了。宜家的瑞典餐厅很有特色，东西不贵又还算美味，因此我们每次来逛，都会在这里吃上一点。

周末宜家的餐厅里，总是熙熙攘攘地挤满了人。我让杨明杰去买食物，我去等别人空下来的座位。

好不容易等到有一家三口走了，空出了座位，我连忙坐上去。然后便关注地看着杨明杰，生怕他买了食物之后，看不见我在哪儿。

"夕颜。"

我吓了一跳回过头，看到陆之俊出现在我座位旁边。

“夕颜，你还恨我吗？”陆之俊突然说出了这么一句话。

陆之俊这么戏剧化的一句话，在熙熙攘攘的宜家餐厅里，显得那么不合时宜又可笑。

恨？是的，我肯定恨。可是这个并不需要他知道，并且这辈子我也不准备原谅他。

可是这些都不能说，说了反而让他以为我还在乎他。其实我只想，立刻、马上、迅速让陆之俊从我眼前消失。

我依然闭着嘴，我不知道我应该说什么，怕自己多说多错。不说，自然就不会生错。陆之俊刚才的那个女朋友呢，怎么不见了。我现在无比渴望，陆之俊的身边能出现一个女人，然后把他拉走，看牢他。

“夕颜，你怎么了？”杨明杰拿着食物走了过来。

“哦，这位先生，问这里有没有其他人坐，他本来想拼桌。”我用我最大的智慧，想了一个合情合理的借口，同时也想让陆之俊明白，现在最适合他的角色，就是扮演路人甲。

我心里捏了一把汗，就怕陆之俊不配合。

幸好，配合的人来了。那个女孩及时出现。

女孩噘着嘴巴说：“不是让你去找位置的嘛，怎么我上了一个洗手间，你还没有找到啊？”

陆之俊赔着小心地说：“我这不是在问人家还有没有人嘛，但人家是两个人，我们走吧。”

陆之俊终于走了。杨明杰也没有丝毫的怀疑，拿着食物坐下来，没有再问什么。

我和陆之俊的故事，看样子已经彻底结束了。

　　他有他的新女友，而我也不是寂寞的那一个。这次，显然他已经看到杨明杰了，就算不知道他是我老公，至少也知道是关系亲密的那一种。

　　这样非常好，不用徒增误会，以为我还因为在意他，还恨着他，甚至还孤单一个人。

　　这个世界，没有谁离不开谁。

　　　　你我相遇在黑暗的海上，

　　　　你有你的；

　　　　我有我的方向。

　　　　你记得也好，

　　　　最好你忘掉。

　　　　在这交会时互放的光亮。

　　从此以后，陆之俊往他的方向，我往我的方向，再也不会有交集。

　　至于我的交集，和杨明杰的故事，才刚刚渐入佳境，别离开，高潮还在后面，我马上回来。

所谓婚姻

世界上的婚姻，有两种，幸福的和不幸福的。

幸福的婚姻，也有两种，精神满足的和物质满足的。

不幸的婚姻，也有两种，精神不满足的和物质不满足的。

至于两种同样满足，或者两种同样不满足的，那都是婚姻中的极品，基本不列入谈论范围。

精神和物质同时满足的，估计也不能持续很久，无论男人女人，总有一方，因为有钱而变质。

精神和物质同时不满足的，估计也很快离婚。

童若影的婚姻，就是典型的，按照幸福婚姻来定义，那就是物质满足；如果按照不幸的婚姻来定义，那就是精神不满足。

对，你没有看错。事情总是矛盾存在着的。

嫁入李家之后，童若影的物质生活无疑是上了一个极高的档次。这一天，童若影随李佳成来我们这里办事，约了我和唐夏娃出来喝茶，我们看到她从头到脚，都是名牌。

墨镜是迪奥的，裙子是范思哲的，手里拿的包是香奈儿的，脚上穿的鞋子是菲拉格慕的。更不用说，她坐的车是宝马七系。

　　对于这些名牌，杨明杰是从来不鼓励我去尝试的，一来我们家的经济充其量只不过是略超小康，一个香奈儿的包就是我们家一个月的家庭开销；二来，杨明杰本身就不注重这些，他觉得这些东西还不是我们应该去追求的东西。

　　只不过是身为女人，经常在时尚杂志上看到这些大牌，多少会有点知道。所以当我在现实生活中，看到童若影用了这些，还是有些羡慕。

　　显然，羡慕的不止是我，还有唐夏娃。

　　唐夏娃作为一个在本市时尚圈混的新手，更加渴望有一天能够真正拥有这些东西，以此证明自己的身价。

　　"若影，你不错嘛，士别三日，当刮目相看。"唐夏娃指指童若影的包笑着说。

　　"是啊，若影，这些得多少钱啊。来，把你的包递给我看看。"我毫不掩饰自己对这些东西的向往。

　　"这些不算什么，你们还没有看到啊，李佳成有个表哥家，从他妈妈到自己老婆，人手一个爱马仕。LV 根本就是当作买菜包的。"童若影毫不在意地说。

　　"啊？这么夸张啊？有必要吗？"我随口就说道。

　　"人家觉得，这些东西能证明自己财力。什么级别就用什么包呗。就是所谓的行头吧。要是他们不用这些，人家银行看到了，说不定还怀疑他们家经济状况出了问题，要收回贷款了呢。"童若影解释道。

"啊？贷款还用爱马仕？"我吃惊地说道。

"哈哈，夕颜真是单纯啊，你以为这些大老板真有这么多钱啊，还不是用银行的贷款在轮流转着。你没有听过五个茶盖配六个茶杯的故事啊？"童若影笑着说。

"什么五个茶盖配六个茶杯？"唐夏娃也来了好奇心。

"这五个茶盖呢，就相当于五家银行。这六个茶杯呢，就相当于六笔贷款。然后，你如果要喝茶呢，就用其中的一个茶盖去配一个茶杯，就这么五个茶盖依此轮流盖，等到哪一天六个茶杯都要去装水了，盖子就捂不住了，这家企业就破产了。"童若影解释给我们听。

"啊？这样啊，那岂不是很危险？"我很不理解道。

"其实也不危险，基本上没有哪家企业会一下子突然碰到所有贷款的银行都停止的。所以平时基本上各个企业还是转得动的，除非遇到什么特定的突然变故，只要你的企业正常运转，信用良好，银行也乐得放贷款给你，收点利息。"童若影仿佛很熟悉这些事情。

"原来如此。"唐夏娃若有所思道。

"基本都是这样，越大的老板贷款越多，而贷款超过实际资产的也不在少数。"童若影又补充道。

"对了，夏娃，你和那个大老板，怎样？"童若影八卦道。

"哪个大老板？"唐夏娃被童若影这么突然一问，不知道她究竟说的是哪个。

"哈哈，你有几个大老板在追求你啊？从实招来！"童若影抓住唐夏娃话里的漏洞说。

"都是不靠谱的人，做不得数的。哪像你，李佳成说娶就真的把你给娶回家了。"唐夏娃摇摇头说。

"好，那别的不说，那个赵先生后来有没有和你联系啊？"童若影问夏娃。

"有倒是有……"唐夏娃话说了一半。

"什么叫作有倒是有啊，究竟有没有下文嘛？"童若影急急地问。

"我们后来又见过一面，但是我还没有想好，要不要和他在一起。"唐夏娃说。

"哎呀，夏娃，你真是急死人了，到底怎么一回事，你快说啊。"我听唐夏娃犹犹豫豫地讲，耐不住性子了。

"他给了我一把钥匙。"唐夏娃终于说了出来。

"哈哈，他这是想要金屋藏娇啊？"童若影说。

"嗯，有点这个意思，可是我不想这样。"唐夏娃说。

"你想要怎样呢？你是不是想要和他结婚？"童若影说。

唐夏娃点点头。

"可是你一向都说，不想结婚的。你这么快就愿意为他改变了？"童若影继续问。

"我不是很清楚，我也还没有想好。关键是，人家也丝毫没有流露出这个意思，只是塞给我一把钥匙，我也不懂这算什么。"唐夏娃说。

"他有没有把那房子写你的名字？"童若影问。

"哪有，我们还没有谈到这个呢，我都没有想好要不要接受呢。"唐夏娃说。

"夏娃，你不是一向还算想得清楚的吗？你当初跟我还说，要杨明杰的房子加我的名字呢。"我对着夏娃说。

"哎，说别人容易，轮到自己根本就不是这么一回事。"唐夏娃摇摇头苦笑道。

"夏娃，我劝你，如果那个赵先生，说把这套房子送给你呢，你就要，当今社会，谁都不要和钱过不去。如果只是给你一把钥匙呢，你还是弄弄清楚到底他的真实意图是什么。说得难听点，就算是他想'包养'你，也得有个正儿八经的合约，明码标价。况且你还不一定乐意呢。可不能就这么不清不楚地掺和在一起。"童若影帮唐夏娃出着主意。

"包养？不会吧，那个赵先生，夏娃不是说他还单身嘛。"我十分不理解。

"不，如果是这样，我不会答应的。"唐夏娃很笃定地说。

童若影说："反正你得自己想好。"

"夏娃，你上次说你妈妈身体不好，现在怎样了？"我突然想到唐夏娃妈妈生病的事情。

"唉，估计最后得动手术，已经预约好了，下个星期三我回去。"唐夏娃说。

这个时候，我的手机响了起来。

我一看是杨明杰的短信：老婆，我事情已结束。过来接你回家。

我一看时间已经十点多了，就对着童若影和唐夏娃说："我老公来接我了，我马上要回去了。若影，李佳成什么时候来接你？"

童若影苦笑着摇摇头："他啊，估计不到半夜两点以后不会回来吧，我一会儿自己回酒店。"

我惊讶地睁大眼睛看着童若影，说："不会吧？你现在怀着身孕啊，他怎么弄这么晚？再说半夜三更的，谈生意也没有什么好谈了吧。"

"生意也许是没有什么好谈的了，但是男人的夜生活这才刚刚开始呢。"童若影不以为意地说。

"怎么这样？"唐夏娃也忍不住担心地问。

"就是这样。他身边的人个个这样。我看其他的太太们，也是自己打麻将消遣，都很平常。"童若影反而显得比我们淡定。

"若影，这样可不行啊，你有和他谈谈吗？"我问道。

"说什么，他对我已经够好了。我要学会的就是满足现状。"童若影自我安慰道。

我刚想再对童若影说点什么，杨明杰的电话已经打过来了，他到了。

婚姻，如人饮水，冷暖自知。

旁人所做的，无非就是徒劳的询问和建议，若是当事人觉得可以忍受，那也许就没有什么大不了的吧。

正当我要走的时候，唐夏娃的电话也响了起来。

"赵先生，你好，是，我是夏娃。"唐夏娃迅速地接起电话，用无比温柔的声音回答道。

我和童若影，相互对视了一眼。

看来，今晚的故事才刚刚开始。

还没有等唐夏娃和赵馨德上演浪漫一夜，李佳成就给了我们惊魂一夜。

我和杨明杰到家，刚冲完澡，我的手机就响了起来。

"夕颜，你手机响了。"杨明杰在卧室叫我。

"谁这么晚打电话过来？老公帮我拿一下，手机在充电器那边。"我正在卫生间吹头发，伸出头对着躺在床上看书的杨明杰说。

杨明杰走到手机充电的地方，拔下充电器拿起手机。

"夕颜，是童若影。"杨明杰一边把手机递过来，一边对着我说。

"啊，刚才才见过面的，八成是她一个人在酒店又无聊了。"我放下手中的吹风机，笑着说。

杨明杰笑着摇摇头，又走回卧室去。

我刚按下接听键，就听到童若影带着哭腔急吼吼地说："夕颜！夕颜！你快过来，佳成他出事了！"

我一听童若影的声音，吓了一跳，一边走到卧室，一边说："若影，别急，有什么事情慢慢说。"

"呜呜呜，我说不清楚，你快点来。"童若影语无伦次。

杨明杰听到事情不对，连忙拿过我手中的电话，十分镇静地问童若影："你现在在哪里？好，身上有多少现金？好，现在是哪个交警队在处理这件事情？好，你就在那里不要动，我们估计十五到二十分钟到。"

放下电话，杨明杰对我说："快穿衣服走。"

说完，他自己也迅速地穿上衣服。

我不敢耽误时间，拉开衣柜找了一件穿着最方便的衣服，胡乱地套在身上。

杨明杰打开家里的保险箱，拿出了一沓现金，拉着我迅速往外走去。

"怎么回事？到底发生了什么事？"在车上我问杨明杰。

"李佳成现在在医院里，好像发生车祸了，我们赶紧过去，等到了再详细问。"杨明杰说。

听到车祸，我心里扑通一声，连忙叮嘱杨明杰："你也不要急，小心开车。"

杨明杰笑着说："放心吧。"

到了医院，杨明杰带着我直奔急诊中心的前台。

"请问，刚才有一起车祸的，病人现在在哪里？"杨明杰问。

"在抢救室抢救，还没有出来。"前台护士语调很平静，而我听到，心都快要扑出来了。

"什么？抢救？"我失声问道。

"请问，是李佳成先生吗？"杨明杰拉住我，再一次向前台确认。

前台翻了一下本子，说："不是李佳成，你们去里面的输液处看看吧。"

我松了一口气，往里面走去。

正好看到童若影出来，童若影看到我们来，喊了一声："夕颜。"眼泪就出来了。

"现在怎么样？"杨明杰问。

"他倒是没有大问题，头上缝了几针，但是，另外一个人比较严重，在抢救。"童若影说。

"是他撞的吗？"杨明杰问。

童若影摇摇头说："不是佳成撞的，他们几个在东郊转盘处飙车，前面的那辆甩了出去，佳成受伤是因为急刹车。"

"飙车？"我刚想说，东郊大转盘处又不是赛车场，怎么能在那里飙车，就被杨明杰拉住，没有问下去。

"人没有事就好。"杨明杰宽慰童若影。

"可是现在交警已经介入了，怕就怕得承担刑事责任。这不，现在在里面做笔录呢。"

"你们在外面，我进去问问交警怎么说。"杨明杰安排道。

杨明杰一进去，童若影就靠在我身上哭了起来。她已经怀孕有三个多月了，开始有点显怀了，我不敢太抱紧她，只好搂住她的肩膀，轻轻拍着她。

"不要太担心，这李佳成不是没事吗，还哭什么？"我安慰童若影。

"夕颜，刚才交警说了，今天所有参加飙车的人，都可能要承担刑事责任。"童若影说。

"什么？还负刑事责任？重伤的那个不也是飙车的人吗？不是没有撞到其他的人吗？"我不太理解这些事情，问她。

"嗯，因为是在公共场合，可能会被起诉危害公共安全罪。"童若影抽抽搭搭地说。

"你不是说李佳成晚上是去谈事情的吗？怎么后来变成飙车去了？再说我第一次见到李佳成，感觉他性格不像其他富二代，怎么也喜欢这些东西？"我很奇怪地问童若影。

"他们晚上谈事情，大部分不也就是喝喝酒唱唱歌，找点所谓男人的乐子。至于说飙车，哎，你是不知道李佳成一直就喜欢开快车，并且在开快车的时候，任何人都不能说他。再加上今天晚上，有这边几个汽车俱乐部的人在，一时兴起就直接上公路飙车了。说是东郊那个转盘那边，深夜人少车少，并且转盘难度也比较大，可以考验车技，就直接上去飙了。"童若影说。

"这怎么能行呢？你要劝劝他啊，你这肚子里都有孩子了，他怎么得有个做爸爸的样子，万一有个什么，那孩子怎么办啊？"我真的是为童若影担心。

"他要是能想着这个，那我也倒放心了。你不知道啊，他像是有强迫症，不能看见有车子超过他。就这次来的路上，一辆宝马 M6 从我们后面超过了他，他车速一下子就拉到了 200 迈。"童若影很难过地说。

"天啊，在高速上？200 迈，你当时还在车上呢。万一出点啥事，不敢想象啊。"我无比震惊，没有想到外表温文尔雅的李佳成，居然还有这一面。

"我敢说他吗？我能说他吗？当时我在车上就闭着眼睛，什么都不敢想。你说，我要是说了他，他一激动，车子速度这么快，要出事就是瞬间的事情，我哪敢让他分心。"童若影无可奈何地说。

"那你以后不要坐他车子了，这可太危险了。"我由衷地劝童若影。

我们俩正说着，唐夏娃急急地跑过来了，一来就焦急地问："若影，怎么回事啊？怎么回事？"

童若影刚想要说话，后面赵馨德也到了，搂住唐夏娃的肩膀，温柔地说："夏娃你不要急，让人家慢慢说。"

接着，赵馨德朝着我和童若影都点了一下头，算是打招呼。我和童若影也朝着他点了一下头，显然我们谁都没有想到赵馨德会来。不过转念一想，也合情合理，刚才我离开的时候，赵馨德给唐夏娃打了电话，估计才见上面，这边童若影就有事了，所以就一起来了。

"李佳成人没事，但是恐怕会被控危害公共安全罪。"我简单地回答说。

"嗯，那我们先进去看一下。"赵馨德皱了皱眉头说。

我们随着童若影一起进了病房。

病房里，有一个交警在做笔录，杨明杰坐在旁边听着，不说话。看到我们进来了，杨明杰站起来。

赵馨德和杨明杰互相点了点头，算是打了招呼。

"请问，你们是哪个交警支队的？"赵馨德礼貌但是又威严地问做记录的交警。

交警一边记录一边说："我们属于交警一大队，东郊这一片都是我们管辖范围。今天的事情闹得太大了，你看看，还有一个人躺在急诊室没有出来呢。"

我听了交警的话，瞄了一眼躺在病床上的李佳成，看到他闭着眼睛，皱着眉头，显然心里很不安。

我一向憎恨那些有钱有势的富二代，不说为人民做贡献倒也罢了，天天还干着危害人民的事情，飙车更加是无聊空虚加脑残到极点的行为。若是要寻求刺激，方式多的是，实在不行去爬珠穆朗玛峰也行，爬成功了还能让别人佩服几分。要是钱多得慌，去做个什么天使基金，或者直接捐钱也行，反正怎么都不会危害到别人。关键是自己的性命安全也能得到保障，又能给自己留点好听的名声。

李佳成给我的印象一直不错，实在不能把他和飙车的富二代联系起来。看着童若影伤心难过的模样，我也不禁担心李佳成会不会被拘留或者判刑。

赵馨德不吱声，悄悄地退了出去。

唐夏娃连忙甜声对着交警说："这位交警大哥，我们知道是我们的错，你看看能不能把大事化小，小事化了。"

"唉，我倒是也想呢，我们管辖的范围发生了这种事情，我们也怕被批评，可是今天的事情情节实在是太恶劣了，哪能在市区的公路上飙车呢？今天的事情，后来围观的群众也很多，现在怕只怕已经捅到媒体那边，不好弄了。"交警很严肃地跟我们说。

"这不是没有撞伤行人嘛，应该不会激起太大民愤吧？"童若影怯声问。

"不管有没有撞伤，现在这种飙车案之类的很敏感，尤其今天他们一共有五辆车同时飙车，已经情节很严重了。老百姓啊，很憎恨这些事情。"交警说。

童若影连忙说："我们已经接受教训了，不管怎样，我们都配合您把事情做好。"

　　交警这才眉头舒展一点说："有这个态度，才算正确。你们这位啊，算是幸运的，就擦伤了一点，头部也没有大碍。不知道抢救室的那位，最后到底怎样呢。"

　　"抢救的是谁啊？"我问童若影。

　　"我以前也不认识的，这是第一次和他飙车，今天的大部分人我都不熟悉，我只认识一个人。怪只怪，这个人开的那辆车安全性能还是不足。"李佳成这才开了口。

　　"小伙子啊，你听我一句劝，今天虽然你开的是宝马车，可是只能算你命好没有大事，我上个星期处理了一起宝马撞车案，宝马的车主也是重伤，到现在还昏迷着呢。车的安全性能啊，可能暂时可以保证一点你的安全，但是关键还是得要看你开车的态度，丝毫不能马虎啊。"交警循循善诱地说道。

　　李佳成不说话了，又闭上了眼睛，我不知道他究竟把这话听进去了没有。

　　一会儿交警的电话响了，交警出去接电话，赵馨德进来了。

　　"没事了，你们放心吧。"赵馨德对着童若影说。

　　唐夏娃用疑惑的眼神看着赵馨德。童若影倒是明白了过来，连忙对着赵馨德说："谢谢赵先生出手帮忙。其他的话，我就不说了，改天再登门感谢。"

　　赵馨德摇摇手笑笑，不再说什么了。

　　童若影又说："不好意思，这么晚了，还让大家跑过来，佳成本来就是轻伤，你们放心吧，赶紧回去休息吧。"

　　"那你们明天还要回去吗？"我问童若影。

童若影看着李佳成，李佳成坐了起来，对着大家说："今天真是不好意思了。我想我们会在这里多住几天，这个样子回去，家里人担心，也不是太好。谢谢各位了。"

"好，那我们回去了。有事情，你再给我打电话。"我对着童若影说。

"那，明天我再来陪你。"唐夏娃也对着童若影说。

杨明杰和我，赵馨德和唐夏娃，一起出门，分别道了别。

我坐在车里，看着赵馨德的保时捷卡宴载着唐夏娃迅速离去。

我很好奇，今晚的唐夏娃到底发生了什么故事，她和赵馨德竟然一起出现。接着又将发生什么故事。

明天一定要好好问问她。

秋风沉醉的夜晚，就算两个陌生男女在一起，空气中也都会流动暧昧的气息，更何况，是两个一直在压抑和克制自己感情的男女。若稍有松懈的间隙，激情便会决堤而出。就像此刻的唐夏娃和赵馨德。

坐在宽敞的保时捷卡宴里，唐夏娃却感到无比地局促和压抑，连呼吸都不敢稍微大声一点，就怕一个不小心，点燃了紧绷着的空气。

而赵馨德的脸上也没有丝毫的表情，两眼直视前方，无比认真地开车。

他不说话，她亦不敢说话。

只是两个人心里都清楚，这样的一种氛围，已经强烈地表达了很多东西。比如，她的忐忑，她的害怕，她的情感，她的挣扎。

又比如，他的谋算，他的笃定，他的渴望，他的等待。

这几天，是这个城市难得的金秋时光。

这座城市的秋天和春天一样，转瞬即逝，不过就是十几天的光景，却会让人整整牵挂一年。

正因为秋日风光的难得，才让人们在这秋高气爽、梧桐飘扬的夜，迫不及待地要做点什么，不辜负这好时光。

这座城市的秋景如此特别，还得感谢这满城满街的法国梧桐，金黄又萧瑟，浪漫又落寞，落叶飘飘扬扬洒了一街。

赵馨德打开了两边的窗户，任由秋风温柔侵袭，车子里的蓝调音乐若有若无地响起，那样寂寥的女声倒也与秋景十分相称。

唐夏娃倚靠在右边的车窗上，眼睛看着窗外路灯下那寂寞舞蹈的梧桐雨，右手轻轻地随着音乐打起了节拍。风吹着唐夏娃缠缠绵绵的头发，飘向左边，有几根若有若无地拂到了赵馨德脸上，只不过唐夏娃自己还没有感觉到。

刚才还紧绷着的空气，随着秋风和音乐的调和，已经没有那么明显了。只是赵馨德的心里，随着唐夏娃阵阵飘过秀发的清香，渐渐升腾起一种急切的情绪。

突然赵馨德把车子刹住，唐夏娃回过神来，一看是红灯，朝着赵馨德，嫣然一笑。

恍若隔世的微笑，美丽而又飘忽。此刻，赵馨德只想真实抓住。

他猛地把挡位挂到停车挡，侧过身揽住唐夏娃的头，便不管不顾地狠狠吻上去，用力吮吸着这人间的甘甜雨露。此刻，便胜却人间无数。

这是赵馨德第二次吻唐夏娃，第一次是在派对的后花园。与第一次的短暂和惊愕相比，这一次的唐夏娃不想这样留下一片空白的回忆，更何况这样满城飘着梧桐叶和桂花香的秋夜。不敢辜负好时光，更加不敢错过身边的有缘人。

唐夏娃开始回应赵馨德的吻，那么温柔细致，却又百般柔媚风情。

昏黄的路灯透过车窗，肆意贪婪地观赏人间风光。红灯在倒数之后，已经变成绿灯，后面偶尔经过的车辆，也只能从卡宴的旁边绕行。

车外是整整一个世界，车内只是两个人。此刻，唐夏娃愿意为了这仅仅的两个人，放弃车外的一整个世界。

有一个世纪之久了吧，直到两人无法呼吸，这才不舍地分开。

两个人看着前面的红灯早已经变成了绿灯，回头一看，幸亏这是在深夜，若是在白天，如此一吻，肯定害得后面车辆喇叭声响起一片。

赵馨德笑了一声，重新把挡位挂到行驶挡，继续往前，速度却比刚才快了很多。唐夏娃的脸又烫又红，不敢看赵馨德，继续把眼睛看向窗外。

赵馨德把车子开到上次的公寓里，很快地停好车，迅速地拉着唐夏娃进门。

唐夏娃顺从地跟着他，自从刚才回吻赵馨德之后，她已经决定顺从了自己的内心。

她是喜欢他的，她一直知道。自从认识后，他就一直住在她的心里，从未离开过一分钟，一秒钟。

他也是喜欢她的，她也知道。只是她不能确定，他对她的喜欢，是不是比她对他的喜欢，多那么一点点，或者至少是一样地多。

为了弄清楚这个，她一直在犹豫、挣扎、彷徨，可是此刻她决定不顾了，就算他的喜欢比她的喜欢少，那又如何。

至少，他是喜欢她的，这已经足够。有时候，太贪心或者计较，只能让自己失去更多已经拥有的。

关了门，赵馨德就把唐夏娃抵在门上，紧紧地拥吻起来。唐夏娃也比刚才更加热烈地回应他，一双手也紧紧地箍紧他的腰。

很好，真的很好。

若是两个彼此相爱的人，能这样坦诚甜蜜地拥吻，真的太美好。

赵馨德一把抱起唐夏娃，双唇仍不舍得离开唐夏娃，慢慢地走到了卧室，温柔地将她放平在床上。一双强而有力的手，此刻却在用最温柔的力量，慢慢解开唐夏娃美丽的外壳，企图欣赏里面的风景。

一层又一层，缥缈的风光落下，直到最后一件精致的纱衣，飘在地板上。

月光妩媚，秋水潺潺，大落地窗外，秋日的湖水在与晚风娇柔缠绵。谁知今夜好风光。

唐夏娃缠绵的鬘发，终于渗出丝丝汗意。垂落在床沿，独自舞蹈。也许是华尔兹，也许是探戈，也许是伦巴，也许什么都不是。

今夜，唐夏娃终于成了赵馨德的女人。

是必然，是命运，是天意？唐夏娃已经不去想。

只是唐夏娃不知道，眼前的赵馨德，是不是也可以称之为唐夏娃的男人。

如果是这样，那么真的是绝对地好。

唐夏娃知道，她对赵馨德的感情已经不仅仅是喜欢，或者心动这么简单。唐夏娃喜欢沉着、霸道、有力量、有见识、有手段并且成功的男人。而赵馨德无疑所有的条件都符合。眼前的赵馨德，仿佛是上天读懂了唐夏娃的内心，为她量身定做的男人。

唐夏娃害怕，这样一个好得不像是真人的男人，第二天醒来，就不属于她。

唐夏娃也害怕，今夜这样缠绵的缘分，只是一夜贪欢，明天便毫无痕迹。

唐夏娃更加害怕，明天之后，她要去面对于永涛。她不知道如何开口。更加不知道，是不是确定要对于永涛放手。

赵馨德一个翻身，复又吻上唐夏娃的眼睛。

好吧，明天是另外一天，今夜就请让唐夏娃彻底沉沦。

至于于永涛，从今以后，已经属于过去的故事，不是吗？

快乐时光总易逝

因为赵馨德的出手帮忙，李佳成的事情最后就不了了之了。

受重伤的也是飙车的人，责任自负，所幸最后医生医术高明，没有生命危险，只不过需要卧床三个月，已经是万幸。

所以，对于那个晚上的事情，李佳成除了自己受了一点轻伤之外，倒是没有承担一点责任。这颇让我们感到意外，这个"我们"，除了李佳成自己以外，还包括童若影、唐夏娃和我。

童若影没有想到赵馨德的能力，在这个城市能发挥这么大的力量。

而唐夏娃则因为这件事情，更加了解赵馨德的势力和能量，也就越发地看中他，想要牢牢地跟着他。

至于我，实在是很震惊，原来这个社会上，很多错误就可以这么轻易地抹去，不留一丝痕迹。当然因为李佳成是童若影的老公的缘故，我也是愿意去往好处想，至少，没有人有性命危险也是好的。

而杨明杰和我则有不一样的想法。他说这件事情，对于我们来说很明显是一件好事，一方面我们深夜赶过去帮忙处理李佳成的事情，李佳成日后一定会对我们有所回报；另一方面，杨明杰则希望能够和赵馨德有所往来，杨明杰深信，赵馨德能够比李佳成给我们公司带来更大的利益。

这些事情，如果在以前，我是不屑于去做的。大学里面，最为清高的估计就是中文系的学生了，饱读诗书又不通人情世故，最看不惯权贵势力。清高，又穷酸。可是自从我嫁给杨明杰之后，我的立场就改变了，或者说我愿意为了杨明杰放弃我以前的一些立场。

这些改变都是循序渐进的，等我意识到，我已经不是大学中的那个我的时候，我没有任何的伤心、难过，而是一种安心和宽慰。这至少代表着，我在用我全部的身心，努力回报杨明杰对我的好，包括思想和观念。

所谓，嫁鸡随鸡，嫁狗随狗，不外如是。嫁给商人以后，我自然不能还指望自己能成为一个诗人。

唐夏娃把自己完全交给赵馨德之后，并没有立刻把自己的所有东西搬进那间高级公寓。唐夏娃是这样对赵馨德解释的，说自己现在住的地方是和几个小姐妹合租的，既然租金已经付过了，也不急着马上收拾东西，到月底找个空闲的时间慢慢搬。

赵馨德没有多说什么。

而事实上，唐夏娃还没有想好怎么和于永涛说分手，她一直在想一个合情合理的理由，可是所有的理由，都格外像一个借口。就这样拖了下来。

唐夏娃虽然东西没有搬进去，可是人基本上算是住了进去。唐夏娃告诉于永涛，说要去外地拍广告，可能十几天才能回来。唐夏娃这么说了，于永涛也就这么听了。

童若影和我对唐夏娃的做法，都极不赞成。

童若影的理由是，她认为赵馨德这么大势力的一个人，唐夏娃是不是在对他撒谎，他早晚都会知道。唐夏娃这样做，无疑在拿自己和赵馨德的感情做赌博，赌的是，赵馨德是不是爱唐夏娃爱到不计较她在撒谎。并且，童若影认为，这场赌局的结局一定是唐夏娃输，因为世界上没有那么多的于永涛，就算有也不会恰好都让唐夏娃碰到。而且赵馨德这样强势的男人，最难容忍的就是有人蔑视他的力量，对他撒谎肯定是他非常不喜欢的一种。

我不赞成的理由是，无论男女都不应该脚踩两只船。我自己曾经被男人背叛过，深知其中的伤害有多大。无论对于永涛还是赵馨德，这都是一种彻底的背叛。世界上没有哪个男人能够忍受自己的女人，同时还跟另外一个男人在一起。

我们说的时候，唐夏娃的态度是极好的，她也不断在点着头表示同意。可是到她真正做起来，就是开不了这个口。

不是唐夏娃要脚踩两只船，现在很明显她已经选择了赵馨德，只是她不知道如何将伤害降低到最低程度地踢开另外一只船。

只是无论怎么委婉，踢开就是踢开，背叛就是背叛，事实不会改变，伤害也无法抹去。

当然这些苦恼对于她来说，在一天之中占的时间都十分短暂。此刻，她更多的时间，沉浸在和赵馨德热恋的甜蜜之中。

也许是曾经去过法国留学的原因，或者是因为赵馨德本身就是做百货公司的缘故，赵馨德的做事风格非常独特和浪漫，又有着绝佳的时尚品味。

唐夏娃一向认为自己在时尚和保养方面很花时间和心思，也颇有点心得体会，可是和赵馨德一比，唐夏娃才知道什么叫作山外有山，天外有天。所谓的时尚功力，真的是于细节中才能体会出来。

有一天唐夏娃和赵馨德柔情过后，赵馨德抱着唐夏娃，一边讲话一边细细地抚摸唐夏娃的皮肤，夸赞唐夏娃皮肤好，格外细致水嫩。

唐夏娃撒娇地把大腿往赵馨德肩膀上一翘，说："那是当然，对于皮肤我一向自信，就连脚后跟，我也很自信。"

赵馨德果真把夏娃的双脚，捧在手心里认真地看了一会儿，张开自己的右手，把唐夏娃的脚和自己的手认真地比了一比，然后就轻轻地亲了一下唐夏娃白皙纤巧的玉足。

唐夏娃咯咯地笑了起来，两个人又滚入温柔乡。

谁料，第二天赵馨德就给唐夏娃带回了三双菲拉格慕的鞋子，一双是经典的黑色圆头罗缎蝴蝶结平跟鞋，一双是银色露趾高跟鞋，一双则是裸色绣花镶钻的半跟拖鞋。每一双都让唐夏娃无比惊艳和喜爱。

但是唐夏娃奇怪的是，赵馨德从来没有问过她穿多少码的鞋子，可是唐夏娃自己穿进去一试，每双都不大不小，刚刚好。

"你怎么知道我的尺码的？"唐夏娃笑着缠上赵馨德的脖子，

在他的耳边轻轻地说。

"你忘记了，昨晚我量过了。"赵馨德一把抱住唐夏娃，放在自己的腿上，双唇慢慢地寻找那朵玫瑰。

"什么时候？"唐夏娃一边控制着自己越来越软的身体，一边喘着气问。

"这个。"赵馨德对着唐夏娃，张开了自己的右手，做了一个比画脚的姿势。

唐夏娃想起来了，可是瞬间就惊讶了，问："就这样，你就知道了？"

赵馨德笑笑，没有说话。一边堵住了唐夏娃的嘴，不让她开口，只留下身体在交流。

赵馨德告诉唐夏娃，香奈儿的香水固然有名，可是香奈儿的香皂也很畅销，并且有和香水同样的香型，coco 小姐香皂的香味儿也许很适合唐夏娃。

赵馨德教唐夏娃，只用 LV 的行李箱，不要用 LV 的包。

赵馨德告诉唐夏娃，市场上卖的那些名牌面霜固然是好，但是还有一些定制的面霜更好。

赵馨德建议唐夏娃，不要看到这么多明星名人用爱马仕的"铂金包"，就认为那个很好，事实上不是每个人或者每个场合都适合的。爱马仕的"铂金包"只适合那些出门在外，需要装很多东西的时候用。赵馨德建议唐夏娃用爱马仕的"凯莉包"，才更加有女人味也符合夏娃温柔的气质。

总之赵馨德就像时尚界一个渊博的老师，带领唐夏娃慢慢地去领会其中的好。而唐夏娃本来就对这些感兴趣，也就更加贪婪地学习了解这些她所不知道的东西，当然这些都需要钱。

赵馨德无疑是一个很大方的情人。

赵馨德有一个很特别的癖好，就是喜欢现金，除了给唐夏娃一些礼物之外，他给唐夏娃的钱从来都是现金。

在那栋高级公寓里，在书房里书桌正中间的抽屉里，赵馨德给唐夏娃留了整整一抽屉的钱，全是崭新的百元大钞。

在那第一次缠绵之后的早晨，赵馨德早早起来去了公司，走之前在唐夏娃的耳边说了一句："我在书房的抽屉里，给你留了些钱，你起床后自己出去吃点好吃的。"

当时唐夏娃睡得迷迷糊糊，就嗯了一声。

等到起床后梳洗完毕，唐夏娃准备出门去经纪公司之前，才想起赵馨德早上的话，她走到了书房，拉开抽屉，倒吸了一口冷气。唐夏娃没有想到赵馨德让她去"吃点好吃的"，会留下这么多的钱。

唐夏娃长这么大，从来没有看到过整整一抽屉的百元大钞，震撼是难免的。随即而来的就是喜悦，她没有想到，不用为钱奔波的日子，这么快就到来。

唐夏娃取出了一小叠，放进自己随身的包里，心里满满都是一种踏实感。

原来有钱的感觉这么好。

关于钱的事情，唐夏娃和赵馨德之间再也没有提过，每次都是唐夏娃用完了自己去抽屉取，每次那个抽屉里都是满满的现金，仿佛每次唐夏娃拿掉钱之后，抽屉都会自己长出钱来。唐夏娃不知道赵馨德是何时放进去的，但是她也不想问，这种梦幻一样的感觉，她不想问，也不想说。

钱，这种事情问多了，说多了，很多原本以为美好的事情，就会变得不美好了。

唐夏娃像一夜之间华丽转身的灰姑娘一样，从此改头换面。

唐夏娃拎着爱马仕的"凯莉包"，每天依然去模特公司报到。但是公司老板从第一次看到她拎着爱马仕开始，就知道唐夏娃已经攀上了高枝。这种事情，在大都市里每天都在发生，尤其是娱乐圈的小姑娘，昨日还在苦苦挣扎，赔脸赔笑，不过就是一夜之间，已然闪亮绽放，不可轻视。

不知道过了多久，唐夏娃已经渐渐适应了赵馨德为她打造的全新身份，以前仅仅是美丽温柔的新晋模特，现在已经有了高贵的上流社会身份，那就是赵馨德的女人。

又似乎是才发生不久的事情，不过就是一个多星期的时间，唐夏娃还有一种在梦幻中的感觉。

更重要的是，唐夏娃还没有和旧生活告别，也没有和于永涛说分手。

可是这一切，都已经来不及了。

很多事情，都比时间的速度更加快，比如病急如山倒。

在你最快乐的时候，往往会接到最悲伤的消息，这就是所谓福祸相依。

上天总是公平的，不是吗?

还没有到夏娃妈妈之前约好的动手术的时间，唐夏娃就突然接到妈妈病情恶化的消息。

接到妈妈病情恶化的消息，唐夏娃像掉进了一个冰窟窿里，无助地伸手想要抓住点什么。

唐夏娃第一个电话就打给了赵馨德，电话没有打通，是赵馨德的秘书接的。唐夏娃也知道，白天的赵馨德一直都很忙，如果没有付出超于常人百倍的努力，自然也不会收获多于常人百倍的收获。可是此刻，当下，唐夏娃真的很希望赵馨德能够接听她的电话，能够给她一两句安慰。

可惜，一连打了三个电话，都是秘书挡驾，就算打了他的手机，也是一直没有人接听。

唐夏娃现在想以最快的方式回老家，她的老家也在本省，没有火车，交通只能通过公路，此刻最快的方式，就是开私家车直奔家里。本来唐夏娃想要打电话给赵馨德，让他派一辆车送她回家，可惜这个电话不知道何时才能打通。

如果这样的话，唐夏娃只能坐大巴回家，可是这会儿估计还不一定能够买到立刻回家的票。

想来又想去，唐夏娃想到了于永涛。于永涛自己有车，此刻最可能送她回家的就是他了。

想到这儿，唐夏娃立刻就拨打了于永涛的电话，电话那头于永涛听到唐夏娃的电话，自然很开心。

"夏娃，你不是说出差要十几天的吗？怎么提前回来了？"于永涛的询问里满是意外的惊喜。

唐夏娃一愣，这才想起，前几天对于永涛撒的谎，说自己出差了，其实是搬到了赵馨德这里。

仿佛是很久以前的事情，其实也就不过十来天之前。

好像生活已经有了很多改变，其实生活还是以前的生活，于永涛还在那里等着她，不离不弃。

唐夏娃的心瞬间就揪了起来。为于永涛傻傻的等待心疼，又为自己这几天恍如隔世的生活即将醒来感到无助。

不，她不要这样。不要任何人等待，不要任何感情绑架她。

可是，现在她已经没有力量拒绝，也没有时间想那么多。至于解释或者决定，等到以后再说吧。

唐夏娃迅速地把事情说完，告诉于永涛在家里等她，她半个小时就到。

挂了电话，唐夏娃把整整一抽屉的钱都用一个黑色的购物袋封好，仔细地放进一个大购物袋里。唐夏娃不想管赵馨德怎么想，此刻她知道这笔钱能够帮上自己的忙，妈妈一定用得着，其他的也来不及多想。

唐夏娃在书桌上，草草留了一张纸条给赵馨德：

母病危，回老家，有事电话联系。夏娃。

出了门，唐夏娃招手拦了一辆出租车，坐进出租车的那一瞬间，唐夏娃就后悔刚才为什么自己要打电话给于永涛，为何不打出租车回家。可见多年在一起，很多习惯改也改不了。唐夏娃已经习惯有事叫于永涛帮忙。唐夏娃也还没有习惯挥金如土，400多公里的路，眼睛都不眨就叫出租车送回家。

到了家，于永涛已经把所用的东西都收拾好了，一看到唐夏娃回来，就走上来搂住唐夏娃，关切地说："不要急，我们这就回去。"

不知为什么，于永涛搂上唐夏娃的那一刻，唐夏娃格外地别扭，没有说话，眼睛看着于永涛搂上来的胳膊。

于永涛发现了唐夏娃的眼神和脸上的不自在，顺势也就把胳膊放了下来。他以为唐夏娃是为了母亲的事情在担心，所以也就没有往心里去。

可是唐夏娃知道，不是这样的。女人的身体是跟着心走的，心给了一个男人，身体就无法接受另外一个男人，哪怕是很熟悉的拥抱，也接受不了。

于永涛载着唐夏娃迅速地往老家赶去。

其实中午唐夏娃就接到了赵馨德打来的电话，但是唐夏娃看了一眼身边在认真开车赶路的于永涛，悄悄地把电话掐掉了，随即把手机调成了静音。

"怎么不接电话呢？"于永涛不经意地问。

"不认识的号码，估计又是什么推销保险的。"唐夏娃假装轻松地说。

到了服务区休息间，唐夏娃连忙借口要上洗手间，给赵馨德回了电话。可惜电话那头又是无人接听，打到公司又是秘书挡驾。

唐夏娃无比失落地看着手机屏幕上，静静暗下去的亮光。

下午唐夏娃直奔医院，找到了妈妈所在的房间。

房间里，爸爸妈妈还有妈妈那边的一些亲戚都在。

唐夏娃整理了一下自己的情绪进去，挤出一丝笑容叫了"妈妈"。

妈妈很是虚弱，只是笑了一下。

爸爸朝着唐夏娃招了一下手，唐夏娃随着爸爸到了门外。

"你妈妈昨天做了手术，切片检查了，已经是晚期。"爸爸声音颤抖又尽量简短地说。

"不是说等我回来做手术的吗？怎么提前了？"唐夏娃问。

"主刀医生跟我们商量的，昨天手术没有那么满，所以就换了，想着提前动手术也好……"爸爸说。

"那怎么不给我打电话呢？我可以提前回来的啊！"唐夏娃埋怨说。

"我们想着反正你这几天就回来了，不用再催你了。这边亲戚多，也有换手的人。"爸爸说。

"没有其他办法了吗？我带妈妈去北京上海治疗，一定还有希望的。"唐夏娃说。

"不用了，这个医生治疗这种病是很有经验的，更何况切片检查也做过了，得相信科学结果。你妈妈也不愿意浪费钱。"爸爸灰心丧气地说。

说到钱，唐夏娃连忙从随身带过来的一袋钱里，拿了厚厚的一沓递给爸爸："这些你先拿着用，把该交的钱交了，该用好一点的药就用好一点的药。"

爸爸看到这么多的钱，惊讶地看着唐夏娃："你哪里来的这么多的钱？"

唐夏娃连忙临时编了一个借口说："这是我所有的积蓄，加上于永涛的一部分钱。"

"就是跟你来的那个小伙子？"爸爸问。

唐夏娃点点头。

爸爸笑了一下说："那个小伙子人不错，斯斯文文的，你要好好对人家。"

"行了，我知道。这事回头再说吧，钱你收好。"唐夏娃催促爸爸道。

爸爸听说这个钱是唐夏娃和她的男朋友的，也就不再拒绝，收了下来。

等回到病房的时候，唐夏娃发现，大家都在把注意力转移到于永涛身上，东拉西扯地拉着于永涛问一下他家里的情况，妈妈似乎也很高兴这些问话，安静地听着。

亲戚们看到夏娃过来，都纷纷起身告别，说是现在夏娃和男朋友回来了，有人手了，他们先回去了。

"舅舅，舅妈，三姨，你们等等，我用车送你们回去。"于永涛连忙说。

唐夏娃看了于永涛一眼，没有想到于永涛就这么一会儿工夫，把各色人等称呼倒是搞得很熟。

"送送，小涛送送。"唐夏娃的妈妈也轻声说道。

听到妈妈这么说，唐夏娃也就不好说什么了。听凭于永涛卖力地扮演男朋友的角色。

不，不是扮演，于永涛本来就是她的男朋友，她从来没有和他分过手，于永涛的心中自然认为自己是唐夏娃的正牌男朋友。

不重要了，都不重要了，只要妈妈开心就好。

毫无疑问，于永涛这个男朋友，得到了全家人的肯定。唐夏娃的爸爸妈妈，一听说于永涛是名牌大学的硕士生，又在大学里面做研究，就对他不由得高看几分。再加上，于永涛对唐夏娃是真心地好，可谓言听计从，对唐夏娃的妈妈也是完全尽到了未来女婿的本分。唐夏娃的爸爸妈妈也就格外地高兴。

虽然唐夏娃妈妈的病情很严重，但是看到于永涛，她也对唐夏娃的未来放了心。也算是这几天，难得的好消息。

这一天，唐夏娃的妈妈稍微好一点，就拉着唐夏娃的手，跟唐夏娃说："孩子啊，你什么时候跟小涛结婚啊？"

唐夏娃正在给妈妈倒水，一听妈妈这么问，水杯一下子就掉在了地上，好在是不锈钢的水杯，没有破。

"你这孩子，你看看你做事这么毛毛躁躁，你说我要是走了，我怎么放得下心？"妈妈担心地看着唐夏娃说。

"妈妈，你说到哪里去了，你这好好的，别瞎想。"唐夏娃捡起水杯，到水池边冲洗。

"就算我好好的，你这年纪也不小了，也该考虑一下自己的终身大事了。"妈妈劝唐夏娃说。

唐夏娃把水杯重新拿回来，倒上水递给妈妈。

"我看那个小涛，挺好的，你怎么想？"妈妈问唐夏娃。

"我们还没有考虑到那一步呢，再说，人家也不一定愿意娶我呢。"唐夏娃推辞说。

"我问过小涛了，人家是很愿意的，并且保证他会一直像现在这样对你好。"妈妈笑着说。

啊？唐夏娃张大嘴巴，看着妈妈。她没有想到妈妈已经提前摸过底了，可见妈妈是真的很上心这件事情。

看到夏娃不吱声，妈妈又继续说下去："妈妈看人不会错的，这个小伙子人很好，受教育程度也高，素质也高，又是在大学里面，环境也好。只要人家不挑剔咱们，夏娃啊，你就不要再犹豫什么了。"

"妈妈，我现在工作也还没有稳定，也还年轻，还想要在事业上拼一拼。"夏娃解释说。

"你没有稳定，可是小涛稳定啊，所以你更要嫁给他。再说女人，结了婚，就该顾着家，工作什么的都是次要的。再说，你的工作老是换来换去的，我也不放心，你来说说，你现在是什么工作？"妈妈问唐夏娃。

唐夏娃嘴巴张了张，又闭上了。她不敢说自己现在是一个模特，爸爸妈妈都是极为保守的人，家乡也是一个保守的地方，模特这样的行业，在他们看来就是不正经的工作。

"我在一个公司做打字员。"唐夏娃随口胡乱编了一个工作。

"打字员能有多少工资，看你现在穿的用的，虽然妈妈不识货，可也知道是好东西，可见在钱这方面，小涛也是惯着你的。你爸爸告诉我说，小涛还给了你钱。孩子啊，我们用了人家的钱，就要领人家的情啊。"妈妈继续劝唐夏娃。

唐夏娃实在不想听这些，可是想到妈妈身体不好，又不敢惹她不开心，只好点点头。

"我说这样吧，你要是愿意，趁着我身体还可以，你们就把证领了吧。反正你的户口一直在家里，没动，让你爸爸挑一个黄道吉日，就在老家把结婚证领了。这样，要是我突然走了，我也算安心了。"妈妈突然建议道。

唐夏娃没有想到，妈妈会突然提出让她和于永涛结婚领证的请求。

唐夏娃的婚姻，似乎已经由不得她做主或者犹豫。

妈妈期盼的目光，把唐夏娃紧紧包围住，越裹越紧。

而唐夏娃的梦想，还有赵馨德，却离她越来越远。

唐夏娃不知道，她究竟应该顺着母亲的心意，让她在人世间的最后一段时光能安心。还是应该坚持自己的内心，不去答应。

于永涛是一个好的结婚对象吗？答案是一定的。

可是，他是唐夏娃想要的结婚对象吗？唐夏娃并不知道。

结婚或者不结婚，对于唐夏娃来说，这真是一个痛苦的问题。

生活的本质

唐夏娃最终和于永涛，在老家领了结婚证。

唐夏娃是一个极其孝顺的人，和妈妈的感情一向很深，因此百般纠结之后，实在是无法狠心拒绝妈妈最后的期望，也无法抵抗于永涛在自己身边一天二十四小时的好。

说来也奇怪，唐夏娃和于永涛领了结婚证之后，唐夏娃妈妈的病情居然有了起色，刚开刀的伤口也愈合得很好。唐夏娃的爸爸对此很高兴，觉得家有喜事能够去掉晦气。

这中间，赵馨德给唐夏娃打过几次电话，无一例外地，唐夏娃都给掐掉了。唐夏娃不知道怎么去面对赵馨德，也无法在目前的环境下，去想那些华丽而缥缈的东西。

有时候，感觉前几天的事情恍若隔世，一点都不真实。只有包中还没有用完的那些钱，证明唐夏娃曾真的和赵馨德在一起过。

可是钱，已经越来越少了。

于永涛陪着唐夏娃在老家也快有一周了，于永涛参与研究的地表火山灰的课题，马上也要召开全国大会，作为主办单位的人，于永涛需要尽快回去。

一周之后，唐夏娃和于永涛又回到了我们这座城市，此时唐夏娃的身份，已经从未婚变成已婚。

回来之前的车上，唐夏娃和于永涛认真地商量过，决定把他们两人的已婚身份对外隐瞒，暂时不公开。当然这是唐夏娃的意思，她希望自己能够在娱乐圈里再努力几年，若是三十岁之前，还是一无所获的话，她也就放弃了。于永涛之所以同意，是因为一方面他确实深爱唐夏娃，另一方面也因为他们两个人已经领了结婚证，有了法律保护，心里已经笃定。

随着车子飞快地朝着这座城市奔驰而来，唐夏娃的心情也在迅猛地低落下去。她无比后悔自己和于永涛领了证，可是，事实已经不能改变。

唐夏娃回来的时候，童若影和李佳成已经离开医院。李佳成的伤已经好得差不多，马上就可以回家，加上李佳成的父亲连续催促，所以他们也没等住满一周就走了。

生活似乎又回到了平常，没有波澜，没有起伏，没有喜事，没有伤心事。没有天天朋友聚会，也没有天天离别伤感。也许这就是生活的常态和本质。

生活就是一碗清水，不甜不苦，不酸不辣，也许没有味道，但是却能天天都喝。也许你喜欢，也许你不喜欢，这些都不重要，重要的是你每天每时每刻需要它。

我和杨明杰，把全部的精力用在装修我们的房子上。可是纵然是两个人，也是筋疲力尽，苦不堪言。

　　每天我们下班后都要去装修的房子那边看一下，顺便带些烟酒饮料给干活的工人。工人们拿到东西的那一刻，都是打着包票拍胸脯保证，认真装修，一定让我们满意，可是一等我们离开，监工也不在的时候，磨洋工的事情也很多。比如装的插座，若不是我们仔细一个个检查，好几个里面的电路是不通的。又比如，墙角的贴脚线，那些隐蔽的角落很多都是弯的。

　　这些零零碎碎的事情，你若是跟工人说了，工人都会态度极好地说马上改，可是下次，若不是你仔细盯着改，也许就是老样子。

　　我不知道是不是每家的装修过程都是一个斗智斗勇的过程，但是对于我来说，真的是费尽了心思。

　　杨明杰对于这些工人的态度是格外好，他认为工人本身工资又不高，也很辛苦，不必这么和他们计较。但是对于我来说，这将是我未来的家，我自然希望能够称心如意，所以检查得也就格外仔细。可是我越是仔细检查，发现的问题就越多，于是我准备找个机会，杀鸡儆猴。

　　机会很快来了。那是一个星期天，之前说好了太阳能热水器的厂家，会在星期天上午十点左右送货过来安装。我九点多，就在房子那边等着，生怕他们提前。一直等到十二点都没有来，我找到他们的送货电话，电话一直都打不通，没有办法我只好一直在房子里面守着，因为送货过来是要买家签字确认的，并且还要安装。我怕我人不在，安装得不到位。于是继续等。

　　到了下午三点左右，厂家来电话了，说是今天送不了货了，要改天。

"如果今天送不了货，那我们就不要了。货款我是通过信用卡付的，我可以马上让银行追回这笔货款。"我冷冷地对着电话说，然后挂断了电话。

不到一分钟，电话又响了，还是热水器的厂家，这次态度显然比刚才亲切好多，说："我们四点钟就把热水器送过来，请您稍等。"

我继续等。

到了四点十分，太阳能热水器送过来了。送过来的工人，很不识相，嘴巴里嘟嘟囔囔地抱怨着，说："又不是今天就要用，干吗不能明天送。我们人在江北呢，又大老远地绕过来。"

另外一个送货工人继续火上浇油："是啊，这一绕，少说油费得多出二十块。谁来承担啊。"

我一听苗头不对，整整压抑了一天的怒火，噌的一下升上来了，大声地冲着这两个送货工人喊道："闭嘴！"

显然，谁也没有想到我会这么凶地喊话，不仅送货工人被我吼愣了，在场的所有装修工人也都愣住了。

"你们谁要是再叽叽歪歪，就给我滚出去。哪有你们这样做生意的，说好了十点左右送货过来的，这都几点了？还好意思说，绕远路了，那我白等了这么多个小时，谁给我赔偿？啊？你们要是愿意装，就给我装。要是啰哩吧唆，就给我把这个破太阳能哪里拖来的，还给我拖回到哪里去，我不要了！"我气愤地一口气把话说完，狠狠地盯着两个送货工人。将了他们一军。

说实话，我是真不怕他们把这个太阳能拖回去。反正都是他们的事情，要是拖回去了，我就不要了。

"我们又不知道是今天十点送货。"其中一个送货工人小声地辩解。

"是啊是啊，这又不是我们的责任。算了算了，东西都到了，说吧，装到哪里？"年长一些的送货工人，给自己搭了一个台阶下。

装修工人中的工头连忙站起来，带着他们到天台。

我拿了两瓶水上去给送货工人，把声音放正常说："既然不是你们的责任，那就算了。你们给我好好装，这可是你们负责，来喝点水吧。"

我自然知道打了又揉的道理，现在轮到他们安装，我自然也不希望他们给我弄什么手脚。

而太阳能厂家的这两个工人，刚才见识到了我发飙的场面，自然也不敢惹怒我，也认真安装起来。

那天晚上，杨明杰来接我回家的时候，两个年轻的装修工人还和杨明杰开着玩笑说："杨总啊，你家老婆厉害啊，是护家的一把好手。"

杨明杰还奇怪是怎么一回事，一问才知道原委，哈哈大笑起来，却满脸赞扬地看着我。

我得意地把头昂了昂。

从此以后，杨明杰私下给我取了一个外号，叫作"母鸡"。意思是，我像母鸡一样护窝。

我很接受这样一个昵称，如果没有一个像母鸡一样护窝的女主人，哪来一个圆满温馨的家呢。

可是有些家庭，纵使女主人倾力维护，也依然不可避免地走向了毁灭。

比如童若影。

从结婚到离婚，需要多久的时间？

答案不尽相同，快的也许就几天，而慢的一辈子也许都分不开。

而决定离婚，需要多久？

答案也是不尽相同，也许一年，也许一天，也许一个瞬间。

而这些，都还算是幸运的。更加不幸的是，有的时候离婚不是自己的一个决定，而是一个必须的选择。无论愿意或者不愿意，你都必须得离婚。

离婚，本来是离我很遥远的一件事情，突然之间，来到了我的身边。

当然，要离婚的不是我，是童若影。

好累，本来我不想回忆伤心的事情，那总是格外耗费人的心力。但是，生活不因为你累和不愿意面对而停止。若是，我语无伦次，请你原谅。我尽量努力，把我所知道的故事讲完整。

童若影怀孕七个月的时候，李家突然出了事。之前，童若影给我们讲过"五个茶盖和六个茶杯"的事情，当初我们听的时候，谁都没有往心里去，只是当作故事，长了见识而已。只是我们没有想到，有一天这个故事会在李家发生。

客观地讲，比这个故事更加严重。当初童若影讲这件事情的时候，是说每个企业都向银行贷款，有一天银行都要向企业追债了，企业就垮了。企业向银行借贷，在我们国家是合理合法的一件事情。若是真的有一天还不上银行贷款了，企业宣告破产已经是最坏的结局。而李家的事情比这个还要严重。因为李家借钱的对象，是广大老百姓，所谓的"非法集资"。

对于经济的事情，我是不太懂，我尽量简单一点叙述。在李佳成所在的城市，一直就有非法集资的传统，所有的商人都很团结，若是哪家有什么生意扩展，资金短缺，就可以向民间借贷，信誉好的几千万上亿都能借到。数目少的，甚至连借条都不用打。李家因为把鞋业转型做酒店的缘故，扩张的过程中就动用了民间贷款，据说数目还不少，本来像李家这样正常做生意的人家，民间借贷的信誉是很好的，一般也不会遇到催债的，到时间连本带利息一起归还就可以了。

可是这些民间借贷的人中，总有一些动歪脑筋的人，比如，许诺高利息，然后尽可能地借多的钱。用这些钱去炒炒股票那还算是好的，最起码知道是要投资，还有一些人，就是借用高利贷去再放高利贷。还有一些人，借高利贷去投资房地产，或者炒矿，甚至炒钱。一旦投钱的项目风险太大，或者国家政策有变，资金无法像预期一样收回，资金链就开始断裂。越是资金链断裂，信用就不好，借钱的人感觉到危机，更要把钱收回，连锁反应，就像多米诺骨牌一样集体倒下。

本来李家认为这件事情影响不到他们家，可是民间借贷的信誉已经很差，很多原本借钱给李家的人，也频频来追债，而李家的酒店才新开业不久，根本连投资那一部分都没有收回，不用说马上还贷了。于是就有人去告了李家，而政府趁着这一阵金融秩序紊乱，也想要狠狠打击一下这些扰乱市场的行为，要严惩非法集资。

李家在政府部门多少是有点路子的，上面就捎话给他们，赶紧做最坏的打算。

最坏的打算，无非就一种情况，企业倒闭，然后李家有人得为此负刑事责任。若要避免这种状况，只有一个办法——跑！

李家在多年之前，就通过投资移民，取得了加拿大绿卡，可以随时出境，并且可以长期在加拿大居住，只有童若影没有。

而童若影又怀了七个月的身孕，显然也不能陪着李家远赴他国，东躲西藏。

短时间内也不能马上办理出境手续。

而且李佳成也不知道万一跑不掉，自己会不会和父亲一起背负刑事责任，会不会连累童若影。

想来想去，只有一个办法——离婚。顺便也可以把一些可以动用的财产转给童若影。

于是童若影怀孕七个月零八天的时候离了婚。这时候，童若影已经知道自己肚子里的孩子是男孩。李家对童若影不薄，按照童若影的说法是，给她和孩子留足了钱。

其实童若影不想离婚，夫妻本是同林鸟，大难临头若能共度也是一种难得的缘分。但是为了肚子里的孩子，童若影也就同意离了。

离婚的时候，李佳成的爸爸发了话，说既然离婚了，童若影的一切都可以自由决定，今后李家的一切都和童若影没有瓜葛，自然也不会连累童若影。童若影若是愿意等这场风波过去，再回到李家，那自然最好；若是不愿意等，李家也不怪她，只是希望童若影，能够把孩子好好生下来，等有朝一日李家安全了，再还给李家。

童若影告诉我们这些的时候，脸上有种很淡然的表情，仿佛在讲述别人的故事，只是在低头抚摸肚子的那一瞬间，我们能够看到她的温柔微笑。

不过是七个多月的时间，童若影从嫁进李家，又离婚出来，重新变回了单身。

我问过童若影，是否要等李佳成。

童若影很茫然地告诉我，不知道。

童若影说，其实她很想和李家一起进退。可是李家根本没有给她这个机会，也许过几天李家就会偷偷飞去加拿大，而她感觉不是她抛弃了遇难的李家，而是李家把她这个包袱给抛弃了。

我劝她不要这么想，毕竟万一李家逃难不成，就会面临牢狱之灾，这样拖着她，总归是连累了她。

童若影只是不断地摇头摇头。说能够共患难也是一种难得的情分。

唐夏娃劝童若影看开一点，毕竟现在童若影身边有钱，不管做什么事情都会方便一点，即使是一个人带着小孩也不会吃苦，更何况童若影还有父母照顾。

童若影依然是摇着头，她说暂时不想回到父母的家，因为她不想每天都面对父母失望的脸色。她想在我们这个城市买一栋房子，然后安心地等着把小孩生出来。

我们不知道怎么去劝童若影，生活中突然的变故，让年轻的我们束手无策。连安慰的语言，都无法找到合适的。

而杨明杰则劝我和童若影不要多说什么。人的韧性是非常大的，时间过去，心底的伤痛就会慢慢地自愈。

我不知道这短暂的婚姻给了童若影什么。一个孩子？一笔财富？一段伤痛？还是对婚姻和爱情的重新考量？

一切不得而知。

而生活还在以它自己的轨迹，继续走下去。

给婚姻一个结晶

童若影的离婚对我触动很大。

生活譬如朝夕，若是你见到清晨的万里晴空，不要妄下结论说傍晚一定会有晚霞，所以除了珍惜眼前以外，别无他法。至于一段永久的婚姻，与朝夕相比，更加让我不知道它的真实面貌。看起来，它与爱情无关，与财富无关，与容貌无关，与努力无关，与一切你所确信的都无关。也许唯一可以确定的是，维持一段白头到老的婚姻，比任何的成就都要来之不易，它需要认真经营，苦苦维持，双方忠贞，就算这样，还无法料到沿途会有什么意外。

因为有了对婚姻的无助感，我也就越发地想要对杨明杰好一点。我不确定我自己和杨明杰的婚姻，会不会是运气好的那个。我不确定未来有什么挑战在等着我们，我也不确定，自己是否愿意在面临困难的时候，与杨明杰一起患难与共。这些，你知道讲起来总是容易的。可若是你一个人在深夜的时候，扪心自问，会不会真的，无论贫穷还是富裕，健康或者疾病，朝夕相处还是异地分离，你都会一直跟随着对方，不离不弃。也许，答案就会真实很多。也许，纵然如此，还是有很多人会回答，是的，我们愿意患难与共。那么等到真正面临困难的时候，再回过头来看一看，你曾经那些扪心自问的答案是否真的正确。

不，我不是在否定所有人，更不是在怀疑人性。我承认这个世界上，一辈子走到底的婚姻，总是比离婚的多很多。可是又有多少一辈子在一起的两个人，是从最初到最后都是因为相爱在一起的呢？即使不说相爱，又有多少两个人结婚后，始终作为婚姻中的一方，支持并忠于另一方的呢？

如果，你告诉我，有，并且你是。

我由衷地感谢你，让我在人生众多苍白无助，并且充满谎言和斗争的婚姻里，还能看见彩虹。

如果，你告诉我，你不知道，不确定。或者你也曾经欺骗过对方，伤害过对方，谋算过对方，那么其实也没有关系，珍惜当下已然是最好的方式。

至少对于我，我是这么想的。爱或者不爱，已经不重要。重要的是在我们婚姻存在着的每一秒，我都在努力对他好，全心全意。

和杨明杰结婚后，杨明杰一直想要一个小孩，而我在最初的时候，其实心里是不赞同的。因为我想要一个婚礼，一个光明正大温馨浪漫的婚礼，以此给我的人生一个完美的纪念，也给父母一个郑重的告别。所以，我不想这么早生小孩。我想要等杨明杰的房子装修好了之后再办婚礼，风风光光，正正式式地嫁进去，住进新房，开始新的人生。

说起婚礼，还有另外一段让我不痛快的插曲。也因此让我赌了一口气，非得想要把婚礼办好之后，再生小孩。

前段时间，杨明杰二姐的小女儿来我们这里上大学，照例我们是要接送他们，然后照顾吃喝，再把外甥女送到大学里面安顿好。就在全家送外甥女去大学的途中，因为外甥女的大学在郊区的大学城，离市区有一段路程，所以我们就在车上东拉西扯地聊天。

从二姐叮嘱小女儿在大学期间不要随便谈恋爱开始，然后又说到，不要大学没有毕业就像社会上的一些女孩，挺着个肚子就急着结婚之类的。

我随口就附和着二姐，说："是的，大学里就算要谈恋爱，也要先告诉父母，至少要告诉你舅舅，给你把把关。至于怀孕嘛，那是你妈妈瞎担心了，再怎么你都不会的，总归要等办完婚礼再生孩子的。"

说者无心，听者有心。

二姐听了我这话，就问我："夕颜，你们什么时候要小孩呢？你们都已经结婚好几个月了。"

我不在意地回答说："我想要等办完婚礼再生小孩。"

二姐听了我这话，居然就哈哈大笑起来，说："我说夕颜啊，你真是会开玩笑啊，结婚都结好了还办什么婚礼啊？"

听二姐这么一说，我就开始有点不高兴了，说："当然要办婚礼了，人一辈子就这么一次，怎么能不办婚礼呢？别人结婚都办婚礼的，我怎么就能不办呢？杨明杰也是答应了的，杨明杰，你说是不是？"

杨明杰居然什么都没有说，只顾自己开着车，不知道是没有听见，还是不想在二姐面前回答这个问题。

若不是此刻我正陪着二姐坐在后排，二姐夫坐在副驾驶上，我真想狠狠地掐杨明杰一把。

而二姐看到杨明杰不回答，仿佛杨明杰无形中给她撑了腰，更毫不顾忌地说："哈哈，夕颜，我看算了吧，这办一次婚礼啊，又累又赚不到钱，没什么意思的。再说你结婚都这么久了，如果办婚礼，人家怎么介绍新娘啊，说你们已经结婚一年多了？新娘都成了老娘了。"

我一听，顿时气不打一处来，口气不再像刚才那么温和了，很冲地说："不管是新娘老娘，反正不办婚礼我不打算生孩子。再说这个事情，我们都已经说好了，用不着别人瞎操心。"

正在这个时候，杨明杰用很高的声音喊道："学校到了。"

算是阻止了这一场刚刚开始的战争。

但是，在我的心里和二姐这个梁子算是结下了。杨明杰的三个姐姐，就像是三个婆婆，说话口气和一般人家的婆婆没有两样。三姐和二姐都已经过过招了，反正基本都是一个口气，只剩下大姐还不知道怎样，不过我也不去奢望什么。

我总算明白了，为何说婆媳关系难处，因为根本就是立场不同。作为婆婆的，平时总想要压着媳妇一头，说话口气都像是在指示，嘴巴上又口口声声说是把媳妇当女儿。就如杨明杰姐姐们嘴上总是说的，把我当亲妹子。

其实，这种说法从根本上就是错了的。

这个世界上，婆婆能够把媳妇只当作媳妇；而媳妇能够把婆婆只当作婆婆，就已经很好。至少在这样想的时候，还知道中间是因为有一个男人和她们彼此相连，为了这个她们都爱的男人，就应该彼此尊重对方。怕只怕，那些嘴上说把媳妇当作女儿，把婆婆当作妈妈的人，其实在心里都视对方为敌人，巴不得在每个环节，都能完胜对方，才让自己感觉到作为婆婆或者媳妇的尊严。

至于说把媳妇当作女儿，把婆婆当作妈妈，那都是自欺欺人的谎言，无用并且幼稚。

说把媳妇当作女儿的，如果媳妇像女儿一样在家里衣来伸手饭来张口，平时一个不如意就和她顶上两句，看她是不是像包容女儿一样去笑呵呵地包容媳妇。有的婆婆甚至连进门媳妇是否叫了自己都要斤斤计较。可是有谁见过，哪个妈妈因为哪一天女儿回家的时候，少叫了自己一声而生气的？

说把婆婆当作妈妈的，如果婆婆像你妈妈一样，早上大声喊你起床，不高兴了说你几句，看你究竟能不能像和妈妈一样撒娇或者索性顶嘴，肯定都是当下那刻就深深刻进了心底。

婆婆和亲妈的区别，天差地别。

杨明杰一直期盼有个小孩，自从那次发现我吃了避孕药之后，也明确说过不允许我再吃了。所以为了避免怀孕，我都谨慎地计算好日子，避开排卵期。幸运的是，每个月我都能成功避开，例假每个月都准时到来。

可是，在童若影离婚之后，我就不这么想了。我想给杨明杰生个孩子，就算有一天，如果我和杨明杰像童若影和李佳成那样，只能离婚的话，至少我还可以像童若影一样，有个孩子能够证明我曾真实地拥有一段婚姻。

我希望能够珍惜当下，珍惜我目前拥有的婚姻，给它一个结晶。

就如今晚，我已经计算好这两天排卵，若是可能，天使将在今晚到来。

没有想到该怀孕的没有怀孕，不该怀孕的却怀孕了。

好不容易我和杨明杰在要孩子方面态度一致，积极造人。一个月过去了，我的例假又准时来临了。这就意味着，如果想要孩子只能等到下个月了。

而此时，我和童若影却都接到了唐夏娃的电话，说有事和我们商量。地点约在了童若影现在租住的酒店公寓。

童若影现在快要临盆了，肚子已经很明显地突出并往下坠。低下头，童若影自己已经看不见自己的脚趾。走路基本都是要扶着腰，慢慢地挪着。

万幸的事童若影有钱好办事，请了一个五星级的月子保姆提前就已经开始照顾她。这个月子保姆，据童若影所说，在妇幼保健院里学过专门的婴儿护理，本身也是中专卫校毕业，曾经当过护士的，又会开车，因为自己的儿女都到国外去了，曾经工作的乡医院效益不好，自己办了内退，看着月子保姆工资高就干了这一行。一个月基本工资是六千块。

我到童若影家的时候，唐夏娃已经到了。是保姆李阿姨给我开的门。李阿姨把我带到里面的书房，然后给坐在沙发上的童若影垫了一个靠垫在腰间，就轻轻带上门出去了。

"怎么回事？"我迫不及待地开口问唐夏娃。

唐夏娃只是窝在沙发另一个角落不出声。

"夏娃怀孕了。"童若影帮她说。

"啊？真的假的？好事啊，我最近也想要怀个宝宝，没有想到前两天例假却来了。"我真心替唐夏娃高兴。

"夕颜！"童若影用责备的口气喊着我，又示意我看唐夏娃。

唐夏娃的脸上，没有丝毫即将为人母的喜悦，反而有一种愁云惨淡的感觉。我这才意识到，甲之甘露，乙之砒霜。怀孕对于现在的我来说，是一件朝夕盼望的好事，而对于唐夏娃来说，肯定一个突如其来的打击。

话说，其实这个时候，我们还并不知道唐夏娃已经和于永涛结婚的事情。在从老家回来的路上，唐夏娃就和于永涛约定，把他们结婚的事情彻底隐瞒下去，除了他们两个自己知道，对谁都不说。

之前的叙述，是根据后来唐夏娃告诉我的故事，按照当初发展的时间顺序所写，其实很多事实，也都是事后拼凑完整的。

"怎么了？你没有告诉赵馨德吗？"我问唐夏娃。

"你怎么知道？"唐夏娃听到我这样的问话，一惊，猛地抬头。后来又转念一想，声音又小下去了，说："嗯，你自然认为是他的。"

"夏娃，你自己说说清楚吧，既然把我们找来了，你就好好说说。要是能帮得上忙的，我们自然帮忙。"童若影冷静地对夏娃说。

"从哪里说起呢。哎，这么说吧，孩子我估算了一下是赵馨德的。但是我已经很久没有跟他联系了。我最近一直和于永涛在一起，而于永涛现在也认为孩子是他的。"唐夏娃狠下心一口气说完。

而我却听了个云里雾里。

"你和赵馨德分手了？为什么？你也没有和我们说啊？分手了孩子为什么又是他的？"我追问道。

"是，夏娃，虽然我们大概知道了，可是究竟是怎么一回事你得详细说说。我们再来考虑孩子的去留。"童若影显然也对这其中的变故不是很了解。

于是唐夏娃就把回老家之后的事情简单和我们说了一下。

因为和于永涛已经领了结婚证，唐夏娃对于永涛自然有一份和以前不同的责任，虽然工作还是模特的工作，和男人之间的周旋却是能够减少尽量减少。至于赵馨德，唐夏娃不是为了于永涛不和他联系的，而是因为她觉得如果不能给赵馨德一个完整的自己，就不能和赵馨德在一起。否则连仅有的一点感情，也将彻底消失。正如童若影所说，赵馨德这样强势而又成功的男人，自然无法忍受和另外一个男人分享一个女人。总之，结婚之后的唐夏娃还是和之前的唐夏娃有很多的不同，至少已经不能随心所欲地跟随自己的内心。

可是谁料到，唐夏娃已经一个多月没有来例假了，若不是于永涛提醒，她自己还没有在意。以前偶尔例假推迟也是有的，但是时间没有这次这么长。唐夏娃想着可能是妈妈生病，自己的压力有点大，所以例假不准也是可能的，因此也就再等了几天，谁想到这都快要两个月了，还没有来例假。今天唐夏娃悄悄地买了最好的验孕棒，避开了于永涛，验了两次都是两条红杠，毫无疑问是怀孕了。

唐夏娃自己悄悄推算了一下，两个月之前的排卵期，她正和赵馨德在一起，这个孩子八成就是赵馨德的。

听唐夏娃这么一说，我也替她着急了，问她："那你想怎么办呢？"

童若影也问她："这个孩子你是想要还是不想要？"

唐夏娃一脸无措地说："我也不知道。"

童若影问她："假如，我说是假如，赵馨德知道后，想要你把这个小孩生下来怎么办？"

唐夏娃想了想，说："我不可能现在这样给他生的，没名没分的，算什么？再说对于永涛也不公平。"

童若影说："那进一步，假如赵馨德不去计较这些，想把你娶回家，然后让你把孩子生下来呢？"

我听了连忙说："如果这样，是最好的了。你可以顾全到每一个人。孩子也可以一出生，就是在自己的父亲身边。赵馨德的条件又是极好的，孩子也能享到福。"

唐夏娃把脸深深地埋进手里，说："我不知道。我不能肯定他是否愿意娶我。再说，我妈妈那边怎么交代。我妈妈现在的身体刚有了点起色，我和于永涛结婚也是她最希望的，我怎么能两个月就离婚？"

童若影想了想，说："这样，如果你想要这个孩子，你先去弄清楚赵馨德的态度，再来考虑于永涛和你妈妈的事情。如果你压根就不想要这个孩子，那么也不用和于永涛说什么，悄悄地去做了手术，在我这边休养一个星期，这边有阿姨照顾，会好很多。"

"对，你先想好要不要这个孩子。"我也支持童若影的说法。

"如果赵馨德想要这个孩子，我就把孩子生下来；如果赵馨德不要，我也就不要了。"唐夏娃回答说。

我没有想到，唐夏娃会给我们这个答案。先考虑赵馨德的态度，再决定孩子的去留。不是先决定孩子的去留，再去寻找解决的办法。女人傻的时候，总是这样，总是把男人的感受放在第一。却忘了其实自己也可以独立选择。看来唐夏娃对赵馨德的感情，早已经导致她放弃了自我。

"好，那你先去弄清楚赵馨德的态度再说。"童若影看到唐夏娃这么说，就顺势给了她这么一个建议。

唐夏娃决定，今晚就给赵馨德打一个电话。

命运真是一个神奇的东西，九个月前，我们三个还都处于单身状态，三个人共同来到了一个叫《非诚勿扰》舞台，为了同一个男人站到了一起，又成了闺中密友。九个月后，三人都已经结婚，甚至有的已经离婚，并且同样地为怀孕生子这个事情烦恼。

童若影要独自一人去把前段婚姻中的孩子生下来。

唐夏娃是不知道应不应该把腹中的胎儿生下来。

而我，则是苦苦想要一个小孩却迟迟不来。

好吧，我们还是先来知道一下，唐夏娃腹中孩子的父亲赵馨德对这个孩子的态度吧。

远走高飞

　　对于孩子的态度，赵馨德倒是干脆明了：孩子是要的，无论男女。至于结婚是绝无可能的。

　　我不知道唐夏娃和赵馨德这场谈话究竟是怎样的一种状况，因为唐夏娃没有细说。之前的种种事情，唐夏娃之所以愿意告诉我们详细过程，是因为那些对于她来说，都算是不太难堪的故事，甚至有点浪漫的成分。而这次和赵馨德的见面，只得到这样一种回答，明显不是一个愉快的局面。

　　估计唐夏娃自己都没有料到，赵馨德会如此迅速地给她回答，连一个缓冲的机会都没有。那之前一段时间的缠绵，仿佛是别人的故事，在赵馨德的内心丝毫没有留下痕迹。

　　而唐夏娃，不管内心愿不愿意留下过去的故事，赵馨德的基因已经在她肚子里，日渐成长，不容忽视。

　　人总是这样的，愿意把自己光鲜亮丽的一面让人看到，而混乱甚至丑陋的一面，总是想方设法去忘记。很多时候，很多人在做一些极端事情的时候是狠得下心的，可是若是让他们真正面对或者回忆，他们都不愿意提及。这是人性的阴暗面，于你于我都是如此。

唐夏娃不愿意说，我们也就不去问。

我更加不知道赵馨德的真实内心是怎么想的，也不知道赵馨德对于唐夏娃这两个月的消失又是一种什么猜测。或者，赵馨德对唐夏娃所谓的爱，只是唐夏娃一个人的狂欢，根本就落不了真。又或者，赵馨德是一个情场高手，所有的手段都是一种习惯，而所有他所陈述的事实和背景，只是他想让唐夏娃知道的背景，真实与否都要大打折扣。

否则，怎么解释他的那些行为？没有结过婚，又在单身，女的有了小孩，可以生，但是不愿结婚。

可是赵馨德算是一个真富豪，在这个城市拥有了两座顶级商场，一个五星级酒店，比起那些传说中捣江湖、天天吹牛说搞着多大房地产、早晨和市长吃饭、晚上和省长洗澡的伪老板总要可靠得多。

我和童若影都不相信，赵馨德会如街头小报社会版上的那些骗子一样，去欺骗唐夏娃的感情。

或者，在赵馨德的眼里，他才是被欺骗感情的那一位？一切不得而知。

我们现在只关心唐夏娃怎么处理这个小孩。

唐夏娃摇摇头，没有说话。

她说她还是没有想好。

童若影突然想起一件事情，问唐夏娃说："如果你把孩子生下来，赵馨德有没有说怎么补偿你？"

唐夏娃说："今天还没有谈到这个事情。他告诉我绝对不会结婚，我扭头就走了。"

不管唐夏娃对别人的事情看得多么透彻，也不管唐夏娃在和别的男人周旋的时候多么置身事外。可是她一旦遇到赵馨德，遇到令她心动的男人，也如普通小女孩一样，感情战胜了理智。

其实，感情中的事情，无非就是一场决斗，谁先动心谁就先输了三分。唐夏娃面对深不可测的赵馨德，显然输的不仅仅是三分。

"如果不能给你婚姻，至少要告诉你补偿条件，这是必须的。不过，你们没有谈到也好，你可以先想好，若是你把这个孩子生下来，你想要怎样的补偿？然后可以去摊牌、争取。"童若影建议道。

"不，我不要。"唐夏娃激动地哭着说。

"你必须想好！否则你明天就去打掉这个孩子，就当什么事情都没有发生。"童若影厉声对唐夏娃说。

"其实若是不要孩子也是好的，你就可以完全忘记赵馨德，然后好好对于永涛，未来也会很好的。"我在旁边说。

我和童若影都坐着，看着唐夏娃一直窝在沙发里哭，两个肩膀不停地抖动，一直抖。

大概有二十分钟之久，唐夏娃终于停止了哭泣。眼睛通红地看着我们说："我想好了，我要这个小孩。"

"然后呢。"童若影冷静地看着她。

"然后我想要钱，很多很多钱。"唐夏娃说。

"你不准备继续你的事业了吗？你刚刚在这个城市里有点名

气，这么放弃，岂不是太可惜了？"我追问道。

"如果我愿意，生了孩子之后，我也可以重新回来。娱乐圈里隐婚，甚至悄悄生孩子的女明星多了去了，又不是我一个。况且我只是个小明星，还没有这么多人关注我。"唐夏娃说。

"夏娃，我支持你的决定。孩子，有一个总是好的，趁着年轻生也是一个很好的选择。你也可以在这个时候，选择要一笔大一点的补偿。至于娱乐圈，确实像你说的，你要是愿意，一年之后你重新回来，也不是多久的一个事情。你也还年轻，甚至可以更漂亮，有钱好办事。"童若影说。

经过一番商量之后，唐夏娃决定把这个小孩生下来，条件是赵馨德能够安排她到国外生产，避开熟知的世界，然后有一笔补偿。

知道了自己想要什么之后，唐夏娃倒是没有了之前的惶惶不安，当着我们的面跟赵馨德的秘书打了电话，自报了姓名，然后让赵馨德定时间见面。

赵馨德到底是一个精明的生意人，知道事情轻重，才两分钟的工夫，就给唐夏娃回复了电话，约好当晚在市中心的一家茶馆见面。

在等待见面的过程中，我们反复问唐夏娃，要想清楚价码。还有要想清楚之后怎么和于永涛交代。

童若影给唐夏娃的建议是，一次性给一千万。然后让赵馨德安排唐夏娃去欧洲待产。

我给唐夏娃的建议是，随便在哪个国家都行，但是要在国外给唐夏娃有固定的房产，每个月支付生活费赡养费，直到小孩十八岁。

唐夏娃说她会记着，然后看情况跟赵馨德提出来。

晚上唐夏娃准时去了和赵馨德约定的地方。但是没有想到的是，赵馨德并没有来，来的是赵馨德的律师。

和律师谈判，其实是一件再简单不过的事情。因为像我们这些不了解法律的人，基本上就是只有答应的份儿。赵馨德的律师先是问了唐夏娃的想法，唐夏娃就简单说了说自己的要求。

唐夏娃说，让她没有想到的是律师什么都没有说，直接就拿出一份文件说，让她看一看然后如果没有问题的话就签字。

文件里的安排，和唐夏娃的想法惊人地一致，赵馨德安排唐夏娃去英国，暂时以学生身份过去，然后就在那里生产。

至于钱的具体数目，唐夏娃没有具体说，只是含糊地说是一个很复杂的计算方式，但是比我和童若影的提议都要多。

生男孩和生女孩的补偿方式也不一样，但是据说生完之后，赵馨德有验 DNA 的要求。

凡此种种，因为是律师在和唐夏娃谈，她也就像谈生意一样，一一仔细核实后签字。

唐夏娃说，你们知道我和律师最后的对话是什么吗？

我和童若影都摇摇头。

唐夏娃微微一笑，说："律师走的时候，问我还有什么话要问吗？我突然不知怎么就脱口而出说，请问这是第几次。律师一边装好文件，一边毫不在意地说，我只负责这个城市赵先生的法律事务，这是第六次。"

"什么？什么第六次？"我有点一下子回不过弯来。

童若影却若有所思地说："难怪他不想结婚。"

"是，是我幼稚了。人家全世界遍洒芳华，我还以为我是他情有独钟的那一个。"唐夏娃幽幽地说。

原来如此，赵馨德不是没有女人，只不过是没有婚姻意义上的女人。每个女人之后的故事，只变成了律师手中那一叠薄薄的文件，收纳在赵馨德的私人档案里，日后就成了一串串数字，甚至赵馨德自己都不知道哪个数字是哪个人的。所有的这些，专门的会计公司会处理。

可是，那些亲密的瞬间呢，还有那些真实的拥吻呢，还有赵馨德用尽心思讨唐夏娃欢心的小手段呢，这些也可以这么容易忘记吗？

难道赵馨德在做着这些的时候，都没有用丝毫的感情吗？

没有曾经那么一刻，是真正为了唐夏娃而生出爱的感觉的吗？

还是，钱可以抚平一切，包括他所认为的责任？或者他所曾经感受到的爱，可以轻易地来，轻易地去？

这些，我都想知道。可惜，连唐夏娃自己都已经没有机会知道了。

两周之后，唐夏娃将以留学的名义飞赴英国，开始一段隐居生活。

七个月之后，唐夏娃会顺利生下一位英国小孩。

一年之后，唐夏娃将回归娱乐圈。带着她的巨额财富，英国高等学府的文凭，精心修整后的容颜，还有一颗洞明世事的心，强势归来。

娱乐圈里，一位巨星将要诞生。当然这些都是后话了。

所谓，祸福相依，唐夏娃今日所失去的，却成为了她日后成为巨星的一个阶梯。

这些都是以后的故事了，也许以后我会写一本《夏娃的故事》，告诉你那些唐夏娃离开这座城市之后的精彩故事。

至于于永涛，有些人的人生，其实永远是平行线，若是不小心相交在了一起，那也只是短暂的一刻。唐夏娃离开这座城市的时候，虽然和他没有离婚，只是说公司赞助她去进修一段时间，可是于永涛已经明白，唐夏娃，他终究没有抓住。

在若干年之后的某一天，唐夏娃成为了一个大明星，而于永涛也成为国内有名的地质学家，有学生开玩笑给于永涛看一本八卦杂志，上面有唐夏娃巧笑嫣然的封面，问于永涛这位当红女明星是否长得好看，于永涛是这样说的：好看是好看，不是我喜欢的那一种。

说完，于永涛继续观察着他的火山灰，丝毫没有认出，这个女明星是他曾经深爱的唐夏娃。

学生在背后笑于永涛，说在导师的眼中，最美的是火山灰。

谁说不是呢，火山灰给了于永涛名利地位还有研究的成就感，而唐夏娃，不过是于永涛年轻时候一厢情愿的付出而已。

唐夏娃在为别人付出，于永涛在为唐夏娃付出，而终究会有人为于永涛付出。

世界就是一个轮回，不要抱怨你得到的比别人少，那是因为别人给你的时候，你看不到或者你不想要。

2010 年的春节，格外漫长一些。

童若影在大年初二，通过剖宫产顺利生下一个大胖小子，取名李之念。这是李家早就取好的名字，为了表达对这个孙子的强烈盼望之情，和出生后暂时不能见面的思念之情。

据说李家最终是去了加拿大，但是公司彻底倒了，那个新建的五星级酒店也早就经过拍卖拿去抵债。

也有人说，李家最终是李太太和李佳成出了国，而李先生一个人顶下了所有的罪，被判处有期徒刑三年。

更有人说，李家因为和政府官员牵扯过深的缘故，三个人都被关了起来。

因为是各种渠道消息来源，人家怎么说，童若影也就怎么听。

直到这个时候童若影才发现，原来她和李佳成之间除了有过一场婚姻和一个小孩之外，其余的什么都没有交集。离了婚之后，李家人于她而言，俨然是熟悉的陌生人。

原来，两个熟悉的人重新变得陌生，是这么简单的一件事，甚至连刻意地避开都不用。

李家在李佳成和童若影离婚之后，一直都没有和童若影有任何联系，也许是在忙着应对家庭突然的大变故，又也许因为笃定童若影会照顾好李之念，又也许压根无法联系。

这些都不重要了，童若影已经将全部身心投入到照顾小孩中去。

而美女童若影，已经成了一个过去的标签，一点点走远。

至于爱情，或者新的婚姻，对于童若影来说，已经没有时间去想。孩子又在哭泣，童若影飞快地跑到摇篮边，嘴里温柔地喊着"妈妈来了，妈妈来了"，然后便熟练地抱起李之念，麻利地将右手食指伸进孩子的尿不湿，确认孩子是因为什么而哭。当她确定，尿不湿没有问题之后，连忙掀开自己的衣服，将丰满多汁的乳房塞进孩子的嘴里。

爱情，从来就是一场奢侈的幻想。作为妈妈的童若影已然不再去想。

而对于我来说，这个春节并不是一个愉快的春节。

之前的二十五个春节，我都是在老家和父母一起度过。而今年，作为婚后第一个春节，杨明杰要求我和他一起回老家去和他的爸爸、姐姐们度过。显然，我是不怎么愿意的，但是也没有明确的理由推辞。

我问过杨明杰，之后的春节准备怎么度过。

杨明杰肯定地告诉我，结婚之后在他们家乡的传统肯定是媳妇在男方家过春节。

在这件事情上，我准备对杨明杰用攻心术。我对杨明杰说，我是家中唯一的女儿，父母都在；而杨明杰的家里姐姐就有三个，并且他的妈妈已经过世，爸爸可以随便在哪个家轮流过节，都是亲生女儿，总归不会寂寞到哪里去。

杨明杰说，以后的事情以后再说，反正今年的春节就必须到他们家去过。

我不知道别人家媳妇的感受，对于我而言，原本无比盼望的春节，瞬间就失去了颜色。尤其当我想到，我父母二人在家冷清地过春节的时候，我就无法坦然去享受杨明杰家庭的各种热闹，更何况这些热闹跟我似乎没有什么关系。

杨明杰家里规矩很多。比如年初一一大早上，一定要早早起床，起床后一句话都不能讲，牙都不能刷，然后就要直接吃压在枕头底下的两个红纸包里的食物，一包是糖果子，一包是甜的薄年糕。吃完后，要对着长辈说各种吉利话，然后长辈也同样说一些吉利话给小辈。

对于我来说，仅此一个规矩就让我无法忍受。以前在我自己家里，父母都是宠着我，就算是大年初一早上，也可以任由我睡到自然醒，睡觉睡到自然醒是人生一种莫大的幸福，过年本就是放假轻松的日子，更要好好享受这种难得的懒觉时光。否则年初一，就失去了它的幸福色彩，而是一个沉重压抑的日子。

早起也倒罢了，可是不刷牙直接就吃黏腻的甜食，实在让我难以接受。

至于说吉利话，本来倒是春节的一个传统，可是杨明杰的各位姐姐对吉利话有各种怪癖。杨明杰之前都叮嘱我要好好记住，因为大姐是做小生意的，所以喜欢听恭喜发财；二姐喜欢听万事如意；三姐家因为是当小官的缘故喜欢听步步高升。至于说，身体健康这些祝福语，是可说可不说的。只要记住前面的几句就好。

杨明杰告诉我这些的时候，我就傻了，我从来不知道"身体健康"这句祝福语，是这么不受欢迎。

好在我是学文科出身，倒也不怕背这些话，可是我背着的时候，总觉得无比违心。

至于三个姐姐的感受，估计也不会好到哪里去。她们之前的春节都是一家人，多少年都其乐融融地聚在一起，哪知道今年加进我这么一个外人，还各种不配合，心里自然也无比疙瘩。

但是因为是过年，大家也就表面上做出阖家幸福，团圆美满的样子。

但是该来的总是会来的，矛盾终于在大年初五爆发。

大年初五，因为说好了这一天回我爸妈家，所以我有点小兴奋，起得也就比平日早了一些。

我准备去卫生间洗漱的时候，我听到卫生间隔壁有杨明杰和大姐的说话声。

也许是对大姐之前就有防备，所以我特意放轻脚步，想要听听杨明杰和大姐在说什么。

这么一听，果真就听出问题来了。

大姐和杨明杰居然是在说我。

大姐说："你也该说说她，女人啊，要的是管教不是纵容。哪有每天都比你晚起床的？这在我们这边就属于典型的懒婆娘了。"

杨明杰小声地解释："这不是过年嘛，平时上班她也挺忙的，就让她休息休息吧。"

"忙？能比你这个老总还忙？也不光是这个方面，你看她在咱们家，连地都不扫一个，不要说在这里。就是上次，我听二妹说去你家的时候，看到厨房的水池里好几个碗放着，也不及时洗干净。哪有这么过日子的女人呢。"

杨明杰不吱声了。

　　我在心里暗暗骂道，碗活该我洗的吗？放着不洗，你怎么不说你弟弟为什么不去洗？女人活该是要承包所有家务的吗？

　　"还有，你看看你们，结婚都快一年了，她怎么还没有孩子？你有没有带她去检查检查啊？"

　　听到这里，我实在忍不住了，推开厨房的门，脸上挂着职业性的假笑，说："谢谢大姐提醒，回去我就让杨明杰和我一起上医院查查去。"

　　大姐和杨明杰看到我推门进去，顿时有点尴尬，可是听我这么一说，大姐又回过神来："查是一定要查查的，我们家就这么一个男孩，所以杨明杰和你一定要生个孩子的，最好是男孩。不过你一个人去就行了。"

　　我冷笑了一声，说："大姐这话，我就不懂了，怎么怀不上孩子，就让我一个人查。现在城市里，男性不孕不育的比率比女性高多了。为了杨家后代，我和杨明杰一起查比较保险。"

　　大姐还护着杨明杰："他一个大小伙子能有什么问题啊。"

　　我也反问道："那我这么年轻，又能有什么问题？"

　　大姐鼻子里哼出一声，说："谁知道。"

　　我听了这话急了，连忙盯着杨明杰说："谁知道？！杨明杰你倒是说说谁知道！"

　　杨明杰看我们吵得不可开交，就连忙大喝一声说："行了，都少说几句。"

　　我扭头就往房间跑，而杨明杰居然没有追上来，在那里安慰他大姐。

我实在不能忍受在杨明杰家各种的不习惯和冷漠，我收拾收拾东西，想要立刻离开杨明杰的家，回到我自己的家正式喜庆地过个新年。

　　等我把东西收拾好，杨明杰才进来。

　　杨明杰拿起我打包好的行李，往屋外走去。

　　我没有想到杨明杰会这么做，我以为杨明杰会劝我并给我一个解释，谁曾想到他什么话都没有说。

　　看到我没有跟上，杨明杰回头对着我说了一句："走啊。"

　　我这才反应过来，迅速地拿上其他东西往外走去。原来杨明杰把这些东西都放到了车上，显然他已经准备提前离开。

　　我一言不发地坐进车里，希望下一秒就能回到父母身边。

漫漫求子路

很久很久，是多久？

也许是十年，也许是一年，也许只是一天。

久的不是时间，是盼望、想念的心情，还有那些折磨人的焦虑不安的等待。我想，这次一定是很久很久了吧。因为，我一直在等待，一直在盼望，一直在想念，一直在备受折磨。

从童若影离婚之后，我想要一个孩子，到现在已经等了整整大半年了。没有丝毫动静。

就算平日性格沉稳笃定的杨明杰也沉不住气了，和我委婉地商量找个时间去看看医生做个全面检查。

为了避开遇见熟人的尴尬，也为了更加准确地知道问题出在哪里，我们选择了去上海有名的红房子医院进行一番检查。

之前我已经通过电话，提前预约好专家，然后提前一个晚上入住医院旁边的酒店。因为电话里明确说好早上八点之前要到医院去领号。

那是一个初春的早上，七点不到我们就起床了。早早地洗漱好，不敢吃早饭，生怕有什么抽血检查。七点半我们到了医院的门诊部，本来我们以为还算来得早的，谁料到挂号处一看，每个挂号窗口都已经是长龙。

终于轮到我了。"挂哪个科？"窗口里的人毫无感情地问道。

"不孕不育。"我小声地回答。

"哪一科？大声点。"周围人声鼎沸，窗口里面的人，显然没有听清楚我的回答。

我不得不鼓起勇气，大声地说："不孕不育。"

说完，不好意思地环顾了一下四周，却发现根本就没有一个人注意到我。大家都在忙着为自己的疾病奔跑，至于不孕不育，也许在医院里是很平常的吧。

窗口里面，"啪"地甩出挂号单和零钱。

我拿了就走。这时候，杨明杰也停好车走了过来。

按照指示到了候诊室，我和杨明杰找个角落坐下来，紧紧地盯着前面高悬着的红色电子显示屏。

周围的人都在叽叽喳喳地讨论着，基本上这个候诊室的人，都是来看不孕不育的。我周围有两个妇女在聊天。

"你结婚几年了？"

"三年，你呢？"

"五年。"

"五年一直没有过小孩吗？"

"有是有过，就是不到三个月就掉了。"

"我是三年里基本都没有什么动静。婆家说要是我再没有动静，就让老公跟我离婚。"

"来这里都是要男女一起来的，男的也要查的。"

"男的来过了，没有什么问题。我吃了一些药，这次开复诊。"

"我是没有办法了，可能只能做试管婴儿了。要是养不住，我就准备领养一个了。"

听了这些对话，我不由得更紧张了，而杨明杰仿佛根本就不曾听到这些对话，只是一个人坐在那里打着手机游戏。但是，手机显示屏上显示着一次又一次通关失败的信息，悄悄地泄露出他心底的紧张和不安。

好不容易轮到我了。

我们正准备一起进去。杨明杰被拦在了外面，说这里只供女士检查，夫妻一起来的男士，在外边等候女士检查完之后，拿医生单子再去男科检查。

诊室里两个医生面对面而坐，每个医生各负责一个病人，所以就只有我和另外一个女病人在。

给我看病的专家，年龄倒是不大，四十岁出头的样子，说话很轻柔，细声细气的，缓解了我内心的压力。

"多大了？"医生问。

"二十五。"我轻声回答。

"例假正常吗？"医生一边问一边做笔录。

"正常，三十天左右一次。"

"例假一次来几天？量多量少？"

"前后一个星期，第三第四天较多，其余就还好。"

"以前有没有怀孕史？"

"没有。"

"结婚多久？"

"一年不到，十一个月。"

"之前一直都没有避孕过吗？"

"不是，最近六个月才没有避孕，之前都是服用的妈富隆。"

"几岁来例假的？"

"初二，嗯，十四岁吧。"

"来，先躺到里面，我来看一下。"医生询问完毕，示意我到里间。

我走到里面躺在检查床上。

"一只裤管褪下，把双腿支撑在这里。"医生指导我按照正确的姿势做。

一阵凉意。

一阵委屈。

"好了。"医生递给我一张卫生纸。

我仔细地擦干净药剂。

"从肉眼看，目前没有什么问题。你去楼下买一张曲线温度表，从明天开始，你每天早晨醒来之后，不要讲话，不要穿衣，不要喝水，先量基础体温，要先记录一个月。还有，你丈夫得去做一下精液检查，这个是检查单，接着去男科。一个月之后你再来复诊。"医生一边快速地填写病历，一边说。

"不用吃什么药吗？"我忍不住问。

医生微微笑了一下，说："暂时不用吃什么药物。你们要放轻松，有时候过分紧张或者有压力，也会导致不孕不育。"

我连忙感激地对这医生说了"谢谢"，退出去。

杨明杰站在楼梯口，看到我出来，焦急地问："怎么样？"

我故作轻松地笑笑，说："医生暂时说没有问题，一个月之后再来查。这个说是让你去检查。"我递给杨明杰，单子上医生写的需要检查的项目。

杨明杰拿了不出声。

"我们先去楼下买温度计和基础体温表吧。"我说。

买了温度计和基础体温表后，杨明杰对我说："你一个月之后再来检查，要不我也等下次和你一起？"

我看了杨明杰一眼，我理解，作为一个男人，他还是无法完全以开明的态度看待这件事情，尤其是要他去检查。总归他有一些害怕的，或者不愿意去面对的东西。

"好啊，下次正好一起。我肚子有点饿了，咱们去吃东西吧。"我顺着杨明杰的意思往下说。

接下来的一个月，我每天都处于试验状态。每天清晨起床后的第一件事情，就是像一只小白鼠一样，动作小心地把枕头下的温度计放到嘴巴里，生怕动作过猛，基础体温升高。看好温度之后，在体表记录表上，仔细地画好点，然后才开始一天的生活。

至于晚上，杨明杰就是夜夜新郎，而我就是夜夜新娘。可惜这个新郎和新娘对于风月之事，已经只剩下机械的动作，没有前戏没有后戏，都是直奔主题，然后倒头就睡。

久而久之，我一到晚上，心里就各种恐慌。一方面不想让杨明杰失望，另一方面又对那方面已经没有兴趣。

两周之后，我和杨明杰都精疲力竭。在一个夜晚来临之前，我对杨明杰高举白旗，说："老公，今晚上放我假吧。"

杨明杰也笑笑说："我也想说这句话。"

无论一件事情多么美好，若是带着其他目的去做的话，也就无法体会到其中的美好。美好的事情，都是纯粹的。

这般折腾了一个月，我和杨明杰都不愿意提出复诊。因为心里各种畏惧，我是怕这一个月没有什么结果的话，又要折腾一个月，说不定医生还有什么新花样等着我。杨明杰则是害怕需要他去做检查。

可是逃避也不是办法。孩子我们总归是想要的，尤其是现在，越是想尽办法要不到越是想要。

我不知道这条求子之路，还有多远要走。

如果说生活中，还有什么事情值得我高兴一点的话，那就是我们的别墅装修工程终于要结束了。

五一国际劳动节，我和杨明杰搬进了我们新装修好的别墅。

看着宽敞明亮、崭新、温馨的新房，我的心里有了一种很特别的踏实感。我终于理解了，为何那么多的女人一定要求有了自己的房子之后才结婚。

我的心底涌上来一股新的盼望，感觉生活又进入到一个崭新的进程。

搬家的这几天，我几乎每天下班之后都会跑各种家具店或者生活饰品店，我亲手挑着家里的每一样东西。小到放牙签的收纳盒，大到冰箱洗衣机，我一定要挑了又挑，选了又选。

杨明杰笑我磨时间，确实像我这样的购买方式很是费时间。可是每次我挑选的时候，想到这个东西可能会用一辈子，至少很多年，我就会格外仔细地挑。

其实，什么事情可以是一辈子的呢？

婚姻吗？

同一年结婚的童若影，早就已经离婚了。

爱情吗？

我和陆之俊六年的感情，不过也只是收获了一场伤心。

至于这些瓶瓶罐罐、家里的电器，在这个浮躁的年代，能够用个两三年不出毛病已经是万幸。

这些我都知道，可是我就是想要亲手布置一个新家，哪怕它只可能完整地存在一天，一个小时也好。

还记得赵琪吗？我高中同学，和她高中暗恋的对象结婚的那一个。

我原以为他们如此浪漫的结合，一定会是幸福的一对。可是我又错了，浪漫的只是他们的结合故事。

婚姻和爱情是两回事。你早就知道了，不是吗？

赵琪和老公张雷最近也徘徊在离婚边缘，原因不在男方，而是赵琪这边。

赵琪本来就是活泼开朗的性格，一向擅长文艺。在单位里面有什么过年过节的活动，都是赵琪主持。这么抛头露面就出了问题。

　　赵琪今年刚调来的新领导，不知怎的就看上了赵琪。先是给赵琪加薪升职，一开始赵琪还觉得这个领导是她的贵人，所以干活也格外卖力，经常加班也不推辞。后面，慢慢地领导就开始各种明示暗示了，因为之前赵琪等于受了他的好，又很热情地紧跟着这个新领导的安排，所以一下子也不能太拒绝领导，害怕和领导翻脸。然后，领导就开始不断地给赵琪发短信，每次出去应酬也带着赵琪，有时候还让赵琪喝很多酒、趁机揩揩油之类的。

　　这些赵琪都不敢跟张雷讲，可是纸里包不住火，终于有一天张雷看到了赵琪领导的短信，很暧昧的一条短信：今晚，你特别漂亮。

　　张雷勃然大怒，可是赵琪怎么解释都无法让张雷相信，赵琪和那个领导其实根本没有发生什么。

　　张雷说证明的方式就只有一种，那就是赵琪辞职，从此不要和那个领导来往。

　　可是这份工作是赵琪父母好不容易托各种关系，才搞定的，虽然钱不算多，好歹是个事业单位，福利也很好。赵琪现在又做到了部门小领导，怎么都不愿意轻易放弃。

　　赵琪不放弃，张雷就不相信她，再加上领导的各种短信依然频繁轰炸，害得赵琪回到家里只能手机关机。可是赵琪一关机，张雷注意到了，就说赵琪是心里有鬼，不敢面对。

　　这期间，赵琪和领导委婉地提出过很多次，不要在她回家后发短消息。

　　那位领导假装不懂地说，我关心关心属下，有什么问题吗？

因为领导发的短信，大多都是不痛不痒的信息。所以，赵琪确实也没有足够确凿的理由，去多说什么。

就这样，赵琪夫妻间的矛盾就结下了，现在已经发展到了分房而睡的地步。

赵琪跟我说着这些的时候，我已经没有什么感觉了。

婚姻就像一层薄弱的纸，稍有尖锐的物力，就能将其破坏，不复完整。就算，你用胶水粘住了，洞还是洞，无法恢复之前的完整。你唯一所能做的，就是遗忘。把这个洞补了，忘了。婚姻才有继续下去的可能。

因为新房装修好了，杨明杰和我商量中秋节前后举办婚礼。

杨明杰说，所有有关婚礼的事情，都由我去办、决定。我知道杨明杰是想要补偿之前对我贸然而简单的求婚，也想要满足我一直以来对婚礼的向往。

说来也奇怪，等到真正说要办婚礼了，我倒是对婚礼提不起兴趣来。

和杨明杰结婚已经一年多了，对彼此的感觉已经非常熟悉，对婚姻生活也有了各种之前不一样的体会。

如果说，爱情和婚姻没有什么关系的话，那么婚礼和婚姻更加风马牛不相及。

婚礼完全就是给别人看的，就算和自己有关系，也是为了给过去的自己一个交代。而这些对于已经结婚一年多的我来说，显然没有什么特别的诱惑了。

但是毕竟是向往了很久的事情，总归要把它了结掉。

我决定婚礼是要办的，但是尽量简单。

我没有想到看似简单的一个婚礼，其实弄起来也有各种麻烦。

别的不说，单是定酒店一项就弄得我头大。我从来不知道，原来每天都有那么多人结婚。连续问了四家五星级酒店，能够举办婚宴的餐厅已经一直预定到十一过后。每家都说只能等谁家取消了，才能通知我们。

好不容易，折腾了一圈，杨明杰才通过他的一个朋友，订到了快靠郊区的一家五星级酒店。

然后是订婚庆公司，婚庆公司也是各种拽，我们说了只是简单办一下婚礼，他们居然说简单的婚礼不接。

赵琪把给他们办婚礼的婚庆公司推荐给我，我却心里有点发毛，想到赵琪他们现在的婚姻，我不想用同一家婚庆公司。

又看了几家婚庆公司，有一家愿意接我们的活儿。

根据婚庆公司的要求，要提供什么婚纱照做幻灯片，而我和杨明杰根本就没有拍过婚纱照。

只好又去补拍婚纱照。

又是需要预定，又是要排队。

我总算开了眼界，结婚中的每一个环节都需要预约，需要等。

当初急切盼望婚礼的心情，已经被这一个又一个环节，折腾得一点意思都没有。我都有点不想办婚礼了，只是因为各种定金已经付出，开弓没有回头箭。

没有办法，只能让已经成为鸡肋的婚礼继续准备下去。

拍婚纱照的那天，是夏末的天气，非常炎热。上午在摄影棚里拍的时候还好，下午去公园拍外景的时候，天气又热又闷，人又疲倦。在化妆师给我补妆的间隙，我居然累得闭着眼睛睡着了。

这些听起来或者想象起来无比美好的事情，等到自己亲身经历了，才知道完全就是两回事。

好不容易给摄影师摆布了整整一天，晚上回到家，我饭也没有吃，睡衣也没有换，倒头就在床上呼呼大睡。

这么一睡居然一直睡到第二天上午十点多。要不是杨明杰把我叫醒，我估计还会继续睡下去。

杨明杰虽然拍照也很累，可是第二天早上八点多也醒了，看我一直没有醒，担心我生病了，还摸过我额头两次，感觉没有发烧才放了心。这些我一点都不知道。

等到十点多，看我还没有丝毫睡醒的意思，杨明杰才忍不住叫醒了我。

我迷迷糊糊地说："让我再睡一会儿。"

"夕颜，都已经上午了，醒来吃点东西吧。"杨明杰在我耳边轻轻地说。

一直到中午，我才睁开眼睛，看看窗外，果然已经艳阳高照。这才懒懒地坐起来，揉着头发，问杨明杰："几点了？我这是睡了多久？"

"十三个小时了。夕颜，你没有哪里不舒服吧？"杨明杰看着我问。

十三个小时？我自己都吓了一跳。

"这么久？可是我怎么感觉自己还没有睡饱啊？"我睡眼惺

忪地问。

"夕颜，你真的没有什么地方不舒服？"杨明杰怀疑地问我。

我脑子里转啊转啊，突然想到有一种情况会导致"嗜睡"，我连忙跳了起来，说："难道——"

杨明杰瞬间也明白了一些什么，也立刻说："难道——"

我飞快地冲进卫生间。

执子之手，与子偕老

在我拍婚纱照后的第二天，也是我举行婚礼前的两个月，我知道我怀孕了。

验孕棒上清清楚楚地显示了两条红杠，无比鲜艳清晰。

最兴奋的是杨明杰，在我从厕所里出来告诉他这个消息后，他居然一把把我抱起，随即又赶紧把我放下，小心地摸着我的肚皮说："不要吓到我家宝贝了。"

为了进一步证实这个怀孕的消息，杨明杰当天下午又带着我去妇幼保健医院全面地检查了一遍。结果是怀孕了，已经有一个月。

这之前的一个月，我们一直忙着办婚礼的各种事宜，没有顾得上去上海复查，也没有顾得上想怀孕的事情，没有想到居然就无心插柳柳成荫了。

我在妇幼保健医院建了小卡，医生让我每个月都要来检查一次，到后期建大卡之后，还要做唐氏筛查、彩超等等项目。

从医院出来之后，杨明杰就带我去书店育儿保健类的区域挑选书籍。我笑他过度紧张了，心里却是幸福的。

怀孕之后，我俨然成了重点保护对象。饮食还有各方面，杨明杰都将就着我，至于上班也是我睡到自然醒之后，去公司晃晃算是打发时间。应杨明杰的要求，我妈妈从老家过来照顾我，偌大的别墅，白天我一个人，杨明杰也不放心。

我婚后的幸福生活，从怀孕后仿佛才真正开始。

杨明杰的各位姐姐，现在打电话给我也是各种客气，各种叮嘱，吩咐我小心再小心。三姐还特地从老家来了我们这边一趟，带了很多老家的草鸡蛋、蔬菜、大米、油之类的东西，说是怕城里的东西不天然。

杨明杰也是对我千依百顺，我只要说我想要吃什么，第二天杨明杰一定会去买来。有一天我突发奇想，居然十分怀念家乡的大蒜苗，想要吃大蒜苗豆腐清汤，杨明杰跑遍了周围的菜场去给我搜罗，居然还真的给他找到了有一家卖这个的。当天晚上，杨明杰带回来的时候，连我妈都忍不住羡慕，说她自己怀孕的时候爸爸就没有这么对她好过。

当然在得到各种特权的同时，也有很多事情是杨明杰禁止我去做的。比如，杨明杰禁止我上网，禁止我用手机，甚至连看电视也要我穿防辐射服。这些知识都是杨明杰参加妇幼保健医院"准爸爸课堂"学到的，他无比认真地按照医生的叮嘱去监督我。最让我痛苦的是，杨明杰每天要求我喝孕妇奶粉，可是那些孕妇奶粉实在是无比甜腻，不管是什么牌子，喝多了都让我想吐。可是杨明杰总在旁边盯着，无比耐心地看着我一点点喝完，连一个作弊的机会都没有。

还有每个晚上，杨明杰都要拖着我去散步，我平时就是一个吃完喝饱，喜欢窝在沙发看电视，对锻炼之类完全没有兴趣的人。现在每晚都被杨明杰拉着下楼，绕着小区散步一圈。小区里面的每个女人都夸杨明杰是好丈夫，说她们想要丈夫陪，丈夫要么没有时间要么没有兴趣。听到我抱怨，都笑着说我是身在福中不知福。

杨明杰最严令禁止的一项就是不许我化妆。我说现在有很多化妆品是孕妇也可以用的，怀孕没有必要把自己弄得蓬头垢面。可是杨明杰说就算是一点点可能的危险，他也要帮我排除。所以，我只好天天用婴儿霜做基础保养。

慢慢地，我也逐渐适应了孕妇的身份。杨明杰买了一本国外的怀孕指南，那本书中，把每个时期的胎儿都用一种水果做比喻，于是我肚子里的孩子的名字，从"小葡萄"变成了"小柠檬"再变成"小苹果"，最后变成一个"大西瓜"。

婚礼如期举行，在我怀孕后的两个月。

我们一共请了八桌的亲友，基本上是两边的亲戚，还有公司的一些同事，很是简单。

童若影和唐夏娃，都没有来参加我的婚礼。

童若影，一则因为要照顾小孩没有时间，二则因为对婚礼有了恐惧，电话祝福了我一下，说明了不会来参加。

至于唐夏娃，我和童若影都联系不上她，期间她给我们发过几封邮件，报过平安。之后就没有了音讯。

我们三个曾经的闺中密友，因为各自不同的生活轨迹，已经渐行渐远。

朋友和恋人一样，总有曾经一度亲密无间的时刻，彼此依赖、分享秘密、倾诉烦恼、互相支持；也总会有朝一日，感情疏远甚至分开，然后再各自寻找新生活，认识新的人。

　　若说有何不同，那就是曾经的老朋友，再相逢可能多的是感慨惊喜；若是曾经的恋人，再相逢可能多的是伤心回忆，甚至会彼此回避，不愿提及。

　　我们的婚礼，程序很简单，没有像童若影结婚那样从早忙到晚上。我见过那天童若影怀孕的时候，一系列的复杂程序，一个孕妇是根本吃不消的。所以，我们结婚只是在晚上举行晚宴，顺便办一下简单的仪式。我当天三点开始化妆换衣服，时间很足够。

　　虽然是简单的婚礼，可是等到《婚礼进行曲》真正响起的那一刻，我还是有着莫名的伤感，包括我的父母。

　　我挽着父亲的胳膊走在长长的红地毯上，推开宴会厅门的那一刻，我看着地毯尽头的那名男子：一米七五左右的个头，算不上强壮的身材，熟悉的容颜。心里是很恍惚的。

　　我将要跟这样一名男子共度余生。

　　曾经我以为和我走上结婚殿堂的男人，会是陆之俊；上大学的时候，我以为和我一起踏上红地毯的男子，一定是高大俊逸、潇洒帅气的；上高中的时候，我以为每个女孩长大了都会有一个白马王子在时光那头，安静等候；最起初，我以为邻居家和我天天办过家家的那个小男孩就是我的"老公"。

　　原来，这些都不过是一场每个女孩必经的成长。谁也想不到，若干年之后，我会和眼前的他走上结婚殿堂。

他，不高大，不帅气，不年轻，不富有，不是王子，不是青梅竹马。

但是，我偏偏愿意和眼前的他一起共度余生。

回想这已婚的一年，我们有过争吵，有过和好；有过无奈，有过喜悦；有过意见相左，更多的是意见一致。

时光飞逝，天使来临，美好的时光，艰难的时光，但永无坏时光，我从未想放弃。

我已经心满意足。

我和腹中我们的结晶，一步步向眼前的这个男人走去，从容，笃定，坚决。虽然我知道，今天过后依然会有各种烦心事，也许还会有眼泪和磨难，甚至有朝一日我们也许也会面临分手。但是这一切，只要有他参与，已然很好。

之后的生命，我不奢望完美，只是希望每一段生命刻下的记忆，都有眼前这个男人的参与。

我不要风花雪月的爱情，也不要跌宕起伏的经历。我只要平淡的生活，柴米油盐酱醋茶，与三姑六眷亲密往来，日出而作，日落而息，老公孩子热炕头，一直到老。

我知道眼前的这个男人，一定能给我这样的生活。很多人也许看不上这样的生活，但是对于我来说，这是最理想的人生。

有他的地方，一定是好地方。一年之前，我是这么认为；一年之后，我还是这么认为。

我伸出手，伸向眼前的这个男人，放心地牵住他。

最后给各位一直支持我的朋友们，献上一首我喜欢的诗歌：

When You Are Old

By William Butler Yeats

When you are old and gray and full of sleep

And nodding by the fire，take down this book，

And slowly read，and dream of the soft look

Your eyes had once，and of their shadows deep；

How many loved your moments of glad grace，

And loved your beauty with love false or true；

But one man loved the pilgrim soul in you，

And loved the sorrows of your changing face；

And bending down beside the glowing bars，

Murmur，a little sadly，how love fled

And paced upon the mountains overhead，

And hid his face amid a crowd of stars.

当你老了

作者：叶芝

翻译：袁可嘉

当你老了，头白了，睡意昏沉，

炉火旁打盹，请取下这部诗歌，

慢慢读，回想你过去眼神的柔和，

回想它们过去的浓重的阴影；

多少人爱你青春欢畅的时辰，爱慕你的美丽，假意或真心，

只有一个人爱你那朝圣者的灵魂，

爱你衰老了的脸上痛苦的皱纹；

垂下头来，在红光闪耀的炉子旁，

凄然地轻轻诉说那爱情的消逝，

在头顶的山上它缓缓踱着步子，

在一群星星中间隐藏着脸庞。